ORIENTAL FANTASY STORY & ADVENTURE

마검왕 5

마검왕(魔劍王) 5
대지진

초판 1쇄 인쇄 / 2009년 5월 4일
초판 1쇄 발행 / 2009년 5월 14일

지은이 / 나민채

발행인 / 오영배
편집장 / 김경인
펴낸 곳 / (주)삼양출판사 · 드림북스

주소 / 서울특별시 강북구 미아8동 322-10호
대표 전화 / 02-980-2112 팩스 / 02-983-0660
편집부 전화 / 02-980-2116 팩스 / 02-983-8201
홈페이지 / www.sydreambooks.com

등록번호 / 제9-00046호
등록일자 / 1999년 3월 11일

ⓒ 나민채, 2009

값 8,000원

(주)삼양출판사 · 드림북스의 서면 허락 없이는 어떠한
형태나 수단으로도 이 책의 내용을 이용하지 못합니다.

ISBN 978-89-542-3168-8 04810
ISBN 978-89-542-3036-0 (세트)

* 지은이와 협의하에 인지는 생략합니다.
* 잘못된 책은 구입한 곳에서 바꾸어 드립니다.

마검왕

魔劍王

⑤ 대지진

나민채 퓨전무협 장편소설

ORIENTAL FANTASY STORY & ADVENTURE

dream books
드림북스

목 차

제 1장 사라진 흑천마검 · · · · 007

제 2장 대지진 · · · · 045

제 3장 참혹한 신리촌 · · · · 085

제 4장 항마진 · · · · 125

제5장 횃불을 밝히고 · · · · 161

제6장 마물 · · · · 201

제7장 검집과 흑천마검 · · · · 247

제8장 뉴스 · · · · 273

제 *1*장
사라진 흑천마검

※ 「마검왕」은 순수 창작물로써, 이 작품 속에 등장하는 인명·지명·단체명 등은 실제 사실과 관계가 없음을 밝힙니다.

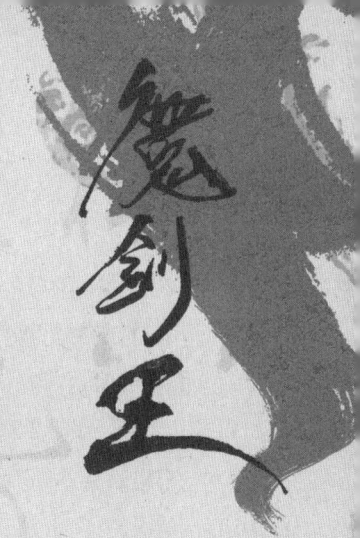

 모악산 정상에 올라 전주 시내의 야경을 한참이나 바라보고 있었다.
 아파트 단지가 밀집된 효자동 방면은 불빛이 한데 뭉쳐 있었고, 공장 단지가 있는 팔복동에는 어둠뿐이었다. 전주IC 방면으로 빠져 나가는 자동차들의 미등이 멀리에선 반딧불이처럼 보였다.
 화재가 발생하거나 소란이 일고 있는 곳은 없었다. 여느 날과 같은 평범한 밤. 흑천마검이 혼자서 나가 버린 밤치고는 너무나도 고요했다.
 손에 쥐고 있는 검집으로 시선을 옮겼다. 집에 있는 것은 무지개빛의 포장지뿐이었다. 그나마도 영아 방에 있던 것이다. 검집을 감싸고 있는 알록달록한 포장지를 풀었다.

거미줄처럼 금이 가 있는 검집에게서는 더 진동이 느껴지지 않았다. 흑천마검이 검집을 부수고 나온 것일까? 아니면 누군가 훔쳐간 걸까?

검집은 아무런 대답도 들려주지 않았다.

혈마교로 돌아갈 수도 없었다.

검집은 죽어 가고 있었다.

간신히 생명줄을 붙잡고 있는 환자처럼 미약한 기운만 내뿜고 있었다.

'대체 어디에 있는 거야?'

어쩐지 요즘 놈은 매우 조용했다. 그래서 갑작스럽게 사라지리라고는 조금도 생각하지 못했다.

혈마교로 돌아갈 수 없는 것은 둘째 치고, 맹수 떼를 도심에 풀어놓은 것 같아 매우 불안했다. 하지만 내 불안과는 달리 놈의 행방에 대해서 아무런 흔적을 찾을 수가 없었다.

결국 별 소득 없이 집으로 돌아와야 했다.

아버지의 낡은 운동화, 영아의 샌들, 그리고 엄마의 슬리퍼가 가지런히 놓여 있었다. 그 옆에 내 신발을 벗어놓고선 거실로 들어갔다.

"다녀왔습니다."

형광등만 켜져 있지 거실엔 아무도 없었다. 동생도 자기 방에 있었고 부모님도 안방에 계셨다.

나는 빠르게 방으로 들어가 검집을 옷장 속에 넣었다. 그런 다음 다시 거실로 나왔다.

"도서관 갔다 왔어?"

안방 문을 열고 나온 엄마가 공부하느라 힘들지? 하는 얼굴로 나를 바라보았다. 양심이 찌릿 하고 울렸지만 나는 그렇다고 대답했다.

"아들 방 창문이 깨져 있던데? 아들이 그랬어?"

엄마는 아무것도 눈치채지 못한 듯했다.

"방에서 운동하다가 실수했어. 엄마가 깨진 유리 다 치워놓은 거야?"

"적어도 유리는 치워놨어야지. 도둑 든 줄 알고 깜짝 놀랐잖아. 어디 다치지는 않았고?"

"응."

빈 검집을 보자마자 밖으로 뛰쳐나갔다가 저녁이 된 지금에서야 집에 들어왔다. 경황이 없어서 엄마가 걱정할 것까지는 차마 생각하지 못했다.

'이 멍청이!'

나는 속으로 외친 다음 엄마한테 미안하다고 말했다. 엄마는 어깨를 으쓱하며 말했다.

"오늘 모의고사는 잘 봤어?"

"잘 봤어. 성적이 많이 올랐어."

사라진 흑천마검 11

반에서 일 등 했다는 말은 하지 않았다. 흑천마검 때문에 마음이 무거웠기 때문이다.

"얼마나?"

엄마의 얼굴이 밝아졌다.

"아직은 잘 모르겠어. 자세한 건 성적표가 나와 봐야 알아. 방학하기 전까지는 나올 거야."

"우리 아들 고생했네. 저녁은 먹었어?"

"어."

"그럼 어서 들어가서 쉬어. 많이 피곤해 보인다. 우리 아들."

"잠깐 텔레비전 좀 보고."

"그럼 엄마는 들어가서 잔다."

"안녕히 주무세요."

소파에 앉아 리모컨을 쥐었다. 전원버튼을 누르자 유명 아나운서가 진행하는 토론방송이 나왔다. 시민논객과 정치인들 그리고 전문가들이 나와서 현 정책에 대해 열띤 대담을 나누고 있었다.

모두 한껏 격앙되어 있는 얼굴이었다. 하지만 나는 무엇 때문인지 궁금하지도 않았다.

바로 채널을 돌려가며 뉴스를 찾았다.

오늘의 사건사고에서 흑천마검에 대한 흔적을 찾을 수 있지 않을까 하는 기대감에서였다.

지금쯤이면 혈마교에서 시녀들의 마사지를 받고 설아와 데

이트를 하고 있어야 했다. 잔뜩 기대에 부풀어 있었건만 놈이 무슨 일을 저지르고 다닐까 하는 불안감 때문에 뉴스나 찾아보고 있는 꼴이라니.

"젠장!"

괜히 리모컨을 쥔 손에 힘이 들어갔다. 자칫 리모컨이 부수어질지도 모른다는 생각이 들어 황급히 힘을 뺐다.

틱.

버튼을 누르자, 어제 새벽 중국 강서성에서 발생했다는 강진에 대한 뉴스 화면이 떴다. 부모님의 잠을 방해하지 않도록 볼륨을 낮춘 후에 리모컨을 내려놓았다.

원자폭탄 이백오십 개의 파괴력에 맞먹는 대지진으로 폐허가 되어 버린 중국의 한 도시.

이천여 차례 가까운 여진들이 발생하면서 살아남은 이들은 지진에 대한 공포에 떨고 있고, 설상가상으로 폭우까지 내리고 있어 구조작업에 어려움을 겪고 있다는 소식들이 방송되었다.

이어서 중국 대지진이 한국 경제에 미치는 영향과 한반도의 지진 우려 그리고 일성그룹 회장의 실종 소식이 잇따랐다.

방송 내용은 대지진과 그에 따른 여파들뿐이었다.

'아니지……. 설마?'

흑천마검의 실종이 혹시 중국 대지진과 무슨 관계가 있지 않을까 하는 의심이 들었다. 만에 하나 흑천마검이 바다를 건너 중국 대륙으로 넘어갔다면?

얼굴이 와락 구겨졌다.

하지만 흑천마검과 중국 대지진 사이에 깊은 연관성을 찾을 수가 없다. 하물며 스스로 검집을 깨고 나왔다면 나를 먼저 덮쳐야 하는 것이 옳았다.

놈은 언제나 나를 노리고 있었으니까.

그렇다면 누군가 가져갔다는 걸까? 누가? 흑천마검이 옷장 속에 숨겨져 있다는 걸 누가 알고? 하지만 흑천마검은 나밖에 만질 수가 없는데?

"으……."

아무것도 모르겠다.

머릿속이 뒤죽박죽으로 엉켜 버렸다.

한참 동안 뉴스를 들여다봐도 흑천마검의 흔적을 찾을 수 없었다.

텔레비전소리를 최대한 줄인 후에 그대로 소파에 누워 버렸다. 지끈거리는 관자놀이를 짓누르고 있을 때 영아가 잠옷차림으로 나왔다.

기분 좋은 일이 있는지 생글생글 웃으면서 다가왔다. 조금씩 표정이 변하더니 내 앞에서 조심스럽게 말했다.

"무슨 고민 있어?"

"고민은 무슨."

나는 굳어 있던 얼굴을 풀고 몸을 일으켰다.

"오늘 모의고사 잘 봤어?"

내가 물었다.
"그렇지 않아도 그거 때문에 고마워서."
"뭘?"
"이거 어디서 산 거야?"
영아가 보옥수파의 백옥을 매만지며 말했다.
"그건 왜?"
"너무 좋아서. 심플하면서 예쁜 것도 예쁜 건데 차고 있으니까 너무 좋아서. 그냥 심리적인 이유로 그렇게 느낀 것일 수도 있는데. 이걸 차고 있으면 머릿속이 맑아지는 기분이야. 그래서 모의고사도 평소보다 훨씬 잘 본 것 같아."

'불행 중에 다행이군.'

기뻐하는 영아의 모습을 보며 나는 살며시 눈웃음 지었다.

"다시 사고 싶어도 못 사는 거니까, 잃어버리지 않게 잘 간직해."

"비싸서?"

"그래. 아무튼 좋아하니까 좋다."

"오빠는 뭐 갖고 싶은 거 없어? 나만 받고 입 싹 닦을 수는 없잖아."

"괜찮아. 집 힘들 때 너도 많이 힘들었을 텐데, 부모님께 내색 한 번 안 하고 기특하게 잘 지내왔잖아. 그게 고마워서 주는 거니까 공부 열심히 해."

느끼한 말투였지만 영아는 순순히 그렇게 하겠다고 대답했다. 그리고는 내 옆에 앉아 리모컨을 쥐고 볼륨을 높였다.
"하루 종일 지진 뉴스뿐이네."
그렇게 말하고는 다른 곳으로 채널을 돌렸다. 결국에는 볼 게 없다면서 방으로 들어갔다.

나도 더는 거실에 있을 이유가 없었다. 거실 불을 끄고 방으로 들어왔다. 임시방편으로 깨진 유리창을 헌 천으로 막아둔 엄마의 흔적이 보였다.

흑천마검이 혼자서 나갔다면 저 유리창을 깨고 하늘로 치솟아 올랐을 것이다. 그리고는 어디론 가로 날아갔겠지.

'대체 어디서 뭔 짓을 하고 있는 거야!'
또다시 떠오른 생각에 얼굴이 구겨졌다.

침대에 누워 버릴까 하다가 컴퓨터를 켰다. 인터넷에서는 지진이 일어난 지역에 사업차 방문했다가 실종되어 버린 신용운 회장에게로 모든 시선이 집중되어 있었다.

무역, 기계, 조선, 건설, 전자, 화학, 섬유, 제지, 유통, 호텔, 백화점 등 모든 분야에 영업기반을 구축하고 있는 우리나라 삼 대 대그룹이 있는데 바로 삼성과 현대 그리고 일성이다. 셋 중에서도 굳이 따지자면 일성이 제일이라고 할 수 있다. 그런데 그 총수가 지진 난리 속에서 실종되어 버렸다.

중국 대지진 현장에 대한 것보다도 신용운 회장의 실종에 대한 기사와 댓글들이 홍수처럼 올라오고 있었다.

'일성그룹 회장보다도 흑천마검 같은 요물이 이 세상에 풀

어졌다는 게 더 큰일이라고.'

보이지 않는 기자와 네티즌들에게 중얼거리면서 마우스를 딸깍 걸렸다.

겨우 오늘의 사건사고를 찾았다.

백여 명의 집단 식중독, 노숙자 간의 살인사건, 육중 추돌사고 등 오늘 하루 있었던 사건사고들 중 어디에서도 흑천마검의 흔적은 보이지 않았다.

차라리 큰일들을 저지르고 다니면 눈에라도 띌 텐데. 그런 극단적인 생각까지 들었다.

'무슨 흔적이라도 있어야 찾던지 하지!'

실제로 오늘 내내 전주 시내를 쥐 잡듯 돌아다녔지만 아무것도 나오지 않았다. 지금 내가 할 수 있는 것이 아무것도 없다는 것이다.

그렇다고 넋 놓고 기다릴 수만도 없는 노릇이지 않은가? 그 자식은 절대 제 발로 기어들어오지 않을 놈이다.

옷장 속에 감춰두었던 유일한 목격자를 꺼냈다. 검집은 망가진 몰골로 숨을 헐떡이고 있는 것처럼 보였다. 나는 검집을 손에 쥐고 내공을 일으켰다.

『알려줘. 대체 무슨 일이 있었던 거지? 흑천마검은 어디로 갔고?』

내공과 함께 끊임없이 상념을 흘려보냈다. 하지만 검집은 혈마교로 나를 이동시켜주지도 않았고, 어떠한 대답도 하지 않았다. 그저 전과 동일했다.

한 시간가량 붙잡고 있던 검집을 내려놓았다. 가부좌를 틀고 앉아 정신을 가다듬으려 했지만 잡념이 머리를 잡고 아무렇게나 흔들어댔다.

'흑천마검…… . 이렇게 뒤통수를 치다니.'

씨발! 하고 있는 힘껏 욕을 내뱉고 싶었다. 하지만 부모님이 잠들어 계시기 때문에 그럴 수가 없어 가슴만 타들어갔다.

*　　　*　　　*

아침에 일어나면 뉴스를 보고 인터넷을 검색하는 것이 일상이 되어 버렸다.

실종된 회장을 찾고 구조작업을 펼치기 위해 일성그룹의 구급대인 '1119'를 지진 현장으로 파견했다, 공식적인 사망자 수가 몇 천 명 더 늘어났다는 식의 뉴스에는 이제 질려 버렸다.

보고 또 보고 그렇게 수십 번을 검색했다. 학교가 끝나면 전주 시내뿐만 아니라 구이, 김제, 익산, 군산까지 가서 흔적도 없는 흑천마검을 찾기 위해 방황했다.

"인마. 모의고사에서 일 등 했다는 게 사실이냐?"

우철이가 점심시간에 나를 찾아왔다. 삼 일 전에 일어난 일을 이제야 들은 것이다.

"오늘 성적표가 나오면 알겠지."

"가채점했잖아. 갑자기 어떻게 일 등을 한 거냐? 나도 좀 알려줘라. 죽겠다 아주. 수능이 이제 반년도 안 남았어. 이대로 가다간 재수해야 할지도 몰라."

"……"

'수능이 문제가 아니야.'

나는 그렇게 생각하며 앉은 자리에서 우철이를 올려다보았다. 그러자 우철이가 흠칫 놀라며 한 걸음 뒤로 물러났다.

"내가 뭐 기분 나쁘게 했냐?"

우철이가 조심스럽게 물었다. 오해가 생긴 것 같아 나는 자리에서 일어났다.

"왜, 왜 그래 인마?"

말하는 우철이의 어깨가 바짝 움츠려 들었다. 이런 반응을 보인 건 우철이뿐만이 아니다.

우리 반 아이들도 요 근래 슬슬 나를 피하고 있었다. 짝꿍 선희도 부쩍 말수가 줄더니 오늘은 한마디도 대화를 나누지 않았다.

우철이의 어깨로 손을 뻗었다. 어깨동무를 하기 위해서였는데 우철이는 기겁하며 내 손을 피했다.

"밥이나 먹으러 가자고."

내가 말했다.

우리는 급식실로 향했다. 가는 도중 우철이가 곁눈으로 나를 힐끔힐끔 쳐다보는 것이 느껴졌다. 그러다 나와 눈이 마주치면 급히 시선을 피했다.

"뭐야?"

나는 불쾌한 마음으로 말했다.

"너 이상해."

우철이가 대답했다.

"이상하다니 뭐가? 아아! 요즘 내가 골치 아픈 일이 하나 생겨서 말이야."

"그런 게 아니야."

우철이는 그동안 많이 참고 있었다는 듯 입을 열었다.

"몇 달 전부터 이상해지고 있어. 그리고 모의고사 봤던 날 점심에 나한테 한 말 기억나?"

"뭐?"

"우리 아버지 친구 이야기 말했을 때."

"그거?"

모의고사 보던 날 점시시간에 우철이는 내게 고민 하나를 털어 놓았다.

아버지 친구가 우철이 아버지께 돈 삼천만 원을 빌려가서 한 푼도 갚지 않고 있었다. 돈이 없어서 안 갚으면 모르겠는데 돈을 풍족하게 잘 쓰고 다니고 있으면서 배 째라는 식으로 나온다고 했다.

그래서 내가 뭐라고 했더라?

"네가 그랬지? 뭘 고민하냐고. 가서 죽여 버리라고. 내가 못 하겠으면 네가 대신 해주겠다고 했잖아."

아! 그랬었다.

나는 피식 웃으며 우철이의 어깨를 약하게 쳤다.

"장난이지."

"장난이 아니었어. 적어도 나는 네가 진심으로 그렇게 말하고 있다고 느꼈다고."

우철이는 파르르 떨리는 눈과 함께 커진 목소리로 말했다. 같이 급식 순서를 기다리며 줄을 서 있던 아이들이 우리들을 바라보았다. 우철이는 개의치 않고 말했다.

"모의고사 보던 날쯤부터 뭔가, 뭔가…… 네가 너답지 않게 느껴졌는데 오늘 알겠어. 너 이상해졌어. 너 성격이 달라진 것 같다는 생각 안 드냐?"

"내가? 어디가?"

"몰라. 그냥 그렇게 느껴져. 너도 그렇고 기영이도 그렇고 왜 다들 요즘 이상해지고 있냐."

"기영이는 또 왜?"

그러고 보니 기영이는 요즘 통 보이지 않았다.

"그 자식 이번 모의고사에서 성적이 얼마나 떨어진 줄 알고 있냐? 자그마치 백 점이 떨어졌더라."

"백 점이나?"

"그래. 인마."

요 근래 나는 아버지 일이다 흑천마검 일이다 해서 친구들에게 거의 신경을 쓰지 못했다.

기영이의 얼굴을 본 지도 꽤 됐다.

쉬는 시간에 반에 찾아갈 수도 있었지만 나는 그렇게 하지 않았다.

늦었지만 우철이의 말에 걱정이 들었다.

"기영이한테 가보자. 난 오늘도 속이 안 좋은 줄 알았지."

"그게 아니야. 그 자식 조퇴하고 집으로 갔어."

"아파?"

"그런 건 아니고 집에 무슨 일이 있는 모양이더라고."

"무슨 일인지는 모르고?"

"모르지. 말을 안 해주는데."

우철이가 걱정어린 얼굴로 말을 흐리더니 식판을 집어들며 물었다.

"너는 무슨 일 있냐? 골치 아픈 일이 생겼다면서?"

"그런 게 있다."

"그러냐?"

우철이는 말을 퉁명스럽게 내뱉었다.

나도 더는 대꾸하지 않고 묵묵히 반찬을 받아 식탁에 앉았다. 이후로 우철이와 나는 점심을 다 먹고도 입을 열지 않았다.

나로서도 흑천마검 때문에 정신이 없는데 퉁퉁거리는 우철이를 보고 있자니 기분이 썩 좋지 못했다. 그렇게 급식실에서 나온 우리는 인사도 없이 헤어졌다.

하교 직전 담임선생님이 성적표를 나눠줬다. 가채점했던 점수가 그대로 나왔다. 반 석차 일 등, 전교 석차 삼 등. 선생님은 한껏 들뜬 어조로 놀라운 내 성적 향상에 대해 이십 분간 연설하다시피 했다.

그리고는 교무실로 따로 불러, 내일 있을 방학식에서 오십만 원의 장학금이 수여된다고 말씀하셨다.

"장학금을 받을 놈이 왜 그렇게 담담해? 기쁘지 않아? 성적도 많이 올랐는데."

"기쁩니다."

솔직히 아무런 감흥이 없었다.

혈마교에 있는 보물들의 가치에 비하면 오십만 원은 아무것도 아니었다.

"이번 여름방학 때 더 열심히 해서 다음엔 전교 일 등 한번 해보자. 알았지?"

"예."

나는 아무렇게나 대답하고선 교무실을 빠져 나왔다. 가방을 메고 돌아가는 발걸음이 무겁기만 했다.

지난 삼 일간 전주 시내뿐만 아니라 주변 도시들까지 가서 흑천마검을 찾아다녔지만 티끌만 한 흔적도 찾지 못했다. 이대로 흑천마검이 돌아올 것이라는 기대는 조금도 없었는데,

그렇다고 내가 할 수 있는 일이 딱히 있는 것도 아니었다.

혹 흑천마검의 기운을 느낄 수 있을까 해서 정신을 집중하다 보면 머리카락을 짧게 유지시켜줬던 역용술이 풀리곤 했다. 그래서 생각난 김에 집으로 오는 도중 미용실에 들렸다.

미용실은 인근에서 예쁘기로 소문난 누나가 있는 곳으로 알려져 있기 때문에 이른 시간임에도 불구하고 내 또래 아이들로 북적거렸다.

상산고 교복을 입은 아이도 있었고, 영생고 교복을 입은 아이도 있었다. 그리고 우리학교 일학년 배지를 찬 후배 둘도 있었다.

그 아이들이 나를 알아보는 눈치였다.

아니나 다를까 눈이 마주치자마자 소파에서 벌떡 일어나 큰 소리로 인사했다.

"안녕하세요. 정진욱 선배님!"

'쪽팔리게.'

나는 살짝 고개를 끄덕이며 그 옆으로 앉았다. 상산고 아이와 영생고 아이가 놀란 눈으로 나를 바라보았다. 둘의 시선이 내 명찰로 향했다.

정말 그 사람이 맞구나. 그런 얼굴의 둘은 슬그머니 자리에서 일어나 뒤에 있는 소파로 향했다. 내 옆에 있는 것이 불안한 모양이다.

소문의 미용사 누나가 막 한 손님의 미용을 끝내고 내게로 다가왔다.

"커트할 거지?"

누나가 눈웃음을 치며 물었다. 자기 딴에는 예쁘다고 자부하는 모양인데 조금도 그렇지 않았다. 겨우 평범한 수준? 그뿐이다.

"예."

"그런데 어쩌지? 네 명이나 기다리고 있어서 한 시간 정도는 기다려야 할 것 같은데? 조금 기다려줄래?"

"그럼 다음에 오죠."

조금도 고민 않고 자리에서 일어났다.

그러자 미용사 누나가 당황하는 기색을 비쳤다. 지금 내 반응은 그간 또래 아이들이 보여줬던 태도와는 매우 상반된 것이었을 것이다.

"미안해. 잘 생긴 동생."

미용사 누나가 다시 미소로 표정을 바로잡으며 말했다. 그때 우리학교 후배 둘이 말했다.

"저희들은 괜찮아요. 선배님 먼저 해주세요."

미용사 누나는 무슨 상황인지 알겠다는 듯 고개를 끄덕이더니 상산고 아이와 영생고 아이를 흘깃 바라보았다. 나도 미용사 누나의 시선을 따라 둘을 바라보았다. 둘은 혈마교의 교도들처럼 황망히 시선을 내리깔면서 대답했다.

"저도 괜찮아요."

"저도요."

미용사 누나가 내게 의자를 가리켰다.

"이름이 정진욱이지? 네 학교 후배들이 그렇게 부르더라."

"예."

"처음 왔지? 이렇게 멋진 동생을 내가 기억 못할 리가 없거든. 그런데 너. 너네 학교에서 잘 나가는 모양이네? 짱 같은 거야? 요즘도 짱이라는 말 쓰나?"

정숙하지 못한 느낌의 외모만큼이나 말이 많은 사람이었다. 나는 미용사 누나의 말을 한 귀로 흘려보내며 대답했다.

"단정하게 깎아주세요."

"그, 그래."

미용을 다한 후에 집으로 향했다. 내가 할 수 있는 한 최대한 정신을 집중하며 걸었다. 미용실이 있는 우리 집 근처에서부터 우리학교까지인 사 킬로미터 반경에 정신이 닿았다. 오늘도 특이한 징후는 없었다.

엄마는 모의고사 성적표를 받고 뛸 듯이 기뻐했다. 그 모습에 잔뜩 뭉쳐 있던 마음이 약간은 풀어지는 기분이 들었다. 어디론가 급히 전화하는 엄마를 뒤로 하고 방으로 들어왔다.

   [지난 십칠 일 중국 강서성에서 발생한 고진도의 지진으로 현지인들의 피해가 눈덩이처럼 불어나고 있는 가운데 삼성그룹, 일성그룹 등 국내 주요 기업들이 중국 피해주민 돕기에 적극 나서고 있다. 특히 일성그룹의 구조대

인 '1119'는 열띤 구조작업을 벌이고 있는 가운데, 심화된 구조작업에 필요한 인력과 장비의 보충과 실종된 신용운 회장의 신속한 생사확인을 위해 이차 구조대 파견을 준비하고 있다. 구조대는 모레 오전 인천항에서 출항식을 가질 예정이다.]

인터넷은 또 실종된 회장의 이야기로 떠들썩했다. 벌써부터 상임이사로 있는 신용운 회장의 자제들이 계승권 문제를 논하고 있었다.

역시 신용운 회장과 중국 대지진 이야기뿐이었다. 흑천마검의 흔적을 찾을 수 있는 기사는 없었다.

벌써 삼 일이 지났다.

이상하리만큼 조용했다. 하루가 갈수록 커지는 불안함과 함께, 이러다 혈마교에 돌아가지 못하면 어쩌나 하는 걱정 또한 눈덩이처럼 커져갔다.

옷장을 벌컥 열었다.

빈 껍질만 남아 버린 검집이 원망스러워보였다.

'무슨 말 좀 해봐! 흑천마검을 쫓을 수 있는 힌트. 아주 조그마한 것이라도 좋으니까!'

검집을 노려보다 신경질적으로 옷장 문을 닫았다. 샤워를 할 생각으로 거실로 발걸음을 옮겼을 때였다. 등 뒤로 미약하지만 검집의 기운이 일렁이는 것이 느껴졌다.

'엇?'

그 자리에서 멈춰 서며 휙 하고 등을 돌렸다. 내 두 눈에 떠오르고 있는 검집의 모습이 들어왔다.

그 뒤쪽으로는 겨우 검집이 통과할 수 있을 정도로 열린 옷장 문이 보였다. 검집은 아주 느릿하게 내게로 날아왔다.

그러더니 바로 내 얼굴 앞에서 멈췄다. 그때 익숙한 목소리가 머릿속에서 울렸다.

『지…….』

'지?'

『지…….』

중성적인 그 목소리는 후두암에 걸린 환자의 것처럼 잔뜩 갈라져서 들렸다.

'더듬지 말고 어서 말해봐!'

나는 검집을 노려보며 속으로 외쳤다.

『지…… 지진…… 지진…….』

그걸로 끝이었다.

검집이 힘을 잃고 아래로 떨어져 내렸다.

바닥에 닿기 전에 검집을 허공에서 휙 하고 낚아채 오른손에 쥐었다.

검집은 전보다도 더욱 기운을 상실했다.

이제는 실 가닥 같은 한 줄기 기운만 남았다. 흑천마검도 흑천마검이지만 슬슬 검집도 걱정되기 시작했다. 이대로라면 흑천마검을 찾아도 다시 혈마교로 돌아갈 수 없을지도 모른다는 불안감마저 들었다.

'지진이라고?'

검집이 했던 말을 떠올리며 모니터 화면을 바라보았다.

"설마?"

'대지진 공식 사망자 삼만 명 넘어.'라는 속보 기사의 굵은 제목이 내 눈길을 잡아끌었다.

"설마 여긴 아니겠지? 흑천마검이 중국에 있다고?"

검집은 조금 전의 말을 끝으로 더는 대답이 없었다. 나도 모르게 내지른 외침이 웅웅 하고 방 안을 울렸다.

"아들! 무슨 일이야?"

곧 내 목소리에 놀란 엄마가 방문을 벌컥 열었다. 나는 한 박자 빠르게 검집을 등 뒤로 숨기고 있었다.

엄마가 무슨 일이냐며 수화기를 든 채로 물었다. 아무 일도 아니라고 얼버무리자 엄마가 의심스러운 눈빛을 흘리며 방문을 닫았다.

문밖으로 계속해서 엄마의 목소리가 들려왔다. 이모 혹은 엄마의 친구 분에게 내 성적을 자랑하는 중일 것이다.

들떠 있는 엄마의 목소리와는 달리 내 마음은 무거워져만 갔다.

'중국에 있다니······.'

*   *   *

 아이들 모두 지루한 얼굴로 단상 위의 교장 선생님을 바라보고 있었다. 아이들은 긴 훈화 말씀을 참지 못하고 떠들고 있었다.

 곳곳에서 선생님들의 날카로운 눈초리가 번뜩여댔지만, 아이들의 수다는 잠시 멈출 뿐 선생님들의 눈이 돌아가면 다시 시끄럽게 떠들었다.

 교장 선생님의 훈화 말씀이 끝난 것은 시작한 지 십오 분 정도 지날 무렵이었다. 이후로 수상식이 시작됐다. 성적 우수자들에게 주는 이사장 표창장 수여식 차례에서 내 이름이 호명되었다.

 내가 단상에 오르자 어수선하던 분위기가 갑자기 착 가라앉았다. 그건 거의 침묵에 가까웠다. 선생님들은 갑작스레 변한 분위기의 원인이 내게 있음을 알아차리고 나를 응시했다.

 나와 같이 호명되었던 아이들이 쭈뼛쭈뼛 옆으로 섰다. 일학년도 있었고 삼학년도 있었다. 우리들은 당황한 표정을 짓고 있는 교장 선생님 앞으로 나열했다.

 교장 선생님이 헛기침을 하면서 마이크를 톡톡 쳤다. 스피커를 통해 지잉 하고 불쾌한 소리가 울렸다. 교장선생님은 마이크에 얼굴을 가까이 가져가며 한 명씩 호명했다.

 잠시 뒤 내 차례가 왔다.

"이학년 일반 정진욱. 위 학생은 일학기 성적이 우수하므로 이 상장을 수여함."

유독 큰 박수소리가 터져 나왔다.

나는 상장과 장학금이 든 봉투를 받고선 아이들과 함께 단상 아래로 내려왔다. 강당에서의 방학식 순서가 모두 끝났다. 우리들은 교실에서 담임 선생님의 당부의 말씀을 들은 후에야 교실 문을 나설 수 있었다.

여름방학 시작.

그렇지만 썩 기분이 좋지는 않았다. 뛰쳐나간 흑천마검을 찾기 위해 당장 오늘이라도 중국으로 날아가야 할 판이었다.

집으로 향하는 길에 은행에 들렸다. 천변을 따라가다 보면 김제 방향으로 넘어갈 수 있는 안행교가 나오는데 그곳에 국민은행 안행교 지점이 있었다. 주말이 되면 가족과 함께 장을 보러 나오곤 하는 전주마트 건너편이기도 했다.

은행 안은 마트에 오는 김에 은행에 들렸는지, 은행에 오는 김에 마트에 들렸는지 모를 사람들로 붐비고 있었다. 대기자 수가 내 앞으로 스무 명이 넘었다. 삼십 분이 넘는 시간을 대기석에 앉아 내 번호가 뜨기만을 기다렸다.

띵동.

내 번호가 뜨자마자 장학금이 든 봉투를 꺼내들며 창구로 향했다.

"무엇을 도와드릴까요?"

여직원이 웃는 눈으로 말했다.
"중국 돈으로 환전하려는데요."
"인민폐요? 얼마나 환전하시려고요?"
사무적인 물음에 장학금 오십만 원을 내밀었다.
여직원은 지폐 계수기에 돈을 넣은 후에 오십만 원임을 확인한 다음 계산기를 두드렸다. 그렇게 나온 중국 돈, 그러니까 인민폐는 약 이천 원 정도였다.
오늘 학교에서 우철이에게 물어봤을 때와는 상당히 다른 금액이었다. 우철이는 중국 돈 일 원이 우리나라 돈으로 백오십 원 정도 하니까 중국 돈 삼천삼백 원 정도로 환전할 수 있을 거라고 했다.
"이 정도밖에 안 나옵니까? 더 나온다고 들었는데요."
어리둥절한 내 어투에 여직원이 상냥한 목소리로 설명했다.
"고객님. 오늘 중국 원화 매입가가 이백사십이점육일 원입니다."
뉴스에서 달러, 엔화, 금값이 모두 폭등하고 있다고는 들어왔지만 중국 돈까지 폭등하고 있는 줄은 몰랐다. 뭐 그다지 나와는 상관없어 귀담아듣지도 않았지만……. 나는 약간 억울한 마음으로 중국 돈을 주머니에 넣었다.
집에 돌아와서는 중국으로 떠날 채비를 했다.
'흑천마검. 이 새끼…….'
속으로 흑천마검 욕을 해대며 중국행이 얼마나 걸릴 줄 모르니 속옷이나 양말 그리고 옷가지 등을 배낭에 쑤셔 넣었다.

서랍을 열고 한 뭉치의 A4용지를 꺼냈다. 어젯밤에 중국 지도가 있는 웹사이트를 찾았는데, 지진이 일어났다는 강서성 부근을 출력하는 데만 A4용지 수십 장이 들었다.

가족이 모두 모인 그날 저녁 식탁에서였다. 부모님이 무조건 반대를 할 것이라고 알고 있음에도 말을 꺼낼 수밖에 없었다. 나는 눈치를 보며 말할 타이밍을 기다렸다.

아버지는 현장에 복귀하신 이후로 언제나 밝은 얼굴이셨다. 한 달 뒤쯤이면 아파트 인테리어 공사까지 끝나서 더 좋은 집으로 이사를 갈수 있다고 몇 번이나 말씀하셨다. 엄마와 영아도 최신식 아파트에 대한 기대감으로 잔뜩 부풀어 있었다.

"진욱아."

아버지가 약주를 마시며 말씀하셨다.

"모의고사 성적표 봤다. 아버지가 되서 다른 집 자식들처럼 과외다 뭐다 시켜주지 못했는데 전교 삼 등이라고. 정말 잘했다."

"여보. 미영이네 아들도 고등학교 이학년이잖아요. 우리 아들 이야기를 해줬더니 공부 방법 좀 알려달라면서 가까운 시일에 가족끼리 외식 한번 하재요."

엄마가 나를 보며 빙그레 웃었다. 내 뒷머리를 쓰다듬는 엄마의 손길이 따뜻했다. 그런 우리를 보며 영아가 자신도 반에서 삼 등 한 걸 알아주라면서 투정부렸다.

"그래그래. 우리 딸도 잘했어. 이러다 우리 집에서 판검사

두 명 나오겠네."

엄마가 흐뭇한 얼굴로 영아와 나를 바라보았다. 아버지도 기분 좋은 미소를 입에 걸치며 소주잔을 드셨다. 때는 지금인 것 같았다. 나는 아버지가 소주잔을 내려놓길 기다렸다가 말했다.

"아버지. 말씀드릴 게 있어요."

무슨 일? 아버지가 그런 얼굴로 말없이 고개를 들었다.

"오늘 여름방학이 시작되었고 해서 배낭여행을 가고 싶어요."

"갑자기 무슨 배낭여행?"

엄마가 먼저 놀란 목소리를 터트렸다.

아버지의 입가에 걸려 있던 미소가 사라졌다. 아버지는 미간을 찌푸리며 무슨 일이냐고 물었다.

"진로를 생각해 보고 싶어요. 지금 아니면 못 갈 것 같아요. 겨울방학에는 본격적으로 수능 공부도 시작해야 하고, 고삼 때는 당연히 못가고요."

"학교에서 무슨 문제라도 있는 거니?"

엄마가 걱정 기득한 얼굴로 나를 바라보았다. 당연하겠지만 엄마는 내가 작년에 육 개월간 가출했던 것을 떠올리고 있을 것이다.

"그런 거 아니야. 친구들 보면 진로가 정해진 것 같은데 나는 아무것도 모르겠어. 목표가 있어야 공부도 더 열심히 할 수 있을 것 같다는 생각이 들었어. 그래서 여행을 하면서 내가 하고자 하는 게 무엇인지 찾고 싶어졌어. 아버지도 엄마도 많이 걱정하는 것을 모르는 건 아닌데……. 그래도 날 믿어줬으면 좋겠어."

진로라면 이미 법대 쪽으로 생각해 두었다.

부모님께 거짓말을 하게 만든 흑천마검을 떠올리며 속으로 이를 갈았다.

"누구하고 갈 거냐?"

아버지가 짐짓 심각한 어투로 물었다.

"저 혼자서 갈 거예요."

"혼자서?"

"예. 아버지."

"어디로 갈 건지는 정했고?"

"예. 군산에서부터 인천 쪽으로 올라가려고요."

"서해안이라. 얼마나 걸릴 것 같으냐?"

"보름 정도로 생각해 두고 있어요."

아버지는 묵묵히 고개를 끄덕이셨다. 엄마와 영아는 아버지와 나를 번갈아 바라보며 걱정 가득한 얼굴을 하고 있었다. 이윽고 아버지의 입이 열렸다.

"갔다 와라."

"여보!"

바로 엄마의 높은 목소리가 튀어나왔다. 엄마는 무슨 소리를 하는 거냐며 아버지를 말렸다. 아버지는 엄마의 말을 무시하며 내게 소주잔을 내밀었다.

쪼르르르.

내 앞의 잔에 소주가 가득 채워졌다. 마시라는 반 강압적인 말에 소주잔을 집었다. 고개를 뒤로 돌리며 손으로 입을 가려 한 번에 마셨다.

알코올의 화기가 배 속에서 퍼졌다. 흡사 내력을 일으킬 때처럼 복부가 화끈해졌다.

"우리 집에 많은 일들이 있었으니 너도 생각할 시간이 필요하겠지. 대신! 가서 나쁜 것 배워오면 안 된다. 술은 이 잔을 마지막으로 대학생이 될 때까지 절대 입에 대지 말고, 특히 담배는 더더욱 안 돼. 그리고 공부도 계속 열심히 할 거라고 약속해야 하고."

"예. 아버지."

입안에 남아 있던 소주 냄새가 물씬 풍겨 나왔다.

"언제 갈 거냐?"

"마음먹은 거 당장 내일 새벽에 떠나려고요."

옆에서 엄마가 그렇게 빨리? 라는 눈으로 나를 바라보았다.

"그래. 사내자식답다."

"여보. 세상도 흉흉한데 어떻게 혼자서 가라고 하는 거예요? 아들. 대학 가서 가도 늦지 않아. 국토순례니 뭐니 하는 것도 그때 간다더라. 잠깐 머리 정리하고 싶으면 울산에 있는 순채 형 집에라도 갔다 오던지."
"진로 생각해 본다잖아. 진로. 엄마가 되서 아들을 못 믿으면 쓰겠어?"
"하지만 여보……."
"다른 집 자식이었으면 벌써 빼딱선 타고도 남았어. 당신도 그랬잖아. 우리 아들만 한 애도 없다고. 믿고 보내줘. 진욱이 말대로 이번 여름방학 아니면 보내지도 못해."
아버지의 단호한 어투에 엄마는 입을 다물었다. 나는 안절부절못하는 엄마의 손을 잡으며 말했다. 그러면서 여행경비도 장학금으로 준비해 놨다고 덧붙였다.
"걱정하지 마. 엄마."
그래도 엄마의 걱정스러운 표정은 풀어지지 않았다.

*　　*　　*

다음날 새벽 부모님께 인사를 드린 다음 고속버스터미널로 향했다.
행인은 한 명도 없고 도로에도 차 한두 대가 달리고 있을 뿐이었다. 그것마저도 나를 알아볼 수 없을 정도로 세차게 달리고 있었다.
나는 경공으로 건물 옥상들을 뛰어넘었고, 도로가 텅 비어 있을 때는 도로 위를 질주했다.

스스슷!

어젯밤에 알아본 대로 새벽 네 시에 인천으로 향하는 고속버스가 있었다. 한산한 새벽 버스에 몸을 눕히고 일곱 시경에 인천 고속버스터미널에 도착했다.

언덕에서 바라보는 인천항은 이른 아침부터 분주했다. 바다 냄새가 물씬 풍기는 가운데 푸른색 작업복을 입은 항구 직원의 모습들이 눈에 띄었다.

일성그룹의 구급대인 '1119'가 오늘 오전에 강서성으로 출발한다고 했었다.

쉬익.

나는 그들을 찾기 위해 몸을 날렸다. 직원들의 눈을 피해 도둑고양이처럼 움직였다.

기중기와 컨테이너 박스 혹은 화물선 안으로 몸을 숨기며 곳곳을 누볐다.

일, 이, 삼 부두는 철재와 원목을 실은 화물선으로 가득했고, 사 부두는 크레인과 컨테이너 박스들의 집합소였다. 오 부두에서는 수출용 차량 수천 대가 한 치의 오차도 없이 나열되어 있는 진풍경을 보여주었다. 칠 부두에서는 곡물을 다루는지 곳곳에 곡식 낱알맹이들이 떨어져 있었다.

'어디에서 출항식이 있는 거지?'

현수막도 보이지 않았다.

손목시계를 보니 오전 일곱 시 반. 어느새 떠오른 해가 대낮처럼 항구를 비쳤다.

고철 로봇을 연상시키는 거대인 크레인 하나가 눈에 들어왔다.

아직 그것은 작동하지 않았다.

마침 주위에는 항구 직원들이 없었다. 나는 텅 빈 화물선 안에서 크레인을 향해 몸을 솟구쳤다.

크레인 끝에 오르자 항구 전경이 한눈에 들어왔다. 목재를 가득 실은 트럭들이 바삐 움직이고 있었고, 멀리서는 크레인들이 수송함 위의 컨테이너 박스들을 집어 옮기고 있었다. 뉴스에서 잠깐잠깐 보던 인천항의 모습이 눈에 들어왔다.

그러던 중 낡은 화물 트럭이 아닌 하얀색 봉고차가 보였다. 운전석 옆면에는 '일성 1119 구조단'이라는 마크가 찍혀져 있었다.

봉고차는 느릿한 속도로 부두 도로를 가로질러 내 쪽으로 오고 있었다.

'저거다!'

나는 크레인 위에서 뛰어내릴 준비를 했다. 사거리에 들어왔을 때 봉고차 위로 몸을 날렸다.

쉬이이이익!

세찬 바람이 온몸을 덮쳤다. 지금 이 떨어지는 속도라면 봉고차는 박살나고 말 것이다. 차 위에 착지하는 순간 넙죽 엎드리며 내력을 일으켰다. 차체에 퍼져야 했을 큰 충격이 내 몸에서 미세한 진동으로 그쳤다.

 차는 내가 올라탄 지도 모르고 그대로 달렸다. 나는 차 위에 넙죽 엎드려 차가 멈춰 서기를 기다렸다.

 부두를 가로질러 여객선터미널까지 왔다. 거대한 페리호가 있는 쪽으로 '1119'의 구급선이 있을 줄 알았는데 차는 더욱 깊숙이 안으로 들어갔다.

 차가 다가오자 도로를 가로막고 있던 철창을 항구 직원들이 직접 열어주었다. 차는 인적이 뜸해진 외곽에 달해서야 멈췄다. 바다 쪽으로 길이 칠십 미터의 하얀색 최신식 선박이 정박되어 있었고, 거기에서도 일성 1119 구조단의 거대한 문장이 보였다.

 '저거군!'

 나는 차에서 뛰어올라 한편에 위치한 이 층 건물 옥상 위로 착지했다.

 검은색 유니폼을 입은 구조단원들이 차에서 내렸다. 그들은 모두 열 명쯤 되었는데 차 위를 확인한 다음 최신식 선박으로 향했다.

 구조대원들이 타고 온 똑같은 봉고차 세 대가 이미 주차되어 있었고 이후로도 봉고차 여섯 대가 더 왔다.

 여덟 시가 되자 그들은 선박 위에 모여 출항식을 가졌다. 갑판은 백여 명이 되는 구조단원들이 모두 모여 있어도 전혀 비좁지 않을 정도로 상당한 크기였다.

그리고 정확히 아홉 시.

그들을 실은 하얀색 선박이 바다로 나아가기 시작했다. 하얀 거품이 수면 위로 떠오르며 선박이 나아간 행로를 그렸다. 배가 서서히 멀어지기 시작할 때쯤 항구 직원들의 뒷정리도 끝났다. 그들은 내가 올라와 있는 건물 안으로 들어왔다.

이제 부두에 남아 있는 사람은 없었다. 나는 온 내력을 끌어올렸다. 로켓이 발사되기 직전 뜨겁게 달아오른 발화구처럼 다리 전체로 열기가 퍼졌다.

속으로 셋, 둘, 하나 하고 카운트다운을 세다가 전방의 하늘을 향해 몸을 솟구쳤다.

푸드득.

부두 하늘을 날아다니고 있던 갈매기들이 놀란 날갯짓을 했다.

갈매기들을 뚫고 바다 위로 착지했다.

왼발목이 바다에 잠겼다.

차가운 바닷물이 신발 속과 양말 안으로 스며드는 것이 느껴졌다.

더 깊게 발이 물속으로 빠져들려고 했다. 오른발로 해수면을 박차자 몸 균형이 제대로 돌아왔다.

넘실대며 다가오는 파도의 끝자락을 밟으며 몸을 튕겼다. 내 머리맡 하늘 위에서 갈매기들이 너 대체 뭐하는 놈이야? 라고 말하는 듯 큰 궤적으로 날아다녔다.

어느새 거대한 1119 선박이 시선 가득히 들어왔다. 갑판으로 언뜻언뜻 구조대원들의 모습이 보였다. 하지만 안테나가 돌고 있는 최상층에는 아무도 없었다. 그곳이라면 갑판에서 바라봐도 나를 찾지 못할 것이라는 확신이 들었다.

결심이 선 순간 해수면을 박찼다. 그 자리를 중심으로 선박이 만들어낸 하얀 거품들이 씻은 듯 날아갔다.

탓.

안테나가 있는 층에 착지하며 자세를 낮췄다. 아래에선 내가 숨어 탄 것을 조금도 눈치채지 못한 듯했다. 나는 안테나 지지대에 몸을 기대며 얼굴을 찌푸렸다.

정상적인 방법으로 중국으로 가기 위해선 여객선이나 비행기를 타야 한다. 하지만 그 방법을 선택하는 데 한 가지 문제가 있었다.

바로 비자와 여권.

돈이야 어떻게 구한다고 해도, 흑천마검이 무슨 짓을 저지를지 모르는 이때 비자와 여권 발급이 되는 데 걸리는 이 주 동안 한가로이 놀 수만은 없었다.

더군다나 강서성으로 바로 가는 비행기와 배도 없다.

'정말 밀항을 하게 되다니…….'

이 모든 것은 흑천마검 때문이다.

놈 때문에 사설 선박에 숨어드는 밀항을 하고 있다. 삼팔선을 넘어서 북한을 통해 중국으로 간다는 것보단 현명한 생각이지만, 계획대로였다면 지금 나는 시녀들의 마사지를 받으며 한가로이 책이나 뒤적거리고 있었을 것이다.

선박은 점점 가속도를 붙여 나아갔다. 위에서는 뜨거운 태양 볕이 온몸에 내리쬐고 앞에서는 차가운 바닷바람이 세차게 불어와 머리칼을 휘날렸다.

다시 한 번 속으로 흑천마검에게 저주를 퍼부어주었다.

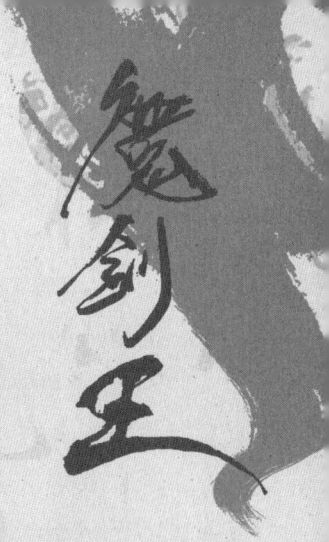

 구급차와 지게차 그리고 소형 기중기 같은 구조용 기계들로 가득 찬 주위를 보면 이곳이 선박 안인지, 아니면 팔복동에 있는 어느 공업 단지 안인지 구분이 가지 않았다.
 이곳은 승무원과 구조대원들의 눈을 피해 숨어 있기에 딱 좋았다. 낮이고 밤이고 항시 어두컴컴한데다가 여러 기계들과 자재를 담은 박스들이 거미줄처럼 얽혀 있었다. 하지만 먹을 것이 하나도 없다는 점 때문에 은신처로 백 점을 줄 수는 없었다.
 지금 시각이 한 시.
 오후 한 시가 아니라 오전 한 시였다. 즉 오전 아홉 시경부터 지금까지 열여섯 시간을 꼬박 약품 냄새가 나는 박스 뒤에서 쭈그리고 앉아 있었던 것이다.

허기를 내력으로 짓누르는 것에도 한계가 있었다.

하루만 참아야 하면 참겠는데 앞으로 서른 시간 이상을 더 가야 할 것 같았다.

'멍청한 놈.'

먹을 것을 하나도 챙기지 않은 스스로를 원망하며 몸을 일으켰다. 조심스럽게 창고 문을 반쯤 열었다. 새벽 한 시이니만큼 갑판에는 아무도 없었다.

그래도 밝은 조명이 켜져 칠흑같이 어두운 주위를 밝히고 있었다. 나는 갑판의 조명처럼 밝게 켜진 상층 선장실을 올려다보다가 몸을 날렸다.

쉬익.

갑판을 빠르게 지나쳤다.

모두 잠든 시간이라서 그 찰나의 순간을 포착할 사람은 없었다. 조명이 닿지 않은 부분으로 돌았다. 그런 다음 벽에 몸을 밀착하며 식당으로 향했다.

아침에 숨어 있을 곳을 찾는 도중 봐두었던 식당이 있었다. 식당 창 너머로 식사를 하던 구조대원과 승무원들을 관찰할 때까지만 해도 배가 고프지 않았는데……

침을 꿀꺽 삼키며 식당 손잡이를 돌렸다.

다 같은 식구들이기 때문일까. 문은 잠겨 있지 않았다. 이백여 명 정도는 한 번에 식사를 할 수 있을 큰 규모의 식당이 어둠 속에서도 어렴풋이 보였다.

안력을 끌어 올리자 식탁과 의자의 윤곽이 보다 선명해졌고, 대원들의 구조현장 사진들과 함께 〈뉴 프론티어의 정신과 자세로 주어진 사명을 다하겠습니다.〉라는 구호가 보였다.

주방으로 들어갔다.

구석에 위치한 대형 냉장고가 빨간 등을 깜박이며 자신이 작동하고 있다는 것을 알려왔다. 냉장고 문을 열자 안에서부터 빛이 퍼져 나왔다.

냉장고 안은 식재료가 든 플라스틱 용기로 가득했다. 냉동고에서 꽁꽁 언 돼지고기 한 움큼을 집어 들었다.

굳이 가스레인지를 켜지 않아도 돼지고기는 내 손에서 알맞게 익었다. 십이양공의 열기가 가시지 않은 고기에서 김이 모락모락 피어올랐다.

거기에 냉장고에서 찾은 된장을 발라 먹었다. 황제만찬에 비할 바는 못 되지만 이것도 나름 별미였다.

창고로 돌아가기 전 내일 먹을 소시지를 챙겨두었다. 대형 냉장고에는 어마어마한 양의 식재료가 비축되어 있어서 내가 조금 가져간다고 해서 티도 안 날 정도였다. 하지만 괜스레 미안한 마음이 들었다.

이틀 뒤 아침이었다.

창고 문이 열리면서 햇빛이 비스듬히 들어왔다. 나는 급히 자재 박스 뒤에 몸을 숨기며 상황을 주시했다. 1119 유니폼을 입은 두 사내가 안으로 들어왔다. 그들 중 한 명이 입구 벽에 달린 작은 LCD 화면을 터치했다.

 팟! 팟!

 천장의 전구들이 일제히 켜졌다. 눈이 부셨다. 적잖게 당황했지만 저쪽에선 나를 보지 못할 거란 확신이 있었다. 어쨌든 자재 박스에 더욱 몸을 밀착하며 숨소리를 죽였다.

 "자. 빨리 끝내자고."

 키 큰 사내가 허리춤에서 몇 장의 서류를 꺼낸 다음 셔츠 주머니에서 볼펜을 빼 들었다.

 "그런데 정말 윗선에서는 회장님이 아직까지 살아 있을 거라 생각하는 겁니까? 벌써 사 일이나 지났지 않습니까."

 "사람은 물만 있으면 이 주는 버틸 수 있으니까. 왜 저번에 설악산에서 실족한 사람도 열흘 동안 빗물만 먹고 버텼었잖아. 일단은 살아계실 때 이야기지만……."

 "하긴요. 김 팀장님에게 들으니까 난리 통도 그런 난리 통이 없다면서 진절머리를 치더군요. 도대체 구조를 하려야 할 수 있는 여건이 안 되는 것 같습니다. 쓰나미 때하곤 비교도 안 되는 모양입니다."

 "할 수 있나. 잘해 봐야지."

 그러면서 둘은 걷기 시작했다. 넓은 창고 안에서 그들이 제일 먼저 향한 곳은 구급차가 몰려 있는 부근이었다.

"스물세 대. 맞습니다."

동료가 말하고 키 큰 사내가 서류에 체크했다. 둘은 소형 크레인들과 지게차의 수를 확인하고, 철제 분리형 들것과 곱게 접힌 휠체어들의 수를 하나하나 세기 시작했다.

회장뿐만 아니라 지진에 휩쓸린 중국 사람들까지 구조하기 위해서 준비한 것들이라 양이 상당했다. 창고 앞쪽의 구호물품을 확인한 다음 중간까지 넘어왔다. 거기서부터 플라스틱 상자가 겹겹이 쌓여 있었다.

지혈대 오십 박스. 머리고정대 열 박스. 부목 사십 박스. 산소호흡기 스물다섯 박스. 기도확보유지세트 스물다섯 박스. 응급처치함 PM형 열 박스, FM형 열 박스. 연기투시기 다섯 박스, 로프 열 박스, 석고붕대 오십 박스 등의 명칭과 개수가 들려왔다.

그들과 내 거리가 서서히 좁혀지고 있었다. 이래서야 둘이 이쪽까지 오는 것은 시간 문제였다.

"오늘 일정이 어떻게 됩니까?"

"일정이랄 것도 없어. 바로 헬기 타고 현장 투입이지. 항구에서 현장까지 거리가 네 시간 정도라고 하니, 오후 두 시쯤이면 현장에 도착할 수 있을 거다."

"인솔자는 박 과장님이시죠?"

"나? 아니. 삼차 파견이 있을지 모르지만 그때까지는 김 팀장님이 이번 팀을 인솔하게 될 거다. 엄격한 분이신거 알지?"

"저는 박 과장님이 인솔하게 될 거라고 알고 있었습니다만."

"물렁한 사람이 인솔자라서 안심했구만?"

"아, 아닙니다."

둘의 대화소리가 더욱 가까워졌다. 나는 자재 박스 틈으로 둘의 모습을 지켜보다가 더는 안 되겠다는 생각에 슬그머니 옆으로 이동하기 시작했다. 자재 박스와 기계들을 장막으로 이용해서 입구 쪽으로 움직였다.

잠시 뒤 둘은 내가 있던 자리에 와 있었다. 키 큰 남자가 서류를 체크하면서 코를 킁킁거렸다.

"무슨 냄새 안 나?"

"납니다."

"이게 무슨 냄새지?"

"고기 구운 냄새 같은데요."

아침에 십이양공의 열기로 소시지를 구워 먹었었다. 그 냄새가 아직까지도 빠지지 않은 것 같았다.

"여기서 고기 냄새가 날 리가 없잖아. 여기서 나는 냄새인 것 같은데. 이거 뭐야?"

남자가 그의 눈앞에 있는 박스를 볼펜으로 톡톡 건드렸다. 그러자 동료가 박스에 붙여진 종이를 읽었다.

"아남피록시캄입니다."

"진통제잖아. 중요한 건데 잘못되면 안 된다고. 우선 따로 체크해 둘 테니까, 사람 불러서 확인해."

"예, 과장님."

나 때문에 애꿎은 약품만 불량으로 오해받았다.

둘이 내 쪽으로 몸을 돌렸다. 나는 황급히 크레인 차체에 몸을 밀착했다.

둘이 지나가는 타이밍에 맞춰 슬금슬금 자리를 이동했다. 조금 뒤 쿵하고 철문이 닫히면서 창고 안의 모든 불빛이 꺼졌다.

앞선 둘의 대화로 추정해 볼 때 항구에 거의 도착했고, 다른 일행이 또 창고 안으로 들어올 것이다.

이제 나갈 때가 온 것 같았다.

창고에서 나와 빼꼼히 고개를 내밀어 갑판을 바라보니 모두 분주하게 움직이고 있었고, 바닥은 작렬하는 태양빛의 반사광으로 번쩍여댔다.

나는 더 누가 오기 전에 자리를 옮기기로 마음먹었다. 밖으로 나오자마자 몸을 솟구쳐 안테나가 있는 최상층으로 솟구쳤다.

'누가 보지 않았겠지?'

다행히도 모두 바삐 움직이고 있는 탓에 아무도 나를 본 사람은 없는 듯했다.

바닥에 발이 닿는 순간 납작 엎드렸다.

뜨겁게 달궈진 바닥의 열기가 배와 허벅지를 타고 올라왔다. 계란을 올려놓으면 바로 익을 판이었다. 십이양공의 열기로 몸을 감싸자 더는 뜨겁게 느껴지지 않았다.

나는 누가 최상층으로 올라오는지 갑판을 주시하면서 대륙이 보이기만을 기다렸다. 삼십 분이 지났을 무렵 서서히 땅이 보이기 시작했다. 비로소 피식 하고 실소가 터져 나왔다.

'참 나. 정말 중국에 왔구나. 그것도 밀항으로.'

서서히 느려지는 배의 속도감을 느끼며 가방과 검집을 추슬렀다.

'가자.'

중국 항구에 정박된 수많은 화물선들이 시선에 들어올 때쯤 바다로 뛰어내렸다. 선원들은 아무것도 눈치채지 못했는지 배는 그대로 항구 쪽으로 나아갔고, 나는 해수면 위를 통통 뛰어갔다.

일부러 항구를 크게 돌아 인적이 드문 부두를 찾고자 했다. 하지만 중국 항구는 인천항보다 훨씬 거대했다.

달려도 달려도 최신식 크레인들이 끝없이 이어져 있었고, 세계 각지에서 온 선박들의 출입도 매우 잦았다. 그 선박들이 항구에서 나오거나 항구로 들어갈 때마다, 나는 그들의 눈을 피하기 위해 더욱 돌아가야 했다.

'이게 대체 뭐하는 짓이야.'

온몸이 바닷물로 흠뻑 젖었을 때 나는 다소 인적이 드문 부두를 찾을 수 있었다.

대여섯 명의 부두 작업꾼들이 중국어를 내뱉으며 화물을 나르고 있었다.

부두 안으로 숨어들었다.

방파제에 고여 있던 더러운 오물들 때문에 바지 밑단과 신발이 새까매져 있었다. 신발을 바닥에 비비고 있는데, 부두 작업꾼들이 잡담을 나누며 내 쪽으로 걸어왔다.

나는 황급히 반대쪽으로 몸을 날리며 얼굴을 찌푸렸다. 중국, 동남아 청년들이 화물선 지하창고에 숨어서 우리나라에 들어오는 일이 있다는데 남 일 같지가 않았다.

나도 불법 밀입국자가 됐다.

* * *

절강성 닝보(寧波) 시는 여러 개의 항구를 소유한 대규모 항구 도시였다.

입구에서 뽑아든 관광안내책자를 보면 닝보 시의 항구에 대해서 자세히 나와 있는데, 대표적인 닝보 항만 봐도 중국 국내는 물론 세계적으로도 출입량이 억 톤을 넘는 굴지의 항구라고 소개되어 있었다.

'상해는 알고 있지만 닝보 시는……'

나는 관광안내책자를 접어 뒷주머니에 쑤셔 넣었다.

주위는 온통 여행객들로 붐볐다. 마침 내가 서 있는 곳이 여객선터미널로 가는 도로변이었다.

좌판을 벌여놓고 기념품을 파는 상인들과 그 주위를 기웃거리고 있는 여행객들로 북적였다.

우리나라 사람으로 보이는 여행객들이 꽤 많았다. 실제로 우리나라 말이 여기저기서 들려오고 있었고, 좌판 상인들도 원 달러와 천 원이라는 말을 번갈아 외치고 있었다.

왜 이렇게 관광객들이 많은 가 싶었는데 기차역에서 그 이유를 알 수 있었다. 중국 관광지로 유명한 항주가 닝보 시에서 불과 두 시간도 떨어지지 않은 곳에 있었던 것이다.

'중국 관광을 할 바엔 혈마교로 한시 빨리 돌아가는 게 낫겠지.'

긴 줄을 기다린 끝에 매표소 여직원 앞에 섰다.

여직원이 내게 중국말로 말을 건네 왔다.

어디로 갈 거냐. 그런 식의 말인 것만은 확실했다.

하지만 그 뜻을 정확히 알 수는 없었다.

여직원 말뿐만 아니라 뒤에서 끊임없이 들려오는 중국 아줌마들의 대화도 마찬가지였다.

내가 저쪽 세상에서 익힌 중국어와 이쪽 세상의 중국어는 큰 차이가 있었다.

어르신들이 경상도 사투리를 하시면 알아듣기 힘든데 그것과 비슷한 이치였다. 내가 익힌 말이 극서쪽 방언이기도 했고 또 이쪽 세상에서는 잘 쓰지 않은 어법이기도 한 것 같았다.

'그래도 간단한 대화 정도는 가능하겠지. 그것마저도 통하지 않으면 필담을 나누면 되고.'

그런 생각으로 짧게 대답했다.

"강서성 옥산."

내가 말했다.

그러자 여직원이 대지진이 일어났는데 거길 왜 가려는 거냐? 라는 표정으로 나를 올려다보았다.

"강서성 옥산."

나는 다시 한 번 말했다.

여직원이 고개를 끄덕이며 키보드에 손을 올렸다. 그리고는 앉아서 갈 것인지, 서서 갈 것인지, 앉아서 갈 거면 딱딱한 의자에 앉을 것인지 부드러운 의자에 앉을 건지를 물었다. 물론 부드러운 의자 쪽이 두 배가량 비쌌다.

시간은 어느 정도 걸리느냐고 물었지만 직원은 잘 못 알아듣고 한 시간 후에 출발하는 기차가 있다는 식으로 대답했다. 제스처를 취해도 대화가 제대로 이뤄지지 않았다.

뒤에서는 중국 아줌마들이 밀쳐대고, 주위는 시장 통같이 난리법석이라서 정신이 사나워져갔다. 혈마교에서는 중국말이 듣기 싫다는 생각을 조금도 하지 않았는데, 지금은 귀를 막아 버리고 싶은 심정이었다.

결국 가방에서 종이와 볼펜을 꺼내 필담을 나눈 끝에야 열한 시 옥산행 기차표를 끊을 수 있었다. 시간은 얼추 여섯 시간 정도 걸리는 것 같았다.

대합실은 빼곡하게 사람들로 가득 차 딱히 기다리면서 앉을 자리가 없었다. 기차가 도착하길 기다리면서 강서성 지도를 살폈다.

옥산에서 내리면 지진이 발생한 구이시현까지는 산맥을 타고 경공으로 이동할 생각으로, 자세한 경로를 지도에 표시했다.

이제 가는 일만 남았다.

어느덧 기차가 도착했는지 대합실의 웅성거림이 더욱 커졌다. 거친 물살에 휩쓸리듯, 나는 사람들 틈에 끼여 기차에 올라탔다.

좌석은 우리나라 기차처럼 ㅁ자 형이었다. 부부지간으로 보이는 할아버지와 할머니가 바로 내 앞자리에 있었다. 할머니와 마주 보는 식으로 앉게 되었고, 뒤따라 앉은 삼십 대 남자는 할아버지와 마주보고 앉았다.

할머니의 얼굴이 퀭했다. 할아버지도 힘없는 눈으로 창밖을 바라보고 있었다. 조금의 움직임도 없어서 이대로 죽은 것이 아닐까 하는 의심이 들 정도였다.

무슨 일이 있는 거지? 초췌한 두 노부부의 모습에 괜스레 가슴이 쓰라렸다. 내 옆에 앉은 남자가 두 노부부에게 간단한 인사를 하고 내게도 눈인사를 했다.

남자가 말을 건네 왔다. 그때쯤 기차가 덜컹거리며 움직이기 시작했다.

"여기 사람이 아닌 것 같은데 어디서 왔어?"

"한국에서 왔습니다."

"한국?"

남자가 신기하다는 듯 나를 위아래로 훑어봤다. 멍하니 있던 할머니와 할아버지의 눈동자도 내 쪽으로 향했다. 그제야 나도 두 분께 고개를 숙였다.

"어디를 가는 거야?"

"지진이 일어난 곳으로 가고 있습니다."

지진이라는 말에 할아버지와 할머니 그리고 남자까지 몸을 흠칫 떨었다.

남자는 약간 적의가 서린 어투로 내게 그곳에는 왜 가냐고 물었다. 구경하러 가는 거라면 가만두지 않겠어! 라는 눈빛이 일렁거렸다.

그 눈빛 때문에 남자에게는 불쾌한 감정이 들었다. 그러나 할머니의 눈에 맺힌 눈물을 보니 가슴이 무겁게 가라앉았다. 나는 말실수를 한 것 같아 서둘러 말했다. 그곳에 찾는 사람이 있다고.

"가족인가?"

할아버지가 메마르고 갈라진 목소리로 말했다. 나는 망설이다가 친구라고 대답했다. 그러자 적의 띤 남자의 눈동자가 흔들거리며 동정어린 빛이 떠올랐다. 우리 사이로 어색한 적막감이 맴돌았다.

정적을 깨고 할아버지가 말했다.

"우리는 아들 내외를 찾으러 가는 중이네."

목소리에서 깊은 슬픔이 묻어나왔다. 할머니가 참고 있던 눈물을 흘렸다.

두 노부부는 너무도 슬픈 얼굴이었다. 대합실에서 느꼈던 사나웠던 감정이 한 번에 와르르 무너져 내렸다. 나는 가슴이 찡 하고 울리는 것을 느꼈다.

옆에 있던 남자가 할머니의 손을 꼭 잡으며 말했다.

"저는 형을 찾으러 가는 중입니다. 아들 내외분들을 꼭 찾으셨으면 좋겠습니다. 분명, 분명 살아계실 겁니다."

남자는 분명, 이라고 말했지만 그도 진한 눈물을 흘리고 있었다. 말과는 달리 가족이 살아 있다는 희망을 가지고 있는 것처럼 보이지는 않았다. 시신이라도 수습하려는 것이 아닐까.

흑흑.

할머니의 흐느끼는 소리가 더욱 커졌다.

그러고 보니 이쪽 말고도 기차 안 곳곳에서 흐느끼는 소리가 들리고 있었다.

기차 탑승객 중 많은 사람들이 대지진 현장으로 가족을 찾으러 가고 있는 것 같았다.

통곡의 열차에 탑승한 것이다.

할아버지가 할머니의 어깨를 토닥이며 나를 바라보았다. 더는 흘릴 눈물이 없는지 눈만 깜박였다.

"우리 손자도 자네 또래인데……. 연락이 되질 않아. 자네 친구도 그런가?"

아들과 손자를 잃은 노부부의 슬픔이 가슴으로 스미어 들어왔다. 나는 이상한 죄책감을 가지며 그렇다고 대답했다.

할머니는 그만 울음을 멈추고 짐에서 호빵 하나를 꺼내 내게 내밀었다. 다 식어 버린 호빵이었지만 나는 맛있게 먹었다.

내가 맛있게 먹는 모습을 보고 빙그레 웃는 노부부의 모습을 보니 호빵이 정말 맛있게 느껴졌다. 그런 두 노부부의 얼굴에서 돌아가신 할아버지와 할머니가 생각났다.

우리는 여섯 시간을 함께했다. 기차에서 내리면서 서로 꼭 찾고자 하는 사람들을 찾기를 바란다는 인사를 나누고 헤어졌다. 그리고 계획했던 대로 지도를 보고 구이시현으로 향했다. 도중 노부부의 슬픈 눈빛이 계속해서 떠올랐다.

그곳은 전쟁터를 방불케 하는 폐허였다.

도로 곳곳이 파이고 다리가 끊어져 진입 자체가 불가능한 곳이 상당했다.

상황이 그러니 매몰 현장에는 중장비가 들어오지 못했다. 파견된 중국 군인들은 구조가 아니라 시신을 찾아내는 일을 할 수밖에 없는 상황이다.

최소한의 생필품만 챙겨 피난길에 오른 사람들의 행렬은 곧 무너질 것 같았던 다리에서도 멈추지 않았다.

사랑하는 사람을 찾고자 하는 절규가 가는 곳곳마다 들려왔다.

유령도시처럼 폐허로 변해 버린 곳에서도 가장 분주한 곳은 병원이었다. 촌각을 다투는 응급환자들이 줄을 잇고, 전시에 야전병원을 연상케 하는 간이 수술실이 갈라진 주차장에 아무렇게나 세워져 있었다.

자식을 안고 병원에 도착한 부모들은 안도의 눈물을 흘렸지만 곧 통곡으로 바뀌었다.

나는 넋 나간 사람처럼 걸었다.

무너져 버린 소학교가 시선에 들어왔다. 아마도 소학생 모두가 수업 받는 도중 매몰되었을 것이다.

역시 중국 군인들이 교문에 통제선을 치고 울부짖는 학부모들과 실랑이를 하고 있었다. 한 중년 남자가 아들의 이름을 부르짖으며 통제선을 뚫고 무너진 건물로 뛰어갔다.

몸을 눕혀야 겨우 들어갈 수 있는 틈으로 들어가 버린 그는 한참이 지나도 나오질 않았다.

한순간 모든 것을 잃은 생존자들은 매우 절박했다.

그들은 당장 먹어야 할 음식과 물보다도 그들의 가족을 찾느라 정신이 없었다. 시신을 끌어안고 울부짖는 광경은 눈을 돌리는 곳 어디에서나 보였다.

"도와주세요! 도와주세요!"

한 젊은 여성이 지나가는 군인의 발목을 잡고 늘어졌다.

"여기에 우리 아이가 있어요. 우리 아이를 꺼내줘요. 제발요. 제발요."

그녀는 무너진 건물을 가리키며 방방 뛰었다.

하지만 군인은 고개를 설레설레 저었다. 군인으로서도 어쩔 수 없었다.

여성이 가리킨 곳은 건물이 완전히 무너져 내려서 중장비가 있어야 시신이라도 수습할 수 있을 곳이었다. 군인은 여성을 끌어내고 대열에 합류했다.

여성이 군인 뒤를 쫓아가다가 콘크리트 파편에 걸려 앞으로 고꾸라졌다. 무릎이 다 까졌지만 시선은 무너진 건물에서 떠나질 않았다.

여성은 군인에게 도움을 요청하는 것을 멈추고 무너진 건물로 달려갔다. 작은 손으로 콘크리트 더미를 파헤치다 눈물을 닦고, 다시 콘크리트 더미를 파헤치는 것을 반복했다.

그 모습에 가슴이 울컥했다.

"제가 도와드릴게요."

여성이 들지 못하고 있던 콘크리트 파편을 한 손으로 치워내며 말했다.

여성이 휘둥그레진 눈으로 나를 바라보았다.

"여기에 아이가 있다고요?"

나는 흔들리는 목소리로 물었다.

왠지 눈앞이 뿌예지고 있었다.

콘크리트 더미를 밀어붙이며 더듬더듬 나아갔다.
지진이 일어난 지 수일이 지났지만 아이는 아직 살아 있는 것이 확실했다. 저편에서 미약하게나마 흘러나오는 기운이 그 증거였다.
차라리 시신을 수습하는 과정이었다면, 건물이 무너질 것을 두려워하지 않고 조금 더 활동성 있게 움직일 수 있었을 것이다. 그러나 이 안에는 아직 아이가 살아 있었다.
나는 조심스럽게 움직였다. 아이와의 거리가 얼추 십 미터. 그곳에 도달하기 위해선 바로 내 앞을 막아선 커다란 콘크리트 덩어리를 치워내야만 했다.
'이걸 치워내면……'
어둠 속에서 안력을 높였다. 이 커다란 콘크리트 덩어리가 어디까지 받치고 있는지 확인했다. 다행히도 아이가 있는 곳까진 영향을 미치고 있는 것 같지 않았다. 주먹에 공력을 담아 콘크리트 더미를 향해 뻗었다.
쾅!
그러자 위에서 녹슨 철제와 콘크리트 덩어리들이 한 번에 무너져 내렸다. 몸 전체로 무거운 무게감이 짓눌러왔다. 평범한 사람이었다면 진즉에 깔려 압사되었겠지만, 나는 평범한 사람이 아니었다.

'그렇다고 팬티 걸친 슈퍼 히어로도 아니지만.'

흐읍!

내력을 더욱 끌어 올려 호신강기를 두껍게 만들었다. 그리고는 시야를 막고 있는 콘크리트 파편을 치워냈다. 팔꿈치로 눈가로 떨어진 흙먼지를 닦아 내면서 계속 더미 속을 헤집었다.

조금씩 기운과 가까워지고 있는 중이었다. 조그마한 틈으로 사람의 손이 보였다.

'찾았다.'

손은 생기를 잃어 푸른빛을 띠고 있었고 아래로 축 늘어져 있었다. 근방으로는 잔뜩 흘린 피가 굳어서 심한 악취를 풍겼다.

팔을 뻗어 아이의 손을 잡았다.

차갑게 식어 있어서 꼭 시체의 손을 잡고 있는 것 같았다. 미약하게 느껴지고 있는 기운이 아니었다면 나는 이 아이가 목숨을 잃었구나 하고 생각했을 것이다.

그때 무슨 소리가 들렸다. 청력을 키우고 소리에 집중했다. 그건 아이의 목소리였다.

"엄…… 엄마……."

아이는 엄마를 부르고 있었다. 나는 그 목소리를 겨우 알아들었다.

"기다려. 내가 엄마한테 데려다줄게."

나는 오른손으로 아이의 팔을 짓누르고 있던 콘크리트 덩어리를 조심스럽게 들어올렸다. 위에서 짓누르는 엄청난 무게감도 내 내력으로 충분히 감당할 수 있었다.

동시에 왼팔을 내가 만든 틈으로 집어넣었다. 왼손을 펴서 한 바퀴 넓게 돌려봤는데 움직임에 막힘이 없었다. 안쪽 공간은 크게 비어 있다. 한쪽에서 주춧돌 역할을 하고 있는 콘크리트 덩어리 때문에 아이가 생존할 수 있었던 것이다.

'여기서 잘못하면 아이가 잘못될 거야. 신속하게 움직여야 해.'

생각을 가다듬고선 속으로 카운트를 셌다.

'셋. 둘. 하나. 지금!'

왼팔에 십이양공의 공력을 가득 담아 위로 폭발시켰다. 쾅! 하는 폭발음보다도 재빨리 움직였다. 나는 온몸으로 더미들을 뚫고 지나가 빈 공간 속으로 침투했다.

흙먼지 사이로 아이를 발견했다. 게슴츠레 떠진 눈의 초점이 내게로 맺히는 순간이 슬로우 비디오처럼 보였다.

와락!

내 몸으로 아이의 몸을 감쌌다. 그 즉시 위에서 콘크리트 더미들이 무너져 내렸다.

아이는 내가 만든 보호막 속에서 웅크리고 있어 충격에서 벗어날 수 있었다. 이 모든 것은 일 초도 안 되는 시간에 벌어진 일이었다.

아이는 무사했다.

이제 여기서 나가는 일만 남았다.

나는 아이를 가슴 깊이 끌어안고선 몸을 일으켰다. 위에서 수 톤의 무게가 짓눌러왔지만 나는 그보다 더한 힘을 가지고 있었다. 어깨를 강하게 비틀자 위로 큰 구멍이 뚫렸다. 달빛이 쏟아져 들어왔다.

양 옆에서 무너져 내리는 철골과 콘크리트 더미를 몸으로 뚫으며 밖으로 나왔다. 멀리서 이쪽을 바라보고 있는 아이 엄마와 주변 사람들의 모습이 보였다.

심지어는 군인들도 갑작스런 폭발음에 놀라 이쪽을 바라보고 있었다.

그때 밟고 선 자리가 또다시 무너지려 하고 있었다.

나는 아이를 품은 채 멀리 뛰었다.

우르르륵!

뒤에서 큰 소리가 났다.

일대가 뿌연 먼지로 뒤덮였다.

뿌연 흙먼지를 헤치며 무너진 건물 위에서 내려왔다.

"아가!"

아이 엄마가 내 앞으로 뛰어왔다. 아이는 죽은 듯 축 늘어져 있어서 오해를 살 만한 모습이었다. 그녀는 아이의 얼굴을 감싸며 오열하기 시작했다.

"아직 살아 있습니다."

나는 그렇게 말하며 아이의 손목으로 내력을 흘려보냈다. 미약한 아이의 몸 안에서 내 내력을 크게 돌렸다. 그 순간 아이의 눈썹이 파르르 떨리더니 눈이 반쯤 떠졌다. 그러나 말할 기력까지는 없어 눈만 간신히 껌벅거렸다.

"아가! 아가!"

아이 엄마가 아이를 만지던 손을 급히 뗐다. 그렇게 감성적으로만 아이를 대하면 아이가 잘못될 것 같다는 생각이 든 모양이었다.

그 자리서 발만 동동 구르며 도움을 요청하는 눈빛으로 나를 바라보았다. 나는 일 킬로미터 정도 떨어진 곳에 있는 병원을 떠올리며 말했다.

"병원으로 가야 합니다. 따라오세요!"

내 말에 아이 엄마가 무작정 고개를 끄덕였다.

우리는 미친 듯이 뛰어 병원으로 향했다.

야전병원과도 같이 변한 병원 주차장은 우리와 같은 상황에 처한 사람들로 가득했다. 군데군데 걸린 백열전구 불빛 밑으로 간호사와 의사 그리고 환자의 가족들이 분주하게 움직이고 있었다. 피가 딕지덕시 굳은 옷을 입은 그들은 하나같이 정신없어 보였다.

아이 엄마가 내 옆에서 튀어나가 지나가던 간호사를 붙잡았다.

"우리 아가를 봐주세요! 우리 아가요."

절박한 목소리였다.

간호사는 아이 엄마의 손에 이끌려 내 앞으로 다가왔다. 간호사에게서 진한 약품 냄새가 났다.

피로 범벅된 아이는 골절된 곳이 한두 군데가 아닌데다, 죽은 지 꽤 지난 사람처럼 새하얀 얼굴이 되어 있었다. 간호사가 급히 아이의 상태를 살피고 큰 소리로 의사를 불렀다.

간이 수술실 안에서 누런 가운을 입은 의사가 우리 앞으로 달려 나왔다. 나는 의사에게 아이를 건네주고 의사의 뒤를 따라갔다.

천막 안은 온통 약품 냄새와 피 냄새로 가득했다. 위중한 환자들을 치료하는 곳이라고 하기엔 너무도 지저분했다. 바닥에 여러 개의 링거 병들이 깨져 있어서 위험해 보였지만, 지금 이곳에선 그것들을 치울 시간도 없는 듯했다. 천막 밖에서 의사와 간호사를 부르는 소리들이 끊임없이 들려왔다.

의사가 아이를 간이 수술대에 눕혔다. 아이의 눈에 전등을 비추고 이리저리 살펴본 후에 물었다.

"그때부터 갇혀 있었습니까?"

그때라면 지진이 발생한 사 일 전을 말하는 것이었다.

"조금 전에 이 청년이 꺼내줘서 바로 달려온 거예요."

아이 엄마가 나를 바라보며 대답했다.

"아이는 어떻습니까?"

나는 걱정스러운 마음으로 아이를 바라보았다. 아이는 구출해낼 당시 곧 숨이 넘어갈 상황이었다. 달려오는 도중 꾸준히 내력을 불어넣어 준 덕에 위기는 넘길 수 있었다. 그러나 앞으로도 내력의 효과가 얼마나 있을지는 장담할 수 없었다.

"최선을 다해 보겠지만……."

의사가 말꼬리를 흐렸다. 그러자 아이 엄마가 절규에 가까운 몸짓으로 의사에게 매달렸다.

"그럼, 우리 아가가 죽는다는 건가요? 선생님. 우리 아가를 살려 주세요!"

"아닙니다. 사흘 동안 갇혀 있었다지만 아직 기력이 있습니다. 많은 환자들을 봐왔지만 이런 경우는 극히 드뭅니다. 그러니 아주머니께서는 진정하세요."

의사가 말을 마치며 간호사에게 눈빛을 보냈다.

"나가 있으셔야 돼요."

간호사가 의사의 가운에서 아이 엄마의 팔을 떼어냈.

아이 엄마가 천막 밖으로 나가지 않으려는 통에 간호사가 힘들어했다.

나는 간호사를 도와 아이 엄마를 천막 밖으로 데리고 나왔다.

온갖 환자들이 우리 앞을 지나쳤다.

피투성이가 되서 정신을 잃은 사람, 한쪽 팔을 잃은 청년, 가족에게 업힌 채로 거품을 물고 있는 소학생. 그리고 내가 구출해낸 아이와 같은 또래 아이들까지.

환자 가족들은 모두가 절박했다. 사방에선 통곡과 고래고래 지르는 외침소리가 들려왔다. 그것들이 가슴에 계속 스며 들어와서 마음을 무겁게 만들었다.

가슴을 쥐어짜내고 싶었다.

그때 적십자 마크를 단 봉사단원이 다가와 우리에게 플라스틱 물병을 내밀었다. 나는 목을 축였고, 아이 엄마도 물을 마시면서 조금씩 진정을 되찾았다.

멍한 눈으로 천막을 바라보고 있던 아이 엄마가 문득 내 쪽으로 고개를 돌렸다.

그녀의 충혈된 눈과 마주쳤다.

"정말, 정말 감사해요. 경황이 없어서 인사도 못 드렸어요."

그녀는 쉰 목소리로 말하며 고개를 숙였다.

"당연히 해야 할 일을 했을 뿐입니다."

반사적으로 아주 뻔한 대답이 흘러나왔다. 사실 내 관심은 다른 곳에 가 있었다. 어디선가 들려오는 작은 목소리. 아주 작은 목소리라서 내력으로 청력을 끌어 올려야 들리는 목소리.

도와줘요.

여기 좀 도와줘요.

한 할머니의 절규소리였다.

* * *

 시신을 안고 밖으로 나왔다. 내가 들어간 곳으로 수차례 폭발음이 들렸고 무너진 건물이 더 심하게 무너져 내려서, 모두 내가 살아서 나올 것이라고 생각지 않은 모양이었다.
 "그 청년이 나왔어!"
 여기저기서 익숙지 않은 중국말이 들렸다.
 사람들이 내 주위로 몰려들었다. 그들은 나를 귀신 보듯 쳐다보았다. 나와 내 품에 안긴 할아버지 시신을 번갈아 바라보면서 혀를 내둘렀다.
 어떻게 저기서 시신을 수습할 수 있었던 거야? 그건 그렇다 쳐도 어떻게 저기서 살아나온 거야? 말도 안 돼! 정말 사람 맞아? 대단해! 대단해! 그러한 눈길들이 여기저기서 꽂혔다.
 "봤어! 틀림없이 이걸 밀고 나왔어!"
 그들 중 한 명이 콘크리트 덩어리를 가리켰다. 그것은 일 톤은 족히 넘는 거대한 콘크리트로, 그의 말대로 밖으로 나올 당시 밀고 나온 것이었다.
 네 사람이 자신들도 봤다며 잔뜩 들뜬 목소리로 나섰다. 어떤 이들은 말도 안 되는 소리라며 떠들어대는 사람들을 나무랐지만, 바로 터져 나온 박수소리에 그들의 목소리가 파묻혔다.
 그런데 내게 도움을 요청했던 할머니가 보이지 않았다. 지나가던 행인들이 박수소리를 듣고 더욱 몰려들고 있었다. 잠시 뒤 먼 곳에 우두커니 서서 이쪽을 바라보고 있는 할머니를 발견했다.

"비켜주세요."

나는 사람들을 뿌리치며 할머니에게 다가갔다. 할머니는 내 품에 안긴 할아버지 시신을 보자마자 눈을 질끈 감았다. 감은 두 눈 사이로 한 줄기 눈물이 흘러나왔다.

반평생을 함께한 남편의 주검을 가지고 나온 나는 왠지 할머니에게 미안한 마음이 들었다.

할머니는 아무 말 없이 입고 있던 외투를 벗어 바닥에 깔았다. 그런 다음 말했다.

"우리 아저씨를 여기에 눕혀요. 젊은이."

나는 조심스럽게 할아버지 시신을 내려놓았다. 할머니는 그 자리에 천천히 무릎을 꿇고 앉으며 할아버지의 얼굴을 쓰다듬었다. 나를 따라온 사람들은 시끄럽게 떠들던 입을 다물었다.

경건하면서도 슬픈 분위기가 감도는 가운데 한 여성이 앞으로 나와 할머니의 어깨를 감쌌다.

할머니는 눈물만 흘렸다.

어떻게 위로를 해야 할지 몰라 할머니를 바라보고 있을 때, 할머니가 고개를 들며 말했다.

"고마워요. 젊은이. 이렇게라도 우리 아저씨를 다시 볼 수 있어서 얼마나 다행인지 몰라요."

할머니는 시신을 수습할 수 있게 해줘서 고맙다며 내 이름을 물어왔다. 이 은혜를 꼭 갚겠다면서 말이다. 할머니가 상처로 가득한 손으로 내 손을 잡았다.

할머니와 사람들이 내 대답을 기다렸다.

"아직 저 안에는 살아남은 사람이 있습니다. 비켜주세요."

나는 무너진 아파트를 가리켰다. 사람들이 내 손가락을 따라 어둠에 휩싸인 건물 더미를 바라보았다. 발을 내딛자 사람들이 허겁지겁 옆으로 비켜섰다.

내가 나왔던 틈으로 향했다. 나는 뒤따라오는 사람들을 무시하고 틈 사이로 들어갔다.

"조심해요!"

한 어린 여자 아이의 목소리가 들렸다. 그 뒤로 사람들의 걱정어린 목소리들이 뒤따랐다.

온몸에 호신강기를 두르고 양손에는 공력을 가득 담았다. 콘크리트 덩어리들을 부수고 밀어젖히면서 흘러나오는 기운을 향해 움직였다. 그렇게 또 젊은 여성 한 명을 구할 수 있었다.

나는 커다란 폭발음을 동반하며 달빛 아래로 나왔다. 멀리서 웅성거리고 있던 사람들이 나를 발견하고는 환호를 터트렸다. 그들이 들고 있는 전등 불빛이 내게로 쏟아졌다.

나는 젊은 여성을 안전한 곳에 내려놓으며 외쳤다.

"이분을 아시는 분 없습니까? 가족 분은요?"

젊은 여성은 정신을 잃은 채 약한 숨만 내쉬고 있었다. 다행히도 내력의 효과가 있었던 덕분인지, 새파랗게 질려 있던 여성의 얼굴에 조금이나마 화색이 감돌기 시작했다.

그때 한 젊은 남자가 울부짖으며 뛰어왔다. 그는 여성의 남편이었다. 나는 남편에게 여성을 안겨주고 다시 무너진 건물 안으로 들어갔다.

그렇게 구한 사람은 총 다섯 명. 더는 무너진 아파트에서 살아남은 사람은 없었다. 그 안에선 이제 티끌만 한 기운도 느껴지지 않았다.

가족을 찾기 위해 몰려든 사람들이 안쓰럽지만, 나 혼자서 수백 구가 넘는 시신을 수습하는 것은 큰 무리였다. 그 노력으로 다른 곳에 있을 생존자를 구출하는 것이 나았다.

나는 잔뜩 뒤집어쓴 흙먼지를 털어낸 후에 한편에 두었던 가방을 들쳐 맸다. 어깨와 이어진 검집 끈도 단단하게 조였다.

내가 이대로 떠날 것을 눈치챈 사람들의 다급한 외침이 튀어나왔다.

"선생님! 우리 남편을 꺼내줘요!"

"할머니가 안에 있어요!"

"우리 삼촌도요!"

뭐라고 대답해 줘야 할까? 솔직하게 모두 죽었다고 대답해 줘야 하는 것이 옳을까? 아니면 희망을 저버리지 않게 거짓말로 둘러대야 하는 것일까?

나는 고민 끝에 사람들 쪽으로 몸을 돌렸다. 사람들의 절박한 시선들에 입을 열기가 조심스러워졌다.

이제 이곳에는 생존자가 없다. 그러나 여러분들이 찾는 가족 분들이 꼭 이곳에 있으리라는 법은 없으니 희망을 버리지 말라는 식으로 말했다.

내 발음이 이상했기 때문인지, 아니면 내 말이 믿기지 않은 것인지 사람들은 고개를 갸웃거렸다. 나는 웅성거리는 사람들을 뒤로 하고 발걸음을 옮겼다.

꽤 거리가 멀어졌음에도 불구하고 애타게 나를 찾는 소리들이 끊임없이 들려왔다. 다섯 명을 구출해냈지만 씁쓸한 마음이 가시지 않는다. 어디서고 도와달라는 간절한 소리뿐이다.

'젠장.'

거대한 난민촌으로 변해 버린 도시의 밤은 그 어느 때보다 어둠에 잠겨 있었다.

*　　*　　*

다음날 아침 동이 텄다. 여기저기서 횃불과 백열전구 OFF 버튼을 올리는 사람들이 보였다.

밤새 나는 사십 명쯤 되는 사람들을 구했다. 쇠심줄보다 질긴 것이 사람의 목숨이라고 하던데 그들은 사흘 동안 무너진 건물에 갇혀 있으면서도 생존해 있었다.

더는 이 일대에서 생존자의 기운이 느껴지지 않았다. 이제 싸늘한 주검으로 변한 시신을 수습해야 할 일뿐. 그것은 동원된 중국 군인들의 몫이었다.

단 하룻밤에 불과한 시간에 많은 사람들이 나를 알아보았다. 어느새 사람들은 나를 '선생님'이라고 부르기 시작했다.

누군가가 물었었다.

어떻게 그러한 현장에서 매번 사람들을 구할 수 있지요? 생존자를 탐지할 수 있는 레이더라도 가지고 있는 건가요? 어떻게 그렇게 무거운 콘크리트 덩어리를 치워낼 수 있는 거죠? 어디에서 그 대단한 괴력이 나오는 거죠? 어떻게 무너지는 건물 안에서 살아나올 수 있는 거죠? 몸에 철갑을 두른 것인가요? 선생님은 대체 뭘 하는 사람이죠?

그런 질문들에 나는 한마디 대답도 하지 않았다. 이를테면 지금 내 앞에 있는 봉사요원에게도 말이다.

봉사요원은 내 또래의 여자 아이였다. 그녀는 내게 물과 과자-이곳에서는 먹을거리가 부족해서 과자로 식사를 대신하고 있었다-를 건네면서 많은 질문들을 해왔다. 내가 사람들을 구출하는 장면을 직접 보지는 못하고 소문을 들은 모양이었다.

그 짧은 시간에 나에 대한 소문이 인근에 쫙 깔려 있었다. 지금도 도로 건너편 천막 안에서 난민들이 나를 보며 수군거리고 있었다.

나는 목을 축이며 봉사요원에게로 고개를 돌렸다.

줄곧 나를 바라보고 있던 봉사요원이 뒤늦게 쑥스러운 기색으로 시선을 피했다.

그녀는 내가 왜 자신을 바라보고 있는지 알지 못했다. 이쯤해서 그녀가 자리를 떠나주길 바랐다. 벌써 십 분째. 그녀는 한마디 대답도 없는 내 옆에 앉아 있는 중이었다.

"조밍이에요."

그녀가 뜬금없이 자기소개를 했다. 나는 고개를 끄덕이면서 과자를 뜯었다.

"과묵하시네요."

"그런 게 아니라."

처음으로 입을 열었다. 그녀는 호기심 가득한 눈으로 나를 빤히 바라보며 이어질 내 말을 기다렸다. 하지만 나는 누군가와 대화를 나누고 싶은 기분이 아니었다.

참다못한 그녀가 다시 입을 열었다.

"이쪽 분이 아니시죠?"

"예."

"서쪽에서 오신 분이시죠? 그쪽 억양이신데요."

그녀의 동그란 눈에 의구심이 실렸다.

"동쪽에서 왔습니다."

"동쪽이요?"

"예. 한국이요."

"한국이라면……. 그 한국이요?"

그건 매우 뜻밖이라는 듯 그녀가 놀란 눈을 껌벅였다.

"저 한국 드라마 정말 좋아해요! 특히 대장금은 몇 번이나 봤는걸요!"

그러면서 그녀는 '안녕하세요.' 하고 어눌하게 우리나라 말을 했다.

그런 그녀의 모습이 제법 귀엽게 다가왔다. 나는 잔뜩 뭉쳐 있던 마음이 조금 풀리는 느낌을 받았다.

입가에도 살짝 미소가 떠올랐다.

그녀가 빙그레 웃었다.

"한국말 할 줄 아나요?"

내가 물었다.

"아니요. 할 줄 아는 건 '안녕하세요.' 가 다예요. 그런데 어떻게 한국분이 여기에 오시게 된 거예요?"

기차에서 만났던 노부부와 같은 반응이었다. 나는 그때와 똑같이 대답했다.

찾는 친구가 있다고.

'사실은 원수지만.'

그녀는 그제야 이해가 된다는 듯이 고개를 끄덕였다.

알고 보니 그녀도 대지진 속에 부모를 잃은 난민이었다. 학교에서 수업을 받던 중에 대지진을 겪었지만 천운으로 가벼운 찰과상만 입은 게 다였다.

그녀와 같이 수업을 받았던 친구들은 모두 그때 죽었다고

했다. 그래서 똑같은 처지에 놓인 다른 사람을 도와주고 싶어서 봉사 단체에 지원을 했다.

이제는 마음이 정리가 되었는지 다소 담담한 목소리로 말했다. 힘든 고통을 이겨내고 다른 사람을 돕는 그녀가 대단하게 보였다.

"친구 분은 아직 못 찾으셨나요?"

"아직은."

중국 땅에 오면 흑천마검의 기운을 느낄 수 있을까 싶었는데 난민들의 통곡소리만 들릴 뿐이었다. 검집도 나 몰라라 하면서 잠들어 있었다.

어쩌면 그편이 나을지도 모른다는 생각이 들었다.

당장의 흑천마검보다도 눈에 보이는 이곳의 절박한 상황이 더 급했기 때문이다.

그녀가 말했다.

"친구 분을 찾으시면서 다른 분들을 구출하신 거군요. 많은 사람들이 선생님에 대해서 많이 궁금해하고 있어요. 다른 봉사요원은 선생님이 사람들을 구하기 위해 파견된 특수 공안이래요. 그래서 제가 공안제복을 안 입었잖아 하고 물으니까, 특수 공안은 사복차림이라면서 틀림없을 거랬어요. 그런데 선생님은 친구를 찾기 위해 한국에서 오신 분이시군요."

"같은 나이로 보이는데 선생님은 무슨 선생님입니까."

물론 이쪽 말로 선생님이라는 단어가 존경의 의미를 담고 있다는 것을 모르는 게 아니다. 그래도 계속 귀에 거슬렸다.
"저는 열여덟 살이에요."
그녀가 말했다.
"저도 열여덟 살입니다."
"정말요? 저보다 훨씬 연상일 줄 알았는데요."
썩 듣기 좋은 소리는 아니었다. 그럼에도 불구하고 피식 웃음이 나왔다.
"그런데 제게만 알려주지 않으실래요?"
"뭘요?"
"선생님이 진짜 뭘 하시는 분이신지 말이에요."
"한국에서 온 평범한 학생입니다."
"특수 공안이라는 걸 믿는 게 낫겠어요. 그럼 저는 이만 일어나볼게요. 할 일이 많거든요."
"도울 일이 없습니까?"
그녀를 따라 일어나면서 물었다.
"제가 알기론 선생님은 밤새 한숨도 주무시지 않은 걸로 아는데요. 따라오세요. 주무실 만한 곳으로 모실게요. 그렇지 않아도 많은 분들이 선생님을 뵙고 싶어 해요."
'나를?'
나는 어깨를 으쓱여보였다.
"예. 모두가 선생님 이야기만 하는걸요. 죄송스러운 말이지만 많은 사람들이 선생님 이야기로 힘을 찾아가는 것 같아요.

선생님은 영웅이시니까요."

"영웅이요?"

"정부군 수백 명이 달려들어도 하지 못하는 일들을 선생님이 혼자서 하셨잖아요. 지난밤에 선생님이 백여 명이나 되는 생존자를 구해내셨잖아요."

"소문이 부풀려진 겁니다. 그렇게나 많은 사람들을 구하진 않았습니다. 삼, 사십 명쯤?"

"어쨌든요."

그녀가 빙그레 웃었다.

그녀는 나를 잘 곳으로 안내할 마음이었지만, 나는 봉사 단체의 일을 도울 생각으로 뒤따라갔다. 우리는 도로변에 가득 늘어선 천막 군락을 지나쳐 걸었다.

도중 처음 보는 사람들이 내게 눈인사를 했고 적극적인 사람들은 악수를 청해왔다.

어떤 소문들이 퍼지고 있는지 모르지는 않았다.

제삼자의 눈으로 볼 때 지난밤 나는 초인적인 일들을 행했다. 무거운 콘크리트 더미를 파헤치고, 무너진 건물에서 살아남았을 뿐만 아니라 어김없이 생존자들을 구출했다.

그 모습은 충분히 사람들의 입에 오르락내리락 하고도 남았다. 그나마 이것도 잘 보이지 않는 한밤에 일어난 일이라서 소문이 이 정도에 그친 것이다.

봉사 단체의 베이스캠프가 보일 무렵. 등 뒤로 우리를 부르는 소리가 들렸다.

"잠시만요!"

내 소문을 들은 많은 사람 중 한 명이거나, 조밍에게 구호품을 요청하는 난민일 것이다.

우리는 걸음을 멈추고 뒤로 몸을 돌렸다.

네 명으로 이루어진 무리가 우리 쪽으로 뛰어오고 있었다.

한눈에 봐도 그들은 외신 기자들이었다.

곱슬머리 외국인이 어깨에 걸치고 있는 ENG 카메라에는 〈CNN〉 스티커가 붙여져 있었다.

안내인으로 보이는 중국 현지인 한 명과 보조요원인 젊은 서양 여성. 그리고 마지막으로 눈에 들어찬 인물에 나는 경악을 금치 못했다.

"어…… 어?"

유난히 큰 몸집을 가진 서양 남자.

'말도 안 돼.'

나는 침을 꿀꺽 삼키며 눈을 비볐다.

다시 보아도 그는 저쪽 세상에 있어야 할 색목도왕이었다. 그는 혈마교의 붉은 예복 대신 와이셔츠에 넥타이를 매고 있었다.

제 3 장
참혹한 신리촌

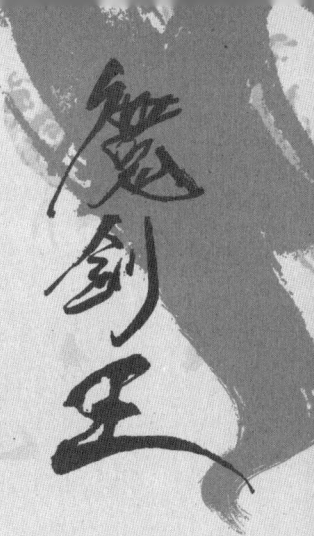

 가까이서 봤을 때. 부정할 수 없었다.
 수염을 말끔하게 깎고 와이셔츠차림이었지만 그는 색목도왕이 확실했다.
 평소의 색목도왕보다는 약간 젊어보였다. 사람을 잘못 봤나 싶기도 했지만 외모뿐만 아니라 해부학적 골격도 내가 아는 색목도왕과 일치했다.
 틀림없이 색목도왕이다.
 어떻게 그가 외신 기자들과 함께 이 자리에 나타날 수 있었는지. 나는 반가운 마음에 그를 불렀다.
 "색목도왕!"

그러자 색목도왕을 필두로 한 무리가 뒤쪽으로 고개를 돌렸다. 내가 그들 뒤쪽에 있는 누군가를 불렀다고 생각한 듯싶었다. 다시 고개를 돌려 나와 눈이 마주친 색목도왕은 나를 처음 보는 사람처럼 바라보았다.

'나를 못 알아보는 건가?'

나는 어리둥절한 얼굴로 색목도왕에게 다가갔다.

"어떻게 여기에 온 거죠? 그 옷은 또 뭐고요? 그리고 더 젊어진 것 같네요."

저쪽에서야 확인할 길이 없었지만, 이제 보니 색목도왕은 혈마교 예복보다도 와이셔츠차림이 더 잘 어울렸다.

카메라맨과 보조요원 그리고 안내인이 나와 색목도왕을 번갈아 쳐다보았다. 카메라맨이 영어로 색목도왕에게 빠르게 말했다. 물론 모의고사에서 영어 듣기 평가로 점수를 날린 나는 그 말을 알아들을 수 없었다.

그런데 색목도왕도 능숙한 영어로 카메라맨과 대화를 나누는 것이었다.

대화를 마친 색목도왕이 내게로 고개를 돌렸다.

"천천히 말씀해 주시겠습니까?"

익숙한 목소리였다.

그러나 발음은 내가 알고 있던 색목도왕의 그것이 아니었다. 엄밀히 말하자면 현재 중국에서 사용되고 있는 현지어 쪽에 가까웠다.

"나를 못 알아보나요? 납니다."

답답했다. 내가 역용술을 사용하고 있기 때문일까? 하지만 여기서 역용술을 풀 수도 없는 노릇이고……

나는 내 가슴을 탕탕 치며 말했다. 색목도왕이 미안한 얼굴로 대답했다.

"죄송합니다. 저는 중국어가 익숙하지 않습니다."

색목도왕은 또다시 영어로 안내인인 중국 남자에게 뭐라고 말했다. 중국 남자도 영어로 색목도왕과 대화를 나누더니, 내게 말을 건네 왔다.

외신 기자들의 현지 안내를 맡은 자였다.

그는 간단한 자기소개와 함께 CNN에서 나와 인터뷰를 하고 싶어 한다고 말했다.

CNN은 너무도 잘 알려진 외국 언론이다.

하지만 그것이 문제가 아니고 어째서 색목도왕이 젊은 모습으로, 그것도 외신 기자들과 함께 있는지가 내게는 더 큰 의문이었다.

"인터뷰를 해도 되겠습니까?"

색목도왕이 중국말로 물었다.

격식을 차린 자세나 달라진 외모 그리고 나를 보는 눈빛에서, 나는 그가 내가 알던 색목도왕과는 다른 사람이라는 것을 인정할 수밖에 없었다.

그래도 이해할 수 없는 것이 있는데 그가 색목도왕과 해부학적으로 완전히 일치한다는 것이다. 해부학 공부를 하면서 알기론, 해부학적으로 완전히 일치하는 경우는 없다고 해도 과언이 아니었다.

나는 색목도왕을 빤히 바라보며 물었다.

"성함이?"

이번에는 내 말뜻을 알아들었다.

"CNN에서 나온 클레이튼 쿠퍼입니다."

'클레이튼 쿠퍼……'

색목도왕이긴 색목도왕인데 색목도왕이 아니다?

순간 멍해졌다.

그사이 보조요원이 가방에서 방송용 마이크를 꺼내 색목도왕에게 건넸고, 카메라맨도 ENG 카메라를 내 쪽으로 향했다. 일이 이상해지고 있다.

"어디에서 왔습니까?"

색목도왕에게 다시 물었다.

색목도왕이 이쪽의 중국어로 미국에서 왔다고 대답했다. 정말로 그는 저쪽 세상의 색목도왕과는 다른 사람인 모양이었다. 하지만 아무리 생각해도 납득이 가지 않았다

내가 딴 생각을 하는 동안 어느새 촬영 준비가 끝나 있었.

카메라에 붉은 램프가 켜졌다. 나는 황급히 손으로 카메라 렌즈를 막으며 말했다.

"왜 저를 인터뷰한다는 거죠? 저는 난민이 아닙니다. 중국

인도 아니고요."

색목도왕의 눈빛을 받은 중국 안내인이 앞으로 나섰다. 내가 익힌 말이 다른 지방의 것이라고 생각한 그가 알아듣기 좋게 느릿하고 또박또박 말했다.

"사람들이 하는 말을 들었습니다. 지난밤에 수십 명을 구출하셨다지요? 그것에 대해서 기자 분께서 인터뷰를 하고 싶어 하시는데요. 부담 가지지 마시고 편안하게 하시면 됩니다."

"아니요."

비록 역용을 하고 있다지만 인터뷰는 께름칙했다. 더군다나 전 세계로 퍼져나가는 CNN이 아닌가? 나는 고개를 설레설레 저으며 완강하게 거부했다.

그러자 색목도왕이 말했다.

"진심으로 부탁드립니다. 사람들은 희망찬 소식을 듣고 싶어 합니다."

그 뒤로 긴 말이 이어졌다. 중국 대지진으로 전 인류가 슬픔에 잠겨 있는 지금, 내 영웅담은 큰 희망을 가져다줄 것이라는 식의 설명이었다. 그러니 꼭 협조를 해줬으면 좋겠다며 인터뷰를 부탁했다.

하지만 나는 인터뷰보다도 색목도왕, 아니 또 다른 색목도왕과 대화를 하고 싶었다.

"선생님. 좋은 의미이니 하시는 게 어때요?"

뒤에서 조밍의 목소리가 들렸다.

"인터뷰는 안 됩니다."

나는 다시 한 번 강하게 말했다.

"그런데 정말 지난밤에 수십 명이나 되는 사람들을 구하신 겁니까? 사람들 말에 따르면 수천 근에 달하는 콘크리트 덩어리를 옮겼다고 하는데 사실입니까?"

중국 안내인이 끼어들었다.

"아닙니다. 운이 좋아서 약간의 사람들을 도와준 것은 맞지만, 어떤 사람이 수천 근에 달하는 것을 혼자서 옮길 수 있겠습니까? 소문은 과장된 겁니다."

"하지만 목격자들이 한결같이 그렇게 말하고 있습니다."

"과장된 소문을 믿고 저를 인터뷰하는 것보다도, 지금 이 참혹한 현장을 꾸밈없이 보도해서 전 세계의 적극적인 구호를 요청하는 것이 옳은 일 아닙니까?"

"보도는 끊임없이 나가고 있습니다. 우리 인민들은 기자 분의 말씀대로 희망찬 소식을 원하고 있습니다. 소정의 인터뷰료를 지급할 것이니 꼭 인터뷰에 응해 주십시오. 이렇게 부탁드리겠습니다."

중국 안내인이 고개를 숙였다. 색목도왕과 카메라맨은 중국 안내인처럼은 아니더라도 "Please." 하고 간곡한 청을 했다.

우리가 실랑이하고 있는 사이 구경꾼들이 제법 많이 모여들었다. 누군가가 인파를 뚫고 내게 뛰어왔다. 어젯밤 내가 구해 줬던 한 여성의 남편이었다.

"아내가 깨어났습니다. 모두 선생님 덕분입니다. 정말, 정말 감사합니다."

그가 눈물을 그렁거리면서 몇 번이나 고개를 꾸벅였다. 카메라맨이 때는 이때다 싶어 카메라를 들이밀었다. 빨간 녹화 램프에 불이 켜져 있었다.

"인터뷰 안 한다고 했습니다."

나는 황급히 오른손으로 카메라를 막고 왼손으로 조밍의 손목을 잡았다.

"빨리 가죠."

멍하게 서 있던 조밍이 내 손에 이끌려 나왔다. 뒤에서 나를 부르는 색목도왕의 말을 무시하고 빠른 걸음으로 걸었다. 중국 군인들이 통제선을 친 봉사 단체 베이스캠프가 시선에 들어왔다. 중국 군인들이 조밍이 목에 건 봉사요원증을 보고 길을 비켜줬다. 우리는 도망치다시피 캠프 안으로 들어섰다.

"부탁드립니다!"

색목도왕 일행이 뒤따라왔다.

외신 기자들이라서 중국 군인들이 길을 비켜주고 있었다. 하는 수 없이 걸음을 멈췄다. 밖에서처럼 캠프에 있던 봉사요원들이 우리를 구경하기 위해 몰려들기 시작했다.

"바로 이분이 그 선생님이셔."

조밍은 봉사요원들에게 나를 소개하기에 바빴다.

"아아! 특수 공안?"

일대가 시끄러워지기 시작했다.

나는 지끈 아려오는 관자놀이를 짓누르며 기자단 일행에게 걸어갔다.

"꼭 부탁드리겠습니다."

색목도왕이 마주 서자마자 말했다.

그 순간 그가 저쪽 세상의 색목도왕과 겹쳐보였다. 보면 볼수록 신기하고 이해가 되지 않는다.

어쩌면 내 눈앞에 나타난 또 다른 색목도왕이 내가 저쪽 세상으로 이동하게 된 불가사의한 일을 설명해 줄 수 있는 매개체가 될지도 모른다는 생각이 들었다.

"사정이 있어서 인터뷰는 곤란합니다. 인터뷰 말고 개인적인 대화를 나누고 싶은데 가능합니까?"

"얼마든지요."

"혹시 색목도왕이라는 말을 들어본 적이 있습니까?"

나는 최대한 느리고 또박또박 말했다.

"색목도왕?"

"예. 색목도왕."

그가 서양인 특유의 과장된 제스처로 어깨를 으쓱해 보였다. 들어본 적이 없다는 것이다. 이번에는 자기 차례라는 듯 그가 질문을 했다.

"조금 전에 말씀하시길 중국 사람이 아니라고 했습니다. 일본인입니까?"

일본이라는 말에 얼굴이 구겨졌다.

"대만인입니까?"

그가 황급히 말을 바꿨다.

"아니요."

"그럼……?"

"한국인입니다."

비록 다른 색목도왕이지만, 색목도왕과 이런 대화를 나누게 되리라고는 꿈에도 생각해 본 적이 없었다. 뒤따라온 보조요원이 메모지를 꺼내 뭔가를 적었다.

"한국입니까? 좋은 나라지요."

그 말이 예의상 한 말이라고 느꼈다. 색목도왕은 아니, 클레이튼 쿠퍼는 빠르게 말을 계속했다.

"어떻게 해서 대지진 현장까지 오게 된 거죠? 나이는 어떻게 되고 직업은 무엇입니까? 무슨 마음가짐으로 위험을 무릅쓰고 생존자들을 구조한 것입니까?"

보조요원이 나와 메모지를 번갈아 바라보며 받아적을 준비를 했다. 카메라맨은 내 눈빛 때문에 차마 카메라를 들지 못했다. 나는 그들을 향해 손을 크게 저었다.

"이번에는 내가 물어보겠습니다. 기자 분 성함이 클레이튼 쿠퍼지요?"

"예."

"미국에서 오셨고요?"

"예."

"정확히 어디에서 오셨습니까?"

"버지니아에서 왔습니다."

"버지니아 어디에서요?"

색목도왕은 대답을 망설이다 리치먼드 시라고 짧게 대답했다. 나는 눈앞의 색목도왕과 저쪽의 색목도왕과의 연결선이 무엇이 있을지 생각했다. 색목도왕이 어렸을 때 부모를 잃고 혈마교에 들어왔던 것을 떠올렸다.

"혹시 부모님 두 분 모두 돌아가셨습니까?"

색목도왕은 불쾌하다는 듯이 눈썹을 찌푸렸다.

"아닙니다. 왜 그런 질문을 하는 거죠?"

"기자 분께서 제가 아는 분하고 너무 닮아서 말이죠. 잃어버린 동생이나 형은 있으신지?"

"없습니다."

더는 안 됩니다. 색목도왕은 그런 얼굴로 대답했다. 저쪽 세상에서 자주 보았던 단호한 색목도왕의 목소리와 표정으로 말이다. 나는 다시 한 번 엉킨 실타래를 마주한 것 같았다.

'해부학적 골격이 일치하는 똑같은 사람이나 자라온 환경이 다른 사람이다? 어떻게 해서 이런 일이 있을 수 있지?'

내가 잠시 머뭇거리고 있는 사이 색목도왕이 내 나이를 물어왔다. 나는 사실대로 대답했다. 어김없이 보조요원이 메모지에 내 나이를 적었다.

"학생입니까?"

색목도왕이 물었다. 이렇게 계속하다가는 인터뷰와 다를 바 없었다.

"더 이상은 안 하겠습니다. 저는 CNN에서 취재를 받을 만큼 큰일을 하지 않았습니다. 여기에 계신 분들을 촬영해 주세요. 모두 현장을 위해 노력하시는 분들입니다."

내게 꽂힌 시선을 봉사요원들에게로 돌렸다. 그 뒤로도 색목도왕과 안내인은 인터뷰 요청을 몇 번이나 해왔다. 내가 끝까지 거절하자 그들도 포기하고 돌아섰다.

색목도왕이 주고 떠난 명함으로 시선을 옮겼다. 익숙한 붉은색 CNN 마크 옆으로 Reporter, Clayton Cooper 라는 이름이 써져 있었고, 그 밑으로 r_cooper@cnn.com 이라는 이메일주소가 첨부되어 있었다. 나는 그 명함을 잃어버리지 않도록 배낭 앞주머니에 넣고 지퍼를 닫았다.

스르르.

기자단의 모습이 인파 속으로 사라졌을 때, 나는 그 뒤를 쫓기 시작했다. 그가 어떤 인물인지 조금 더 지켜보고 싶다는 마음에서였다.

그들은 여러 곳을 취재했다.

그중에는 내게 도움을 받은 난민들도 있었다. 기자단은 난민들에게서 얻은 정보를 토대로, 어젯밤 생존자들을 구한 아파트 단지와 소학교 등을 촬영하면서 나에 대한 단편적인 정보들을 짜 맞춰갔다.

한 시간 가까이 지켜본 결과 색목도왕은 CNN 기자의 역할에 충실할 뿐이었다.

내가 모르는 비밀 같은 것이 있는 것 같진 않았다.

* * *

구이시현 시가지에서 그리 멀지 않은 곳에 산골짜기 마을이 있었다. 대지진에 노출된 마을 또한 핵탄두가 떨어진 것처럼 붕괴되었다.

쩍쩍 갈라진 땅 틈새로 주인을 잃은 운동화가 떨어져 있었고, 곳곳으로 산더미에 파묻힌 집들이 보였다.

역용을 했고 또 CCTV라고는 전혀 없을 산골마을이기 때문에 보다 활동적으로 움직였다. 시가지와는 달리 산골마을은 미신을 믿는 경향이 짙었다.

마을 할아버지는 생존자들을 구출하는 나를 보고 하늘에서 내려왔냐고 물었다. 한국이라고 대답해 줘도 할아버지는 한국이라는 나라에 대해서는 전혀 알지 못했다.

오전을 산골마을에서 보냈고 점심에는 산 정상에 올랐다. 높은 곳에서 굽어보니 대지진의 처참한 상황이 한눈에 들어왔다.

대지진은 천재(天災)고 재앙이다.

산맥 전체가 죽음의 소굴로 변해 버렸다. 우리는 자연의 무서움에 대해서 너무나도 무지했다.

나도 모르게 주먹을 불끈 쥐며 산을 누볐다. 어딘가에 있을 흑천마검을 찾기 위해서였다.

흑천마검이 대지진을 일으켰을까? 하고 생각을 해본 적도 있었다.

하지만 십칠 일 새벽에 대지진이 일어났고, 흑천마검은 그 이후에 사라졌다. 아마도 흑천마검이 대지진이 일어났음을 느끼고 이곳으로 온 것이 아닌가 하고 조심스럽게 추측할 뿐이다.

'그렇다면 어디로 간 거지?'

나는 검집을 감싸고 있는 천을 풀었다.

천은 지난 하루 동안 콘크리트와 흙더미에 부대껴서 다 해어져 있었다.

검집은 며칠 전 내게 이곳을 알려준 이후로 한 번도 말을 걸어오지 않았다. 곧 부서질 것처럼 금이 간 검집에 의존하고 있을 수만도 없는 노릇이었다.

중국까지 온 지금, 내가 직접 흑천마검을 찾아나서야 한다. 정상에 서 있던 나는 그 자리에 주저앉았다. 그리고는 가부좌를 틀고 주변에 집중했다.

첫 번째로 청각이 먼저 확장되었다.

물 좀 주세요. 우리 형 못 봤나요? 모든 걸 다 잃었어. 엄마 곁에서 떨어지지 말랬지? 비켜요. 환자가 있는 거 안 보여요?

거기! 거기! 줄 서세요. 걱정 마. 아빠가 다 알아서 할게. 싫어! 여기요. 여기예요. 사람 손이 보여요.

 수많은 소리들이 귀에 가득 차 들어왔다.

 사람들의 목소리뿐만 아니라 드드드드 하는 드릴소리, 쾅쾅 때리는 망치소리까지 온갖 소리가 머릿속을 헤집고 다녔다.

 나는 얼굴을 일그러트리며 그 수많은 소리 속에서 내가 듣고자 하는 것을 찾으려 노력했다. 흑천마검의 흔적을 찾을 수 있는 것이라면 조그마한 것이라도 좋았다.

 집중하면서 소리를 하나씩 지워나갔다.

 그렇게 아무런 소리도 들리지 않게 되었을 때까지도 흑천마검에 대한 단서는 나오지 않았다.

 두 번째로 후각이다.

 가까이는 풀 냄새와 흙 냄새부터 멀리는 구호품으로 지급된 과자 냄새와 의약품 냄새까지 콧속의 점막을 자극했다. 콧구멍이 벌렁거리는 것이 느껴졌다.

 마지막으로 육각(六覺)이 부풀어 올랐다. 눈을 감고 있어도 모든 것이 보였다. 살아 있는 것이라면 특정한 기운을 가지고 있는데, 나는 거기에 집중했다.

 최대로 반경 사 킬로미터 안에 있는 기운들이 느껴진다. 흡사 열 추적 센서를 작동시킨 것처럼 기운들의 크기와 움직임까지 알 수 있었다.

 얼마나 지났을까.

이마에 땀이 송골송골 맺혔다. 나는 눈을 뜨며 신경질적으로 얼굴에 흐르는 땀을 닦았다.

지금 내가 서 있는 이 산이 대지진의 진앙이었다. 하지만 주변 사 킬로미터 반경 안에는 특이한 기운이 없었다.

'대체 어디에 있는 거야!'

이곳 어딘가에 흑천마검이 있을 것이란 기대가 단번에 무너져 내렸다.

하는 수 없이 다시 시가지로 내려왔다. 가뭄이 찾아온 밭처럼 쩍쩍 갈라진 도로 위를 걸어가고 있던 중, 중국 군인들이 탄 군용트럭이 내 앞을 스쳐 지나갔다.

구조대 역할을 맡은 군인들이라고 하기엔 얼굴에 긴장이 잔뜩 스며 있었다.

또한 그들은 모두 총으로 무장을 하고 있었다. 전쟁이 발발한 듯 그들은 당장이라도 트럭에서 뛰어내려 적들을 향해 총을 겨눌 분위기였다.

트럭은 덜컹거리며 도시 밖으로 향했다.

무슨 일인가 호기심이 들었지만 그 뒤를 따라가 볼 정도로 호기심이 크지는 않았다.

나는 봉사 단체 베이스캠프로 향했다.

바로 아침까지만 해도 도시 곳곳에서 보였던 군인들이 눈에 띄게 줄어 있었다.

난민들을 통제하고 있던 이들이 한 번에 많이 빠져 나갔기 때문에 도시는 더욱 시끄럽고 어수선했다. 통제선을 뚫고 무너진 건물 안으로 들어가는 이들을 곳곳에서 볼 수 있었다.

"무슨 일 있었습니까?"

나를 발견하고 뛰어온 조밍에게 물었다. 조밍은 원망이 가득한 얼굴을 하며 동쪽으로 고개를 돌렸다. 그쪽은 군용트럭이 향한 방향이었다.

"군인들이 빠져 나가고 있어요. 가뜩이나 일손이 부족한데."

조밍은 오물이 묻은 손을 바지춤에 쓱쓱 문지르며 말했다. 그러더니 얼굴을 풀며 나를 빤히 쳐다보았다.

"떠나신 줄 알았어요."

조밍이 빙그레 웃었다.

"일이 있어서 어디 좀 다녀왔습니다. 그런데 군인들이 왜 빠져 나가고 있는 겁니까?"

"저도 잘은 몰라요. 무슨 일이 있긴 있는 모양이에요. 급히 파견된 사람들이 갑자기 가 버리는 걸 보니까요. 아참! 선생님 친구 분은 찾으셨나요?"

"아직."

입술을 질끈 깨물었다. 흑천마검! 그놈을 생각하면 가슴속이 불이 난 것처럼 뜨겁게 타올랐다. 그런 내 얼굴을 보고 조밍이 놀란 표정을 지었다.

그때 천막들이 줄져 있는 길 끝에서 클레이튼 쿠퍼와 그 일행들이 이쪽으로 걸어오는 것이 보였다.

"저분들이요? 선생님은 이미 떠나셨다고 몇 번이나 말했는데도 계속 기다린 거 있죠."

조밍이 기자단 일행을 바라보며 말했다.

색목도왕이 성큼성큼 걸어와서 내게 악수를 청했다. 그의 와이셔츠는 오늘 오전까지만 해도 새하얀 색이었다. 그런데 지금은 흙먼지를 뒤집어써서 누런색에 가까웠다.

나는 클레이튼 쿠퍼와 악수를 하면서 그의 두꺼운 손을 바라보았다. 다시 보아도 혈마교에 있는 색목도왕의 손과 같다.

"저를 기다리셨다고요?"

"예. 떠나기 전에 다시 부탁드리고 싶었습니다."

클레이튼 쿠퍼가 환한 얼굴로 말했다.

"인터뷰요?"

"예. 낮 동안 선생님께 구출된 생존자들과 목격자들을 취재했었습니다."

무슨 말을 더 들은 것일까?

오늘 오전에 인터뷰를 청할 때에도 그는 간절했었지만 지금은 더욱 간절했다. 기필코 해야만 한다는 강한 고집과 결심이 얼굴에 드러나 있었다.

혈마교 추격자들에게 쫓겼을 당시, 자신이 막아볼 테니 나보고 먼저 도망가라고 했을 때, 그때의 얼굴을 하고 있었다. 이번에는 그를 떼어내기 쉽지 않겠다는 예감이 들었다.

"꼭 부탁드리겠습니다."

클레이튼 쿠퍼를 필두로 한 기자단 전체가 내게 애절한 눈빛을 보냈다. 그러나 나는 고개를 설레설레 저으며 힘을 줘서 말했다.

"……생각이 바뀌면 명함에 쓰여 있는 이메일로 연락을 드리겠습니다."

"이름만이라도 알려주시겠습니까?"

거짓말로 지어낼까 했다. 하지만 곧 생각을 고쳐먹었다. 왠지 또 다른 색목도왕에게 거짓말을 하고 싶지 않았다.

"그것도 마찬가지입니다."

그는 계속해서 몇 번이나 청했다. 카메라맨, 보조요원, 안내인까지 돌아가면서 계속 청해 왔다. 심지어 나중에는 인터뷰료라고 하면서 백 달러짜리 열 장을 내밀기까지 했다.

그때마다 나는 강력하게 거절했다. 겨우 기세가 꺾인 클레이튼 쿠퍼가 한숨을 내쉬며 말했다.

"정말 아쉽군요. 꼭 선생님을 취재하고 싶었는데 할 수 없지요. 저희들은 급한 일 때문에 지금 다른 곳으로 떠나니 이메일로 연락을 주십시오. 기다리겠습니다."

'급한 일?'

불현듯 오면서 보았던 군인들이 떠올랐다. 호기심에 말을 꺼냈다.

"군인들 때문입니까?"

"Sorry. 말씀드릴 수 없습니다. 이해해 주십시오."

그날 저녁이었다.

베이스캠프의 낡은 텔레비전은 계속해서 지진현장 모습을 보여주고 있었다. 대지진을 겪은 현장의 모습을 보여주며, 여기에 당국이 얼마나 신속하게 많은 물량을 투입하여 생존자들을 구조하고 있는 지에 대해 역설하고 있었다.

텔레비전 방송을 무시하고 지나가는 순간, 갑자기 아나운서 목소리 톤이 다급하게 바뀌었다. 때마침 화면이 지지직거리며 스크래치가 생겼다. 내 옆에 있던 남자 봉사요원이 손바닥으로 텔레비전을 두들겼다.

그러자 곧 화면이 정상으로 돌아왔다. 아나운서가 심각한 얼굴로 우리를 바라보고 있었고, 화면 아래쪽에는 새빨간 글씨로 신리촌 인민몰살(伸理村 人民沒殺)이라는 문구가 박혀 있었다.

"참혹한 일이 벌어졌습니다."로 시작하는 아나운서의 심각한 어투에 사람들의 시선이 뉴스 속보로 쏠렸다. 모두 하던 일을 멈추고 뉴스에 귀를 기울였다.

'참혹한 일이라니?'

화면이 한 작은 농촌 마을로 넘어갔다. 그곳도 다른 곳들과 마찬가지로 대지진을 겪은 곳이었다. 이제 대지진을 겪은 현장은 흔한 것이 되어 버려서 속보라고 할 것도 없었다.

속으로 '뭐야.' 하고 대수롭지 않게 내뱉은 순간, 모자이크

처리된 시신들의 모습들이 보이기 시작했다.

아나운서는 방송인으로서 유지해야 할 침착성을 젖혀두고 언성을 높였다. 대지진에서 생존한 모든 신리촌 사람들, 주민 일백여 명과 공안 두 명 모두가 살해당했다고!

주위가 술렁거리기 시작했다.

모자이크 처리가 되어 있었지만 지면을 적신 흥건한 피는 그때 상황이 얼마나 처참했는지를 보여주고 있었다. 여진이 발생해서가 아니었다. 누군가가 신리촌 사람들을 모조리 도륙한 것이었다.

분리된 시신들을 옮기는 군인들의 화면에 모습이 잡혔다.

"저런 천벌 받을 새끼!"

내 옆에서 나이 지긋한 봉사요원이 분노를 터트렸다. 그가 이를 갈며 외쳤다.

"대체 누가 저런 짓을 한 거야? 이런 판국에! 꼭 잡아서 천안문 광장에 목을 걸어야 해!"

"맞습니다!"

모두가 그에게 동조하며 한마디씩 내뱉었다. 화면은 고위급 간부로 보이는 군인에게로 넘어갔다. 그는 이번 일을 시국이 어지러운 틈을 탄 테러단체의 소행으로 보고 그 배후까지 모조리 색출해서 인민의 심판을 받게 할 것이라고 침을 튀기며 말했다.

순간 그의 어깨 너머에 잡힌 가옥에 눈이 번뜩 뜨였다. 가옥은 지진의 여파로 반쯤 무너져 있었지만, 윗부분이 자로 잰 듯 깨끗하게 잘려져 나가 있었다.

"씨, 씨발!"

나도 모르게 두 주먹을 움켜쥐며 한국말로 욕설을 내뱉었다.

흑천마검이다!

가옥의 모습은 순간 스쳐 지나갔지만 분명 그것은 흑천마검의 흔적이었다.

그 뒤로 테러단체가 칼 같은 날카로운 흉기를 사용해서 신민촌 사람들을 모조리 살육했다는 설명이 이어졌다. 생각해 볼 것도 없었다. 이것은 흑천마검이 벌인 일이다.

분명한 증거가 아주 잠깐 화면을 스치고 지나갔다.

지면 위로 일 미터 정도의 길이로 지면을 깊게 팬 검흔. 지진의 여파로 지면 전체가 쩍쩍 갈라져 있기 때문에 아무도 거기에 관심을 가지지 않는 듯했다.

하지만 나는 안다. 저건 흑천마검이다. 대체 왜 이곳까지 와서 사람들을 살육한 거지?

'놈은 악마다. 악마라고! 한시라도 빨리 놈을 찾아야 해!'

"괜찮아요?"

조밍이 내 옆으로 다가왔다. 그제야 몸 전체가 심하게 떨리고 있다는 것을 알아차렸다. 나는 조밍을 바라보았다. 조밍이 휘둥그레진 눈으로 뒷걸음질했다.

"선, 선생님……."

내 어떤 모습에 조밍은 잔뜩 겁을 먹고 있었다.

"신리촌이 어디에 있는지 압니까?"

내가 물었다.

조밍이 놀란 눈으로 고개를 저었다.

"여기 신리촌이 어디에 있는지 아시는 분 계십니까?"

모두가 들을 수 있게 큰 소리로 외쳤다.

목소리에 강한 적개심이 묻어나왔던 탓인지 사람들은 모두 조밍과 같은 반응을 보였다. 다시 한 번 묻자 내 옆에 있던 봉사요원이 주눅이 든 모습으로 말을 건네 왔다.

"제가 압니다……."

*　　*　　*

경공을 운용해서 산을 뛰어넘어 도착한 시각은 두 시간 후였다. 거리로는 얼추 이백 킬로미터 정도지만, 드넓은 중국 땅인 점을 생각해 보면 충분히 가깝다고 할 수 있는 거리였다.

신리촌은 중국 군인들의 통제하에 있었다. 신리촌으로 들어가는 도로와 산에서 내려오는 작은 샛길에도 바리케이드를 치고는 사람들이 접근하는 것을 허락하지 않았다.

사실 그들의 그런 노력은 헛수고라고 할 수 있었다. 애초부터 그런 끔찍한 일이 벌어진 이곳을 누구도 들어오려 하지 않앉다. 중국 기자단과 외신 기자단을 제외하고는 말이다.

달도 구름에 가려 한 줌의 빛도 내리지 않는 어두운 밤이었다. 군용 차량 헤드라이트 불빛과 중국 군인들이 설치한 간이 조명들이 그나마 주위를 밝히고 있었다.

무슨 이유에서인지는 모르겠지만, 한쪽에 시신들을 모아놓은 곳에도 조명을 설치했다. 시신들을 덮어둔 천은 갈색으로 물들어 있었다.

흑천마검을 빨리 잡아야 한다.

그 악마, 그 맹수는 너무도 위험한 존재다.

혈마교로 돌아가는 것은 이미 두 번째 문제가 되었다.

그놈이 어디서 또 이런 천인공노할 짓을 저지르고 있을지 모르는 일이다.

심장은 심장대로 나를 채찍질하며 아무렇게나 쿵쾅댔다.

황급히 검집을 감싼 천을 풀었다.

신리촌에 가까워진 순간부터 검집이 떨리고 있었다.

아주 미약한 진동.

그것은 마치 빨리 놈을 잡아! 하고 마지막 힘을 짜내 말하고 있는 듯했다.

『여기엔 없어. 어느 쪽으로 간 거지?』

내력을 끌어 올려 검집에 흘려보냈다. 이제 믿을 것은 겨우 정신을 차린 검집밖에 없었다.

검집이 자신을 놓아달라며 내 손아귀에서 바동바동거렸다.

손을 놓자 검집이 허공으로 둥실 떠올랐다.

검집은 고장 난 나침반처럼 뱅그르르 돌다 남쪽을 가리켰다. 나는 입술을 질끈 깨물며 검집을 낚아챘다.

바로 지면을 박찼다.

타탓!

신리촌에서 나오는 불빛이 빠르게 멀어져갔다. 나는 죽음의 기운으로 뒤덮인 흙산을 내달렸다. 어디에서고 뿌리를 드러낸 채 부러져 있는 거목들이 보였다.

내가 몸을 튕기면서 그것들을 밟으면, 거목은 어김없이 산산조각 나며 주위로 흩어졌다.

십여 분을 이동하자 도시가 나타났다. 지도상으로 도시의 이름은 상요(上饒)였다.

지진으로 인해 붕괴됐고 전기 공급이 원활하지 않은 듯했다. 전체 지역의 일 할 정도밖에 불이 들어오지 않았고 나머지 지역은 어둠에 휩싸여 있었다.

드드드.

도시에 인접하는 순간 검집이 세차게 떨렸다.

'이곳에 있구나!'

직감한 나는 검집을 천에 싸서 등에 메고 십 층 건물 옥상 위를 목표로 삼았다.

다른 건물들은 대부분이 무너졌고, 그곳도 곧 무너질 것처럼 위태위태했다. 하지만 인근에서 가장 높은 곳인 것만은 틀림없었다. 나는 도시의 어둠 속에 스며들었다.

도로 위는 그야말로 폭격기에게 공습을 받은 듯했다. 갈라지고 패이고, 주민들의 생활용품들이 불에 그슬린 채로 나뒹굴고 있었다. 어디선 가에서는 아이의 울음소리가 들렸다.

대지진이란 재앙 속에 흑천마검이라는 악마가 풀렸다. 놈을 한시라도 빨리 잡지 않는다면, 지금 들리고 있는 아이의 울음소리마저 사라져 버릴 지도 모른다. 이유는 모르겠지만 놈은 사람들을 살육하고 있었으니까.

나는 난민들의 눈을 피해 건물 옥상으로 올랐다.

'저건?'

먼 도로 쪽에 있는 클레이튼 쿠퍼의 CNN 방송국 차량을 발견했다. 급한 일이 있다는 것이 바로 이곳을 두고 한 이야기였던 모양이다.

하지만 그들은 군인들이 통제하고 있는 탓에 신리촌까지는 들어가지 못한 모양이었다.

중국 신화TV와 일본의 NHK, 독일의 EKN 방송국 차량도 보였다. 지진으로 많은 도로가 끊겨 있었는데도 이곳까지 차를 가지고 온 노력이 무척이나 가상했다.

나는 방송국 차량에서 관심을 거두며 그 자리에 가부좌를 틀고 앉았다.

눈을 감았다.

남서쪽에서 남다른 기운이 느껴졌다.

'저쪽이다!'

눈을 번쩍 뜨며 그쪽으로 고개를 돌렸다.

도시 곳곳에 자리 잡은 난민들의 천막 군락 중 하나였다. 정확히 그곳 안에서 흑천마검의 기운으로 추정되는 기이한 기운이 일렁거리고 있었다.

응당 사람들이 모여 있는 곳이라면 불빛이 보여야겠지만, 그곳에선 새끼손톱만 한 불빛도 보이지 않았다.

매우 불길한 예감이 들었다.

도시 외곽이고 이십여 명 정도 모여 있는 소규모의 피난처이기 때문일까? 가까워질수록 난민들의 수가 줄어들다가 어느 순간부턴 한 명도 보이지 않았다.

이따금씩 전등을 든 군인과 먹을 것을 찾아다니는 난민 몇 명만 보일 뿐이었다.

그마저도 외곽 도로에 접어들자 보이지 않게 되었다. 아무런 소리도 들리지 않았다. 인간 멸종 이후의 세계에 떨어진 듯한 느낌을 받았다.

'어?'

사람들이 도로변에 쓰러져 있었다. 보는 이도 없어서 단번에 몸을 날렸다.

"뭐야!"

상태를 확인한 순간 얼굴이 잔뜩 일그러졌다.

전신이 강한 힘으로 뭉개져 있었고 목 위가 없었다. 뜯어진 부분으로 아직도 피가 흘러나왔다. 남방차림의 옷과 건장한 체격으로 볼 때 그는 남자였으리라.

목에서 흘러나온 피가 아래로 구불구불 흘렀다. 보기와는 달리 도로가 약간 기울어져 있었던 것이다. 그 끝을 따라 무너진 건물 틈에 끼어 있는 남자의 얼굴이 보였다.

'젠장!'

서둘러 다음 시체에게로 향했다.

그도 마찬가지였다.

도로변에 쓰러진 열 사람 모두가 그렇게 되어 있었다. 인적이 없는 도시 외곽이기 때문에 흑천마검의 짓거리가 아직 군인들에게 알려지지 않은 모양이었다.

온몸이 부들부들 떨렸다.

검집도 마찬가지로 부들부들 떨고 있었다.

"흑천마검! 이 새끼……."

나는 정신을 바짝 차리며 지면을 박찼다. 다음 사거리에서 우측으로 방향을 틀었다. 피 냄새가 물씬 풍겨왔다.

엉성한 솜씨로 세워진 작은 천막이 시선에 들어왔다. 그 안에 누군가 내게 등을 돌린 채로 서 있었다.

형체가 뚜렷하지 않지만 얼핏 보기에 흑천마검인 것 같았다. 안력을 키우자 그 형체가 뚜렷하게 보이기 시작했다. 허리까지 닿는 머리카락은 온통 피로 적어 있었고, 머리카락을 따라 바닥으로 피가 뚝뚝 떨어졌다.

나는 흑천마검을 확인하고 천막으로 다가갔다.

놈 밑에 쓰러져 있는 한 남성의 시신이 보였다.

흑천마검과 처음으로 마주쳤던 때와 상황이 너무도 흡사했다. 한 가지 다른 점이라고는 섭취 대상이 영물에서 사람으로 바뀌었다는 점이다. 놈이 내 쪽으로 몸을 돌렸다.

구슬같이 작은 놈의 눈동자와 눈이 마주쳤다. 놈은 들고 있던 남성의 팔을 버리며 혀로 입 주위를 핥았다. 피 범벅된 놈의 얼굴은 그야말로 악마였다.

"왔군."

놈의 흰자위가 번뜩거렸다.

지금껏 수많은 시신을 보고 온갖 일들을 겪어본 나였다. 하지만 놈의 목소리는 여전히 두려움을 가져왔다. 나는 이를 악물며 두 주먹을 불끈 쥐었다.

'이 악마를 죽여야 한다.'

머리로는 그렇게 생각하지만 몸이 따라주지 않았다. 언제나 놈 앞에서 나는 이런 식이다. 이런 내가 싫다. 그러나 이번만은 뜻대로 되지 않는다.

흐으읍!

십성의 내력을 끌어 올렸다.

몸 주위로 열기를 품은 아지랑이가 피어올랐다.

천막 안이 금세 뜨거운 열기로 가득 찼다.

지면도 여진이 인 듯 흔들거리기 시작했다.

나는 명왕단천공의 구결을 속으로 되새기며 놈과의 일전을 준비했다.

"큭."

일전에 평화동에서 놈과 한 판 붙었을 때 나는 놈의 발끝에도 따라가지 못했다. 그렇다고 그때보다 무위에 변화가 있었냐고 묻는다면 그것도 아니다.

너무나 안이했다. 혈마교 일이다, 우리 집 일이다 해서 이놈을 전혀 생각지도 않고 있었다. 놈이 풀려날 것을 알았더라면 어떻게 해서든 무공을 쌓았을 것이다.

하지만 이미 후회하긴 늦었다.

놈도 그것을 알고 있었다. 나를 비웃으며 뻘건 얼굴을 치켜올렸다. 보란 듯이 손등에 묻은 피를 날름거리며 나를 도발했다.

'이럴수록 침착해야 해.'

물론 지금 나로선 놈을 이길 방법은 없다. 그렇다고 넋 놓고 앉아 놈이 저지르는 만행을 두고 볼 수만도 없는 노릇이었다. 그렇게 이 자리까지 왔다.

'친다!'

나는 결심하며 출수할 준비를 마쳤다. 그때였다. 놈의 입술이 열렸다.

"이번에도 내 식사를 방해하려는 모양이지?"

흑천마검은 태연스럽게 손에 묻은 피를 핥으며 말했다.

"왜 사람을 죽이고 있지?"

나는 이를 갈며 외쳤다.

"이놈?"

놈이 바닥의 시신을 발로 툭툭 차며 말을 계속했다.

"배가 고프니까."

놈은 아주 당연하다는 듯이 대답했다. 그러면서 가늘게 눈을 뜨며 나를 위아래로 훑었다. 맛있는 음식을 바라보듯 나를 보면서 군침을 삼켰다.

놈은 절대강자였다. 포식자 중에 포식자. 먹이 피라미드의 종점에 서 있었다. 그걸 알지만 분노가 치밀어 올라 머리끝까지 닿았다.

눈이 뜨거웠다.

"나를 먹는다고 하지 않았나?"

"너는 아껴둬야지. 아직 덜 익었으니까."

놈이 재미있다는 듯이 웃었다.

"그러면 왜 여기까지 와서 사람들을 살육하고 다니는 거냐?"

치미는 분노로 온몸이 떨렸다. 놈이 신리촌에서 죽인 사람들의 숫자가 일백을 넘어간다. 그것으로도 모자라 이곳에서도 살육을 벌이고 있었다.

"생각이 바뀌었거든."

"생각?"

"여기에서도 제법 먹을 만한 것이 있더군."

놈은 미소를 짓다 아래로 시선을 떨어트렸다. 그곳에는 그가 먹다 버린 남성의 시신이 있었다. 놈이 그것을 보며 씩 하고 웃었다.

"그래서 택한 것이 사람이냐? 가만두지 않겠어."

"나를?"

놈이 뜻 모를 미소를 지었다. 한 손으로 이마를 짚고는 크큭거리며 웃는 놈의 모습에서 광기가 보였다. 갑자기 놈이 웃음을 멈추고 나를 향해 뇌까렸다.

"먹이 주제에 말이 많다."

화락!

갑자기 놈의 얼굴이 코앞에서 나타났다.

쉬익!

나는 반사적으로 명왕단천공을 출수했다.

놈의 징그러운 목덜미를 향해 팔꿈치를 휘둘렀다. 놈을 맞췄다 싶었는데 그것은 놈의 잔영이었다.

터져 나온 십성 공력이 그대로 날아갔다. 먼 쪽에서 쾅! 하고 큰 폭발음이 났다. 천막이 통째로 날아갔고, 그 앞으로 공력을 맞은 건물이 와르르 무너지고 있는 것이 보였다.

슷!

놈이 등 뒤에서 나타났다.

놈의 차가운 손톱이 호신강기를 뚫고 목을 건들었다. 나는

참혹한 신라촌 117

왼 팔꿈치를 휘둘러 놈을 뿌리친 다음 하늘로 솟구쳐 올랐다.

흑천마검이 뒤따라 날아왔다.

명왕단천공이 가져온 이미지를 떠올렸다.

몸을 강하게 비틀며 일권을 뻗었다. 여러 갈래로 터져 나온 권기가 흑천마검을 향해 날아갔다. 흑천마검이 손을 휘둘러 권기를 쳐냈다. 어떤 것은 입을 벌려 먹기도 했다.

튕겨져 나간 권기가 곳곳으로 떨어졌다. C4폭탄을 투하한 듯 큰 폭발들이 일었다.

콰콰쾅!

사방에서 굉음이 울렸다.

도로가 움푹 파이고, 무너져 있던 건물은 더욱 산산조각 났다. 그것을 보며 흑천마검이 낄낄 웃었다. 놈의 괴기한 웃음소리에 몸서리치며 반대편 건물 옥상 위로 착지했다.

'헉!'

하지만 뒤에서 바짝 추격해 오던 흑천마검이 나보다 먼저 옥상에 도착해 있었다. 피뢰침 위에서 한 발로 서 있던 놈이 내게로 뛰어내렸다. 나도 놈을 향해 솟구쳤다.

공력을 가득 담아 시뻘겋게 달궈진 장이 놈의 복부에 작렬했다.

'먹혔어!'

나는 속으로 쾌재를 부르짖었다. 그 순간 흑천마검이 아무렇지 않은 듯 목을 까닥이면서 내 머리를 움켜쥐었다.

강한 힘이 머리를 짓눌렀다.

"크윽." 하는 신음이 터져 나왔다.

놈은 그대로 나를 내리꽂았다.

중심을 잡기도 전에 건물 옥상과 충돌했다. 나는 옥상 바닥을 뚫고 아래층으로 떨어졌다.

그 다음 아래층 바닥들을 뚫으며 계속해서 처박혔다. 일 층에 달해서야 겨우 중심을 잡을 수 있었다.

옥상까지 뚫린 구멍을 올려다보는 순간 사방에서 쾅! 하고 온갖 콘크리트 파편이 날아들었다. 위에서 콘크리트 덩어리들이 떨어지고 있었다.

몸으로 건물 벽을 뚫고 밖으로 나왔다. 건너편 무너진 건물 더미 위에 서 있는 흑천마검을 발견하고, 곧장 그곳으로 돌진했다. 이대로 이 악마 놈을 짓이겨 버리고 싶었다.

'지금!'

발끝에 공력을 가득 담아 오른다리를 휘둘렀다. 발이 움직인 궤적으로 허공에 붉은 수가 놓아졌다.

탁.

흑천마검이 팔을 들어 공격을 막았다. 두 번째 이어진 왼발 공격도 소용없었다.

휘이이잉.

극도로 끌어 올려진 공력이 사방으로 흩어지면서 열풍을 만들었다. 거기에 휩쓸린 콘크리트 덩어리와 철제 파편 그리고 부서진 가구 조각들이 우리 주위를 뱅글뱅글 돌며 먼지로 변해 갔다.

쏴아악.

한순간에 퍼진 먼지를 뚫고 흑천마검의 손이 날아들었다. 막기엔 너무 빨랐다. 나는 호신강기로 버텨볼 심산으로 공력을 최대한으로 끌어 올렸다.

하지만 놈은 칼로 두부를 베듯 손쉽게 호신강기를 부서트렸다.

빠르게 내 목을 움켜쥐었다.

동시에 복부에서 통증이 일었다.

"컥!"

놈이 왼손으로 내 목을 쥐고, 오른손은 주먹을 쥐어서 복부를 때리기 시작했다. 뻔히 보이는 공격이었다. 하지만 목을 쥔 놈의 손에서부터 흘러나온 강렬한 기운이 나를 옴짝달싹 못하게 만들었다.

놈은 "크크큭."하는 웃음소리와 함께 계속 배를 가격했다.

아주 느리게.

놈은 즐기고 있었다.

"으윽."

놈의 주먹이 배에 박힐 때마다, 망치로 가격당하는 듯한 충격과 검에 베이는 듯한 고통을 동시에 맛봐야 했다.

쿨럭!

또다시 충격이 가해졌을 때 놈의 얼굴에다 피를 토했다.

놈이 튄 피를 혀로 핥으면서 나를 바닥에 내팽개쳤다. 배가 욱신거렸다. 아니 온몸이 욱신거리지 않는 곳이 없었다.

간신히 몸을 일으키자 배에서 흘러나온 피가 바지 속으로 흘러내리는 것이 느껴졌다. 막 몸을 날리려는 순간, 흑천마검이 먼저 나를 걷어찼다.

푸우웁!

피를 분사하며 크게 날아갔다.

허공에서 몸을 비틀며 땅으로 착지하는 순간에도 놈이 나타나서 나를 공격했다.

이건 일방적인 구타였다.

나는 건물을 단숨에 무너트리고 약진을 일으키며 혈마교의 제일 자리에 오른 거대한 힘을 소유하고 있지만, 흑천마검 앞에서는 한낱 장난감에 불과했다.

'일어서야 해.'

몸이 말을 듣지 않았다.

놈이 걸어와 나를 내려다보았다.

놈은 아무 일도 없었다는 듯한 얼굴로 내 손목을 쥐었다. 그리고는 어디론가 질질 끌고 가기 시작했다.

발버둥 칠 기력조차 남아 있지 않았다. 더군다나 계속해서 피가 흘러나오고 있어서 정신도 점점 아득해지고 있었다. 나는 정신을 잃지 않기 위해 부단히도 입술을 깨물어댔다.

어느덧 목이 잘려진 시체와 몸이 양분된 시체가 보였다. 놈을 찾은 서쪽 외곽 도로까지 끌려온 것이다. 놈이 쓰레기 버리듯 나를 천막 안으로 던진 다음 뒤따라 들어왔다.

"식사는 마저 해야겠지."

그제야 놈이 왜 여기에 다시 왔는지 깨달았다. 먹다 남은 남성을 다시 먹으려는 게다.

'이 악마!'

놈을 막지 못하고 이렇게 쓰러져 있다는 것에 울분이 차올랐다.

놈이 허리를 숙여 뭔가를 집어들었다.

'엇?'

남성의 팔이었다.

그런데 흑천마검의 손에서 그것의 형체가 서서히 변하기 시작했다. 그것은 점점 검은 색으로 변하는가 싶더니 반투명해져 종국에는 검은 연기로 변했다.

팔뿐만 아니라 버려져 있던 남성 시체 또한 연기로 변해 주위로 퍼져나갔다.

검은색 안개에 파묻힌 나는 놀란 눈으로 흑천마검을 바라보았다.

"사, 사람이 아니었어?"

간신히 힘을 짜내 말했다.

"왜? 놀랐나? 이 몸이 고작해야 인간이나 먹을 거라고 생각하다니 한심하군. 네 녀석과 이 나라 놈들은 나에게 절하고 경배해도 모자라."

"무, 무슨 헛소리냐."

"며칠 전에 악룡(惡龍)이 태어났다. 탄생의 여파가 땅을 뒤흔들 정도로 상당하더군. 네 녀석이 인간들 사이에서 영웅행세를 하고 있을 때, 나는 악룡을 쫓아 주린 배를 채웠다. 배가 고팠는데 잘 되었지. 큭큭큭. 인간들의 피를 잔뜩 빨아 더욱 달콤한 놈이었어."

놈의 목소리가 멀어져간다.

스르르 감기는 시야로 놈의 긴 손톱이 다가오는 것이 보였다. 정신을 차려야 한다는 생각이 간절하지만 뜻대로 되지 않았다.

제 4장
항마진

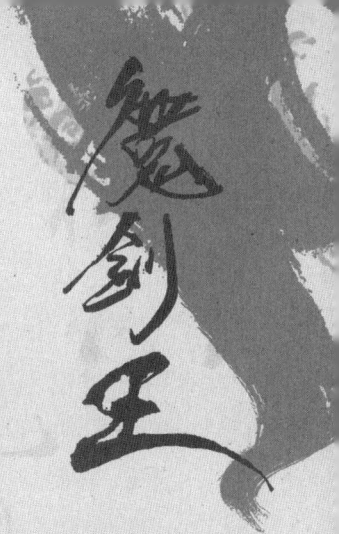

 누군가 내 복부를 매만지고 있었다. 따가운 통증에 정신이 번쩍 들었다. 나는 무겁게 처진 손을 움직여 놈의 손목을 움켜잡았다. 그러자 한 노인의 놀란 목소리가 들려왔다.
 "고, 고정 하시옵소서."
 눈을 뜨고 그를 쳐다보았다.
 무고강마당주 의마였다.
 순간 옆에 있는 또 다른 인물을 발견했다.
 놈과 눈이 마주치는 순간, 의마의 손목을 잡은 손에 힘이 들어갔다. 의마가 "악!"하고 비명을 터트렸다.
 나는 손을 풀며 나를 내려다보고 있는 흑천마검을 노려보았다. 침대 옆에 서 있는 놈은 언제나 그렇듯 괴기한 미소를 짓고 있었다.

"너…… 너!"

몸을 일으키려고 하자 복부에서 통증이 일었다. 꼭 살을 도려내는 것 같은 고통에 다시 몸을 눕혔다. 그런 나를 보며 흑천마검이 재미있다는 듯 낄낄거렸다.

몸을 움직이기가 힘들었다. 그저 나를 비웃는 흑천마검을 노려볼 수밖에 없었다.

"교, 교주님. 정신이 드시옵니까?"

의마가 손목을 매만지며 말을 건네 왔다. 나는 흑천마검에게 시선을 고정한 채로 대답했다.

"여긴……?"

"지존천실이옵니다."

그제야 화려하게 치장된 내실의 광경이 시선에 들어왔다. 지존천실의 네 방 중 객실 안이었다. 나는 속옷만 입은 상태였고 복부는 흑갈색 연고로 범벅되어 있었다.

난 정신을 잃기 전 흑천마검에게 제대로 당했었다. 복부의 수많은 검상이 그것을 다시 한 번 상기시켜주었다.

"크윽!"

통증을 참으며 다시 몸을 일으키려고 하자, 의마가 놀란 음성을 터트렸다.

"움직이시면 아니 되십니다. 상처가 중하시옵니다."

의마에게는 흑천마검이 나를 보며 비웃고 있는 모습이 보이지 않는 모양이었다. 조금도 거기에 신경을 쓰지 않고 내 복부의 상처를 살폈다.

"물러나 있거라."

말할 때마다 상처가 쑤셨다.

"하오나."

내 눈빛을 받은 그는 황망히 고개를 숙이며 말을 이었다.

"예. 교주님. 소마는 이만 물러가 혈마장로에게 보고하겠습니다."

그는 밖으로 나가면서, 내 부상이 심하니 절대 움직이면 안 된다는 말을 남겼다.

나는 누운 채로 흑천마검에게 이를 드러냈다.

"어떻게 된 거지?"

내 물음에 놈은 흡족한 미소를 지으며 입을 열었다.

"맛있는 먹이를 버리기가 그렇더군."

"……"

놈은 내가 화를 내는 모습을 기대하고 있는 것 같았다. 어차피 나를 더는 해코지할 것같이 보이지는 않았다. 마음을 가라앉히면서 놈의 위아래를 훑어보았다.

전과는 달리 깨끗한 모습이었다. 긴 흑포에는 피가 조금도 묻어 있지 않았고 눈동자는 보다 무거운 빛을 품고 있었다. 전체적으로 더욱 스산해진 기운이 감돌고 있었다.

정신을 잃기 전 상황을 떠올렸다.

놈은 악룡을 잡아먹었다고 자랑스럽게 떠벌여댔다.

놈의 말에 따르면 대지진을 일으킨 것도, 사람들을 학살한 것도 모두 악룡의 짓이라는 것이다. 그런 악마를 잡아먹어줬으니 나와 중국 당국이 자신을 경배해야 한다는 것이 놈의 말이었다.

하지만 내가 본 것은 악룡이 아니라 검은 연기였다.

"악룡을 잡아먹었다고 했지?"

놈이 피식 웃었다.

"내가 본 검은 연기가 악룡이란 말인가?"

만화나 소설 속에서 등장하는 악룡은 검은 비늘을 가진 거대한 존재였다.

"검은 연기로 보였나 보지?"

놈이 재미있다는 표정으로 반문했다.

몸을 깨끗하게 했을지는 몰라도, 배여 있는 고유의 피 냄새까지는 어떻게 하지 못했다. 놈이 입을 벌릴거나 몸을 움직일 때마다 불쾌한 피 냄새가 흘러나왔다.

"그래. 그 검은 연기. 네 놈도 봐서 알겠지. 내가 살아온 곳이 어떤 곳인지. 이곳과는 엄연히 다른 곳이야. 무공이니 영물이니 하는 것은 없는 곳이란 말이다. 여기면 모를까, 저쪽에서 악룡이라니. 그걸 날 보고 믿으라는 거냐?"

한 번에 많은 말을 토해냈다. 욱신거리는 통증 때문에 얼굴이 잔뜩 일그러졌다.

놈의 붉은 입술이 열리길 기다렸다. 잠시 뒤 놈의 입꼬리가 치켜 올라갔다.

"깨닫지 못한 인간들은 믿고 싶은 대로 볼 뿐이지. 네 녀석도 거기서 벗어나질 못하는군. 그래서야 언제 나를 군침 돌게 할 거지? 걱정 마. 나는 기다릴 수 있으니까. 크크크."

놈의 웃음소리가 사방에서 메아리쳤다. 눈을 깜빡이는 그 짧은 순간, 놈은 본래의 모습으로 돌아갔다. 보란 듯이 날카로운 검날을 번뜩이면서 서 있던 자리에 꼿꼿이 박혀 있었다.

'믿고 싶은 대로 볼 뿐이라고? 젠장!'

당장 침대를 박차 일어나 놈을 걷어차 버리고 싶었다. 감정이 격해져서 그런지 놈에게 당한 상처가 더욱 욱신거렸다.

"윽."

그때 색목도왕이 안으로 뛰어 들어왔다.

"교주님!"

색목도왕은 걱정이 가득한 얼굴로 황망히 무릎을 꿇고 앉았다.

"고통이 심하시옵니까?"

"괘, 괜찮습니다."

"천서고에서 무슨 일이 있으셨던 것이옵니까? 교주님께서 이런 극심한 부상을 입으시다니요."

"내가 묻고 싶은 말입니다. 내가 어떻게 여기에 있는 거지요?"

"소마가 모셔왔습니다."

"천서고에서요?"

"예. 지존천실에서 큰 소리가 났었습니다. 천서고로 통하는 비밀 문이 부서지면서 났던 소리였던 것 같습니다. 문 옆에는 신물이 박혀 있었고, 교주님께서는 천서고에서 부상을 입은 채로 쓰러져 계셨었습니다. 천서고에 허락 없이 들어간 것을 용서해 주시옵소서."

정말 흑천마검이 나를 이쪽 세상으로 데리고 온 것인가?

"검집은요?"

"검집 또한 천서고 안에 떨어져 있었습니다. 하오나 하교들은 신물에 손을 댈 수 없는지라 지금도 그 자리에 있습니다. 더는 말씀을 하지 마시옵소서."

나는 억지로 몸을 일으켰다. 쏟아지는 통증의 물결 속에서 "으윽."하고 신음이 배어나왔다.

"교, 교주님! 존신(尊身)을 살피셔야 합니다. 무고강마당주를 다시 불러들이겠습니다."

"저, 저것을……."

나는 흑천마검을 손가락으로 가리키며 말했다.

"저것을 저리 둘 수 없습니다."

하지만 지금 몸 상태론 검집을 가져올 수 없었다. 생명이 끊기기 직전인 검집의 효용도 이제는 믿을 수 없기도 했다.

지금으로서는 손쓸 방도가 없었다.

　　　　　*　　　*　　　*

 몸을 움직일 수 있게 된 건 그로부터 오 일 후였다. 그동안 나는 혈마교의 부장 의사라고 할 수 있는 무고강마당주 의마에게 치료를 받았다.

 그는 내가 누구에게 부상을 입었는지 한 번도 묻지 않았다. 치료를 하는 것만이 자신의 일이라는 듯 묵묵히 내 상처를 돌보는 데만 열중했다.

 그가 발라준 금창약의 효과는 대단해서 흑천마검에게 당한 상처가 빠르게 아물어갔다. 알고 보니 그 금창약은 의마의 뛰어난 의술과 본교의 영단인 진혈단으로 만들어낸 특수 금창약이었다.

 나는 고개를 내려 복부를 바라보았다.

 여러 갈래 난 검상이 진한 흉터로 자리 잡았다. 흉측해 보여서 앞으로 공중목욕탕 같은 곳은 가기 힘들 듯했지만 생활하는 데 아무런 문제는 없다. 뭐, 구지 배를 드러내야 할 상황에는 역용술이라도 쓰면 될 것이었다.

 "이제 움직이셔도 되옵니다."

 의마가 말했다.

 "수고했다."

 "아니옵니다."

 흑웅혈마가 나가려던 의마를 불러 세웠다. 흑웅혈마는 매섭게 안광을 번뜩이며 말했다.

"경을 치고 싶지 않다면 그 입을 봉해야 할 것이다. 알겠느냐?"

"예. 장로님."

의마가 당연하다는 듯 말하고 나간 뒤 흑웅혈마와 색목도왕이 내 부상에 대해서 물어왔다. 치료가 다 끝난 오늘에서야 둘은 내게서 대답을 들을 수 있었다. 나는 저쪽 세상에서 있었던 일에 대해서 꾸밈없이 말했다. 둘의 얼굴이 점점 심각하게 변해 갔다.

"그렇게 된 것입니다."

"이젠 괜찮으신 거예요?"

설아가 물었다. 그녀는 내가 부상을 입은 것이 호법인 자신의 책임이라며 자신을 책망해 왔다.

"이젠 괜찮다."

그러면서 나는 줄곧 박혀 있던 흑천마검을 빼 들었다. 놈을 손잡이만 보이도록 침실 벽에 깊숙이 박았다.

검집에 넣는다고 해서 다시 못 나올 놈이 아니다.

나오고자 한다면 이번에는 검집을 완전히 부서뜨리고 나올 게 뻔했다. 놈을 어디에 두든 어디에 넣든, 나는 놈을 막을 수 없다는 것을 알고 있었다.

자유로운 몸이 된 놈을 손쓸 방도도 없이 보고만 있어야 한다는 것이 매우 꺼림칙하고 불안했다. 하지만 거기에 신경을 쓰고 있기보단 한시라도 빨리 어떤 수를 써서라도 검집을 원상태로 돌려놓는 것이 현명한 일이라는 생각이 들었다.

모두를 대동하고 혈산 아래에 있는 태평루란 조그마한 전각으로 내려왔다.

나는 저 멀리 보이는 지존천실을 흘깃 쳐다보며 말했다.

"말했지만 검집은 이제 힘을 잃었습니다. 다시는 흑천마검을 통제할 수 없습니다."

어쩌면 처음부터 통제란 것은 없었는지도 모른다.

"놈을 저대로 두는 것은 너무도 위험합니다. 두 분 모두 흑천마검과 검집이 어떻게 세상에 나오게 되었는지 모르지요?"

나는 지난 오 일간 줄곧 생각해 왔던 것을 풀어냈다.

"예."

색목도왕과 흑웅혈마 그리고 설아가 대답했다. 설아는 언제나 내가 준 기린석을 목에 차고 다녔다.

따뜻한 봄 햇살에 기린석 표면으로 오묘한 빛이 맺혔다. 분명 심각한 셋의 얼굴과 기린석의 아름다운 빛은 어울리지 않았다.

"하면 방법은 둘입니다. 하나는 내가 흑천마검을 뛰어넘는 무공을 이루는 것입니다. 하지만 반마에 이르렀던 전대 교주도 흑천마검을 통제하지 못했다 들었습니다. 아직 나는 반마의 경지에 들지 못했고 얼마나 걸릴지는 모르는 일입니다. 그리고 흑천마검은 일장로를 흡수하고 그 힘이 더 강력해진 상태. 내가 반마의 경지에 이른다고 할지라도 그것을 제어할 수 있을지는 의문입니다. 물론 전보다 더 무공 증진에 노력을 할 것이나 우선 검집을 수리하는 편이 반마 이상의 경지에 오르는 것보다 더 빠를 것입니다. 이것이 두 번째 방법입니다."
"검집을 수리하신다고요?"
색목도왕의 푸른 눈이 크게 떠졌다.
"예. 흑천마검을 다시 가둘 수 있게 해야 합니다. 본교 제일의 장인이 누굽니까?"
"철동(鐵洞)에서 본교의 모든 무구를 제작하고 있습니다. 그곳의 교도들은 모두 본교 제일의 장인이라고 할 수 있는데, 그들 모두가 교도 철노(鐵老)의 제자들입니다."
"철노요? 제자보다 스승이 뛰어난 법이지요. 지금 그는 어디에 있지요?"
"은퇴하여 십시에서 살고 있습니다."
"하면 그를 데려오세요. 그와 상의를 해봐야겠습니다."
"예. 하오면 소마가 내려가 철노를 데려오겠습니다."
색목도왕이 힘차게 대답했다.

철노를 기다리는 동안 천서고에서 검집을 가져왔다. 지금껏 용케도 부서지지 않은 것이 대단할 정도로 뚜렷한 금이 여러 갈래 번져 있었다. 다루기가 조심스러워졌다.
'하긴……'

그 대단한 흑천마검을 수백 년간 품어왔으니 힘이 약해질 만도 했다.

더군다나 최근에 흑천마검은 일장로 벽력혈장의 기운을 흡수한데다, 이제는 대지진을 일으킨 악룡까지 흡수해 그 힘을 추측하기조차 힘들 정도니…….

검집에 간 금이 남 일 같지 않았다. 내 몸도 마음도 흑천마검때문에 산산조각 날 지경이었다.

검집을 바라보며 생각에 잠겨 있을 때, 색목도왕이 한 백발 노인을 데리고 왔다.

소매 없는 무복을 걸친 노인의 어깨와 팔에는 근육이 풍선처럼 발달해 있었다. 그에 반해 체구는 왜소한 편이어서 그의 모습은 괴기해 보이기까지 했다.

또한 여든이 넘어가는 나이에도 불구하고 젊은이 못지않게 허리가 꼿꼿하고 건장했다. 혈마노파처럼 굽은 허리로 절뚝거리면서 오리라고 생각했었던 것이 무색해졌다.

"교주님을 뵈옵니다."

그가 교언을 읊으며 허리를 숙였다. 두 혈마장로가 태평루 계단 앞을 버티고 서 있는데다 혈마교주인 나까지 그를 기다리고 있었기 때문일까.

그의 몸이 흔들거렸다.

나는 그에게 조금 더 가까이 오라 했다.

과연 은퇴하고 지낸 사람이 맞는지 의심이 들 정도로 단단

한 근육이 예복 위로 드러나 있었다.

"정말 건장하군."

나는 진심으로 감탄하여 말했다.

"송구하옵니다."

"네가 본교 제일의 장인이라고 들었는데 모습을 보니 그 말이 과언이 아닌 것 같구나."

"아니옵니다. 제자들이 하교의 실력을 뛰어넘은 지 오래이옵니다. 본교 제일의 장인은 철동에 있는 이십 제자들이옵니다."

"젊은 것들이 힘은 더 있을지 몰라도 연륜을 이겨낼 재간은 없는 법. 지금 나는 자네의 연륜이 필요해. 그대는 평생을 혈마교의 제일 장인으로 있으면서 많은 것을 보고 듣고 배웠을 터. 이것을 알아보겠는가?"

검집을 본 그의 눈이 휘둥그레졌다. 그는 황망히 절하며 이마를 바닥에 댔다. 그 상태로 입을 열었다.

"신, 신물을 담는 봉마초(封魔鞘)가 아니옵니까?"

그는 정확히 알고 있었다.

봉할 봉, 마귀 마, 검집 초. 그렇게 해서 봉마초다. 마귀를 봉인하는 검집이란 뜻이었다.

"본 적이 있는 모양이구나."

"예. 교주님. 일전에 전대 교주님의 부름을 받아 견식한 적이 있사옵니다."

나는 색목도왕과 흑웅혈마 그리고 설아를 태평루 밖으로 물리쳤다. 내가 가까이 다가가자 철노가 흠칫 놀라며 몸을 바들바들 떨었다.

나는 보란 듯이 내력을 흘려보냈다. 뜨겁게 달궈진 공기가 철노의 어깨를 짓눌렀다.

철노가 나를 올려다보며 줄곧 참아왔다는 듯이 말했다.

"소마가 봉, 봉마초를 살펴보아도 되겠사옵니까?"

"그렇지 않아도 그것 때문에 물어볼 것이 있어 그대를 부른 것이다."

그의 얼굴 앞으로 검집을 내밀었다.

검집과 흑천마검은 오로지 나만 만질 수 있는 것이라서 그는 눈으로만 검집을 살폈다. 검집을 보는 그의 눈동자가 매순간 총기를 머금고 반짝였다. 마치 학구열에 불타는 젊은 학자 같았다.

철노의 몸 떨림이 멈췄다.

그는 부서지기 일보직전인 검집에서 시선을 떼며 말했다.

"봉마초가 어찌 이리 된 것입니까? 영력이 쇠해 신물을 더는 품을 힘이 없는 듯하옵니만……."

"부서졌지. 그것 때문에 자네를 부른 것이야. 어때? 검집을 고칠 방도가 있겠는가?"

"교주님께서도 아시다시피 신물은 혈마의 애검이오나, 봉마초는 후대에 만들어진 것이옵니다. 어느 대(大)장인이 만들었는지 알려지지 않았고 그 비법에 대해서도 알려진 바가 없는 줄로 아옵니다. 하교가 생각건대, 봉마초를 만든 장인은 사람이 아니라 귀부(鬼斧)를 가진 화신(火神)인 듯하옵니다."

"화신?"

"예, 교주님. 사람이라면 이런 신물을 만들 수 없사옵니다."

"해서 고칠 수도 없다?"

"예. 하교가 말씀드릴 수 있는 것은, 지금 봉마초는 단지 영력이 쇠했다는 것뿐이옵니다. 보기에는 금이 가서 부서져 버린 것 같아 보이나 봉마초를 단순히 우리 인간의 기준으로 생각하셔서는 아니 되십니다."

철노의 말투는 갈수록 침착해지고 있었다. 그의 눈동자로 깊은 세월이 떠올랐다.

"신물인 봉마초는 부서진다는 개념이 없사옵니다. 힘이 다해 죽음에 다다르면 모를까……. 지금은 단지 영력이 쇠했을 뿐. 영력을 되찾는다면 다시 예전과 같은 모습으로 되돌아갈 것이옵니다. 물론 신물을 품을 힘도 되찾게 되겠지요."

나는 철노의 말을 귀 기울여듣다가 입을 열었다.

"영력을 되찾는다? 하지만 세상의 온 영물은 흑천마검이 잡아먹어 버린 것으로 알고 있다. 어디서 영물을 찾아 검집에 영력을 보충해 줄 수 있다는 말인가?"

"그, 그것까지는……."

말꼬리를 흐리는 그를 보며 미간을 찌푸렸다.

검집에게 영력을 보충시킬 수 있는 방법을 찾기 위해 생각에 잠겼다.

 저쪽 세상에서 흑천마검이 악룡을 잡아먹은 것을 보면 저쪽 세상에도 영물이 산다고 볼 수 있었다.

 하지만 흑천마검이 말하길 보고 싶은 대로 보일 뿐이라며 알아들을 수 없는 말만 남겼다. 그의 말대로라면 저쪽 세상에 있는 영물을 내가 알아볼 수나 있을는지…….

 아니.

 그 전에 검집과 흑천마검의 상태를 봐 다시 저쪽 세계로 돌아갈 수 있을 것인지도 의문이 들었다.

 '영력…….'

 별안간 잊고 있던 생각이 뇌리를 스치고 지나갔다.

 "철노."

 "예. 교주님."

 "천년금박에 있다는 마물이라면 영력을 품고 있겠군. 그렇지?"

 천년금박!

 그 순간 철노의 얼굴이 벼락에 맞은 것처럼 경직되었다.

* * *

 "아니 되십니다."

 색목도왕과 흑응혈마는 한목소리로 말했다.

이미 나는 마음의 결정을 내린 뒤라서 둘의 대답이 귀에 들어오지 않았다.

그런 내 표정을 읽은 흑응혈마가 잔뜩 불안한 눈빛을 띠며 색목도왕을 바라보았다. 둘은 눈빛을 교환하더니 흑응혈마가 포권하며 나섰다.

"교주님. 다른 방도를 찾으시옵소서. 천년금박은 천부당만부당 하신 말씀입니다."

흑응혈마의 등 뒤에 서 있는 색목도왕이 그건 교주님이 천년금박이 어떤 곳인지 몰라서 하는 소리입니다, 라는 눈으로 나를 바라보고 있었다.

저번 숙청 때, 교도들이 보인 천년금박에 떨어지느니 차라리 죽음이 낫다는 식의 반응들을 잘 보았다. 온갖 마물들이 우글거리는 그곳을 모두 지옥이라 여기고 있었다. 색목도왕과 흑응혈마의 이런 반응도 무리는 아니었다.

"다른 방도는 없습니다. 하면 계속해서 흑천마검을 저대로 두자는 말씀들이십니까? 누구도 통제할 수 없는 교활한 놈입니다. 놈 때문에 큰일이 벌어질 것은 자명한 터! 그렇게 되면 두 분이 책임지시겠습니까?"

나는 둘을 쏘아붙였다.

"하오나……."

"두 분 보고 책임을 지라는 것이 아닙니다. 애초에 흑천마검은 제 책임입니다. 그래서 지금 나는 내 책임을 지고 천년금박으로 들어가고자 하는 겁니다."

둘은 내 고집을 꺾을 수 없다는 것을 잘 알고 있었다. 그래서 둘은 더욱 안절부절못했다.

"하오면 본교는 어찌하실 생각이십니까. 교주님의 보살핌을 받고 있는 수십만 교도들은요? 교주님께서는 모두를 외면하시려는 것입니다. 감히 말씀드리온데, 교주님이라 하시더라도 천년금박은 살아 돌아오시리라 장담할 수 없는 곳입니다."

흑웅혈마는 옅은 분홍빛으로 충혈된 두 눈 때문에 더욱 초조해 보였다.

"하면 흑웅혈마는 흑천마검을 저리 두자는 말씀이신 겁니까? 그 흉물이 마음대로 활개치라고요?"

"그것은 아니옵니다."

"두 분께서도 놈을 저대로 두어서는 안 된다는 것을 잘 알고 있는 것 같으니 다시 한 번 확실히 말하겠습니다. 나는 무슨 일이 있어도 천년금박으로 들어갑니다."

"교주님!"

"두 분은 사태의 심각성을 깨닫지 못하고 있군요. 내가 천년금박에서 다시 못 돌아올까 걱정인 겁니까? 그것보단 언제 날뛸지 모르는 흑천마검을 걱정해야 할 겁니다. 놈은 지금 당장에라도 나타나서 나를 먹어치워 버릴지도 모릅니다."

그러면서 배를 까보였다. 흑천마검에 베인 크고 작은 흉터들이 복부 전체를 뒤덮고 있었다.

색목도왕이 "크윽."하고 신음을 흘렸고, 흑웅혈마는 입을 굳게 다물었다. 할 말이 많아 보였지만 흉터를 보고 차마 입을 열지 못하는 것 같았다.

"내 목숨도 목숨이지만, 놈이 어떤 일을 저지를지 정말 불안합니다. 저대로 두면 필히 본교에, 이 세상에 재앙이 일어날 겁니다. 나라고 마물들이 우글거리는 지옥으로 가고 싶겠습니까."

솔직히 나는 천년금박이 두렵지 않았다. 그곳에 우글거리고 있다는 마물들이 어떤 생물일까 하는 호기심마저 일었다. 그곳을 직접 눈으로 확인해 보고 싶기도 했다.

한편 모든 이들이 두려워하는 데에는 다 이유가 있을 것이라는 생각도 들었다.

천년금박이라는 말이 나온 순간부터, 색목도왕은 입을 다물어 버리고는 흔들리는 눈빛만 내비쳤다.

그때였다.

색목도왕이 결심을 한 듯 눈에 맺혀 있던 수많은 상념들을 지워내며 포권하는 데 힘을 실었다.

"하오면 소마가 보필하겠습니다."

"소마도 보필하겠습니다."

흑웅혈마도 어쩔 수 없다는 듯이 말했다.

어찌됐든 두려움이 깃든 그곳에 동행하겠다는 둘에게 고마운 마음이 들었다. 나는 고집스럽게 굳어져 있던 얼굴을 풀고 눈웃음 지었다.

"혈마장로라고는 두 분뿐인데, 두 분 다 자리를 비우면 본교는 어떻게 되겠습니까. 그리고 그곳에 들어갔다가 얼마나 걸릴지, 어떻게 될지 모르는 상황이니 두 분 중 한 분은 남아 계셨으면 합니다."

"하면 소마가 보필하겠습니다. 소마가 살아봤자 앞으로 얼마나 오래 살겠습니까."

나는 색목도왕과 흑웅혈마를 번갈아 쳐다본 후에 입을 열었다.

"흑웅혈마가 본교를 지켜주세요. 우리 중에 가장 연륜이 깊은 분이 흑웅혈마가 아닙니까."

"교주님!"

흑웅혈마의 이마로 약간의 불만이 자리 잡아 주름살을 더 깊게 만들었다.

"다른 곳도 아닌 천년금박으로 가는 것입니다. 필사의 각오를 해야지요. 교좌가 빈 사이 흑웅혈마가 본교를 지켜준다면, 내 마음이 든든할 겁니다."

그제야 흑웅혈마가 침음을 흘리며 입을 다물었다.

색목도왕에게로 시선을 옮겼다. 믿음직스런 푸른 두 눈은 깨끗한 바다처럼 깊고 빛이 났다.

"색목도왕과 같이 가지요."

내가 말했다.

그러자 색목도왕이 그동안 꾹 참고 있었다는 듯한 어투로 말을 꺼냈다.

"소마로는 턱없이 부족합니다. 적어도 사귀사마팔단 중 일단(一團)을 대동하셔야 합니다."

위험한 곳이니 만큼 색목도왕과 나, 이렇게 단 둘이만 가려고 생각하고 있었다. 내 뜻을 말하자 색목도왕은 천년금박의 두려움에 대해서 열변을 토했다. 그중 하나를 집어보자면, 혈마교 모든 전력을 동원해도 위험하다, 라는 것이다.

물론 지금이 봄이니 만큼 전력을 천년금박에 쏟아부을 수는 없었다. 앞으로 비단길을 통해 수많은 상단이 왕래를 할 것이고, 혈마교는 타커라마간 사막에 대한 통치력을 유지하기 위해 바쁜 나날들을 보내게 될 것이다.

"사귀사마팔단 중 하나를 대동하라?"

"예. 교주님."

"모두 꺼려할 텐데."

나는 지극히 당연한 사실을 말했다. 색목도왕도 내 말을 인정하며 말했다.

"하지만 이번 기회에 그들의 충성심을 알아볼 수 있지 않겠습니까? 소마가 팔단의 거마들을 회집하여 의양을 묻겠습니다. 어느 곳도 나서지 않는다면 촌각살마단, 촌각살귀단, 대행혈마단, 대행혈귀단 중 하나를 택하겠습니다."

우리들의 대화를 다 들은 설아가 자신도 가겠다고 나섰다.

내가 검집의 기운을 찾기 위해 천년금박으로 들어가서 책임을 다하는 것처럼, 그녀도 자신의 소임대로 나를 옆에서 보필하기 위해 천년금박에 함께 들어가겠다는 것이었다.

이제 막 백화여후검법의 입문을 넘어선 설아에게 천년금박은 매우 위험했다.

하지만 설아가 원했고 그녀의 할아버지이자 본교의 장로인 흑웅혈마 또한 그것을 절실히 원했다. 둘은 맡은 직분의 책임을 다하는 것이 본교의 교리라고 하였다.

그렇지 않아도 설아가 호법이 되겠다고 했을 때 이런 상황을 예상하고 있었다. 삼영회연대진에 든 이후로 나날이 예뻐지고 있는 설아. 마음이 불편했지만 그녀의 동행을 허락했다.

그날 저녁.

색목도왕이 붉은 머리의 사내를 데리고 지존천실에 들었다.

이름은 염왕손. 직위는 대행혈마단주.

그는 반가운 얼굴이었다.

벌써 몇 달이 지났지만 거마 선출 대회에서 그가 선보였던, 신력이라고 하는 특이한 능력과 다른 이들에 비해 압도적인 무위는 지금도 생생하다.

혈마의 은총을 받고 태어났다지? 그래서 피처럼 붉은 머리칼을 가지고 태어난 듯했다.

"교주님을 뵈옵니다. 소마 염왕손입니다."

요 근래 색목도왕이 천력마도의 성취를 이루고, 기린의 내단을 흡수하고 있다는 것이 다행이라는 생각이 들었다. 염왕손은 몇 개월 전의 색목도왕과 비슷한 기운을 품고 있었다. 아니 어쩌면 그때의 색목도왕보다 더욱 강한 상태인지도…….

나는 빠른 속도로 강해지고 있는 염왕손의 모습에 감탄하며 입을 열었다.

"지원했다고?"

"예. 교주님."

"우리가 어디로 갈지 아는가?"

"천년금박이옵니다."

"왜 가는지 아는가?"

"소마는 교주님이 가시는 길에 따르는 것일 뿐이옵니다."

믿음직스러운 답변.

그러나 이유는 모른다는 말이었다. 물론이겠지만 색목도왕은 아직 거기까지 설명하지 않았다.

목숨을 건 사람에 대한 예의로 나는 천년금박에 가는 목적을 짧게 설명했다.

검집의 기운을 돋우러 지옥으로 간다고.

* * *

천년금박으로 향하기 전에 해야 할 일이 있었다. 그것 때문에 혼심사문주 천요수라에게 사람을 보냈다. 나는 일장로당 앞에서 그를 기다렸다.

일벌백계의 교훈으로 남겨둔 일장로당은 몇 달 만에 폐허나 다름없게 변했다. 한때 지존천실 못지않게 웅장함을 자랑하던 모습은 어디에서도 찾아볼 수 없었다.

"교주님을 뵈옵니다."

천요수라는 혈마교 예복을 입고 나타났다. 그는 이번 거마 선발 대회에서 혼심사문주의 자리를 차지한 인물로 사술과 진법에 능한 자다.

치렁치렁 늘어트린 머리칼이나 번질거리는 작은 눈, 매부리코, 왜소한 몸집은 호러영화에 흔히 나오는 연구동의 미치광이 정신과의사를 연상시켰다.

한밤중에 갑자기 부름을 받았기 때문일까. 그는 불안한 기색을 감추지 못하며 말했다.

"부르셨습니까. 교주님."

나는 시간이 없는 만큼 본론부터 꺼냈다.

"혼심사문에서 해야 할 일이 있다. 지금 혼심사문에 문도가 얼마나 있는가?"

"마침 진 구축 임무를 받아 십시혈문으로 파견되었던 문도들이 오늘 저녁에 돌아왔습니다."

"모두 모여 있는 거로군."

"예."

"잘 되었다. 그러면 지금 당장 항마진(降魔陳)을 펼칠 수 있겠지?"

항마진은 문자 그대로 악마를 굴복시키는 진법을 일컫는다.

"지, 지금 말씀이십니까?"

"그래. 지금."

"어느 정도의 규모를 말씀하시는 것이옵니까? 누가 미치기라도 한 것이옵니까? 광마(狂魔) 한 사람 정도 붙들어두는 것이라면 소마 혼자서도 할 수 있사옵니다."

나는 "큭." 하고 옅은 웃음소리를 냈다.

"혼심사문도 전원이 달려들어도 힘든 일이지. 너희들은 흑천마검을 붙잡아둬야 할 것이야."

흑천마검이라는 이름이 나오자 천요수라의 조그마한 눈동자가 크게 확장되었다.

그는 황망히 허리를 숙이며 다시 말해 주기를 청했다.

"흑천마검을 너희들의 항마진으로 붙잡아둬야 한다고 말했다."

"신, 신물을 말씀이십니까?"

"그래. 혈마 삼장로가 말하길 혼심사문은 신물을 잡아둘 수 있는 힘을 지녔다고 하더군. 말로만 들은 혼심사문의 저력을 내 두 눈으로 확인하고 싶군."

흑천마검을 통제할 수 없다고 해서 아무런 방책 없이 천년금박으로 들어가는 것은 무척이나 꺼림칙했다. 색목도왕도 나와 같은 생각이라서 곧 혼심사문의 항마진을 추천했다.

일회성이라는 점이 매우 안타깝긴 하지만, 혼심사문이 전력을 다해 항마진을 펼친다면 십여 일 정도는 흑천마검을 붙잡아둘 수 있을지도 모른다고 했다.

십 일.

그 정도면 검집의 기운을 보충하는 데 충분한 시간이라고 판단되었다.

약간의 정적이 흘렀다.

천요수라가 의아함이 가득한 얼굴을 내비쳤다. 그러나 나는 지금 여기서 떠버리처럼 말을 늘여놓고 싶지 않았다.

"항마진을 펼칠 준비가 되거든 모두를 대동하고 지존천실로 올라오거라. 최대한 신속하게 움직여야 할 것이다."

"존, 존명!"

지존천실로 돌아왔다.

이십 명의 미녀들이 여느 때처럼 밝은 미소로 나를 맞이했다. 나는 시녀장 소옥을 불러 당분간 일이 있으니, 다시 부를 때까지 내당에서 기거하고 있으라 명했다. 절세 미녀들이 빠져 나간 지존천실은 그 어느 때보다 크고 휑해 보였다.

잠시 뒤 천요수라가 혼심사문도 전원을 이끌고 지존천실로 들어왔다.

이백 명에 육박하는 문도들은 이미 천요수라에게 무슨 일을 해야 하는지 들은 게 분명했다. 경직된 얼굴들로 벽조목(霹棗木)을 깎아 만든 봉을 힘 있게 쥐고 있었다.

나는 침소로 들어가 벽에 박혀 있는 흑천마검을 빼 들었다.

내가 지금 항마진을 준비했다는 것을 모르는 게 아닐 텐데 놈은 조용했다. '해볼 테면 해봐라.'라는 듯한 태도였다. 그만큼 여유가 있다는 것일까?

경천동지할 거대한 힘을 소유한 놈이라서 그럴 만도 하다는 생각이 들었다.

흑천마검을 쥐고 밖으로 나왔다.

천요수라를 필두로 한 혼심사문도들이 절을 하며 교언을 외쳤다. 그러자 흑천마검이 오냐! 하고 대답이라도 하듯 검 자루의 붉은 옥을 번뜩였다.

'언제까지 기고만장한지 두고 보겠어.'

나는 흑천마검을 노려보다가 실내 중앙에 검을 박았다. 그때까지도 누구 하나 고개를 드는 이가 없었다.

"흑천마검이 본교의 신물이나, 자아를 가진 마검이라는 점에서 본교는 꼭 이것을 통제해야 한다. 본래 봉마초가 그 역할을 하고 있었으나, 혈마의 힘을 받은 흑천마검의 영력이 점점 강맹해지고 있어 봉마초가 유명무실해져 더는 통제와 공명(共鳴)이 어려워졌다. 방편을 마련할 동안 너희들이 항마진으로 흑천마검을 붙잡아둬야 할 것이다."

흑천마검이 듣고 있을 것을 생각해서 일부러 검집의 영력을 보완할 방법을 생각해 두었다고, 그래서 천년금박으로 들어갈 것이라고는 말하지 않았다. 그 말을 듣는 순간 교만을 부리던 이놈의 생각이 바뀔지 어찌 아는가?

나는 말을 하면서 흑천마검에게서 신경을 떼지 않았다.

괜히 목덜미가 따끔했다.

금방이라도 놈이 내게 달려들어 목덜미를 물어뜯을 것 같았다. 하지만 놈은 검 본연의 모습 그대로 중앙에 박혀서 조용하기만 했다. 기분 나쁘게 번질거리는 검날만 제외하고는…….

"천요수라."

"옛!"

그제야 천요수라가 고개를 들었다. 부쩍 약해진 눈빛이 마음에 들지 않았다.

나는 따끔하게 호통을 치듯 내력을 터트리며 말했다.

"항마진을 펼쳐라."

"옛!"

정신을 번쩍 차린 천요수라가 대답했다. 그는 몸을 일으키며 혼심사문도들에게 외쳤다.

"개진(開陣)!"

그러자 혼심사문도들이 이를 악물며 흑천마검을 겹겹이 에워쌌다. 그들은 신속하게 움직여 각자의 자리에서 가부좌를 틀고 앉았다. 벽조목을 깎아 만든 봉을 바닥에 찍었다.

그 소리가 탕! 탕! 탕! 하고 시끄럽게 울렸다.

"선진(先陣)!"

천요수라가 외치기 무섭게, 모두 봉을 양손으로 붙잡으며 눈을 감았다. 그리고는 귀신의 노랫소리 같은 주문을 읊기 시작했다.

'다녀올 동안 갇혀 있어라. 얌전히!'

나는 흑천마검을 노려보다 지존천실에서 나왔다.

은밀한 밤에 모두 삼장로당에서 모였다.

대행혈마단이라고 하면, 중원이나 서역에서는 '마라(魔羅)'들이라고 알려진 이들이다. 하지만 그런 자들조차 천년금박이라는 지옥을 무서워하고 있었다. 그들은 자신들이 불에 뛰어드는 불나방이라고 생각하고 있는 모양이었다.

내가 삼장로당에 들어섰을 때 식량, 물, 모포, 자작나무, 의약품, 병기 같은 물품들이 배급되고 있었다.

"단주님. 진, 진정 천년금박에 가는 것입니까? 무, 무엇 때문에 가는 것입니까?"

한 대행혈마단원의 목소리가 들렸다.

불도그처럼 생긴 자였다.

"말이 많다, 마견. 내가 단주가 된 이상, 대행혈마단이라는 이름에 걸린 배교도란 수치를 지워낼 것이다. 각오하고 있……."

염왕손이 대답하다가 내가 온 것을 알아차리고는 황망히 내 쪽으로 고개를 숙였다.

대행혈마단원 이십 명은 본교에서 심성이 잔혹하고 피 보기를 좋아하며 그에 걸맞은 높은 무공의 소유자였지만, 그런 악명이 무색할 정도로 불안한 기색을 감추지 못하고 있었다.

"모든 준비가 끝났습니다."

흑웅혈마가 다가왔다. 나는 고개를 끄덕인 뒤에 모두를 향해 말했다.

"천년금박이 어떠한 곳인지 잘 알고 있을 터. 지금이라도 늦지 않았다. 빠지고 싶은 자는 빠져라. 어떠한 불이익도 없을 것이다."

동요하는 기운의 파장이 느껴졌다. 그러나 아무도 나서지 않았다. 나는 집게손가락으로 불도그를 닮은 단원을 지목했다. 단원이 포권하며 앞으로 한 발 나왔다.

"하교 마견(魔犬)이옵니다."

외모에 일치하는 무명이라는 생각이 들었다.

"마견. 빠져도 좋다."

"아, 아니옵니다."

"모두 들어라. 아까도 말했듯이 지금 빠졌다고 해서 어떠한 불이익도 없을 것이다. 내 약속하지."

대행혈마단원들의 머리 굴리는 소리가 들려오는 것 같았다. 하지만 흑웅혈마와 색목도왕 그리고 염왕손이 시퍼렇게 뜬 눈으로 노려보고 있는 마당에, 빠지겠다고 나설 수 있는 이는 아무도 없었다.

나는 흑웅혈마와 색목도왕에게 강압하지 말라는 전음과 함께 고개를 저어보였다.

"모두 알다시피 이 일은 목숨을 걸어야 하는 일이다. 임무를 완수할 때까진 돌아올 수 없을 것이다. 어쩌면 우리 모두 그곳에서 뼈를 묻어야 할지도 모른다. 이 일이 만용(蠻勇)이라 생각되는 이는 지금 당장 빠져라. 그것이 나와 본교 그리고 자신을 위하는 길이다. 마지막으로 묻겠다. 정녕 빠질 이가 없는가?"

"없습니다!"

단원들은 불안한 기색을 하면서도 그렇게 외쳤다.

"좋다."

우리가 왜 천년금박으로 향해야 하는지에 대해 간단하게 알려준 뒤에, 한 명의 이탈자 없이 천년금박으로 향했다. 걱정이 가득한 눈으로 우리의 뒷모습을 지켜보고 있는 흑웅혈마의 모습이 서서히 멀어져갔다.

손목시계를 보니 시간이 새벽 한 시 반이었다.

간간이 꽂혀 있던 횃불들마저 더 보이지 않게 되었고, 길도 한 사람씩 줄을 지어서 가야 할 정도로 좁아졌다. 거기다 나뭇가지들이 사신의 낫처럼 휘어져 앞을 가리기 시작했다. 말라비틀어진 나뭇잎들이 우리의 발에 밟히며 비명을 토했다.

혈산은 막 봄에 접어들어서 싱그러운 새싹 냄새가 나고 있지만, 우리가 걷고 있는 좁은 길은 곰팡이 냄새 같은 불쾌한 냄새를 풍겼다. 그것은 시꺼멓게 죽은 나무들에게서 나는 냄새였다.

저승으로 올라가는 길목에 있는 게 아닌가 하는 착각이 들었다. 나만 그렇게 느끼고 있는 것은 아닌지 모두 침묵하며 옅은 숨소리만 냈다.

오로지 그 숨소리와 나뭇잎 밟히는 소리만 났다. 걸음을 옮길수록 긴장감이 더해지고 있었다. 천년금박이라는 이름에서 받은 두려움이 팽배한 가운데 달빛마저 구름에 가려져 있었다.

우리는 앞장서고 있는 색목도왕의 뒤를 따라 멀리 보이는 불빛을 향해 걸었다.

이런 침묵이 어색해 그 동안 품고 있던 궁금증을 색목도왕에게 꺼내보였다.

"천년금박은 어떤 곳이지?"

색목도왕은 조금 생각하는 듯하더니 말을 꺼내놓았다.

"예전 혈마교가 생기기 전 이 사막에는 흉물스러운 마물들이 거주하고 있었다고 합니다. 혈마께서 친히 강림하셔 그 마물들을 몰아넣은 곳이 바로 천년금박이옵니다."

이런 이야기를 하며 걷다보니 어느새 천년금박이라고 새겨져 있는 암석이 나타났다.

그리고 곧 황량한 공터가 나왔다.

맨홀 뚜껑같이 지하로 통하는 조그마한 원형 철문이 있었고, 주위로 햇불이 꽂혀 있었다.

우리는 햇불 근처로 모였다.

그때였다.

쉬이이익.

열 명의 고수가 바람소리와 함께 등장했다. 그들은 줄곧 죽은 나무 위에서 은신하고 있었다. 미라처럼 검은 천으로 머리끝에서 발끝까지 가린 이들이 내게 허리를 숙였다.

어두운 밤. 지옥으로 통하는 철문. 미라 같은 이들. 스산한 바람. 불쾌한 냄새. 그리고 침묵. 비로소 말로만 듣던 천년금박이 코앞에 있다는 기분이 실감났다.

"교주님을 뵈옵니다. 천년금박을 지키고 있는 하교 음귀생(陰鬼生)이라 하옵니다."

그는 단번에 흑룡포를 알아보았다.

내 눈빛을 받은 설아가 앞으로 나섰다.

"천년금박을 열어라."

평소의 맑은 목소리가 아니었다. 긴장과 두려움으로 갈라진 목소리였다. 그녀도 자신의 목소리 상태를 알아차리고는 다시 한 번 힘을 실어 말했다.

"교주님께서 천년금박으로 드신다. 하교 음귀생은 당장 천년금박을 열어라."

천 사이로 음귀생의 눈동자가 흔들리는 게 보였다.

아무렴 그렇겠지.

그는 당황함을 감추며 황급히 포권했다.

"옛!"

음귀생은 철문의 구멍에 큼지막한 열쇠를 꽂아 돌렸다.

드드드! 하는 기관소리가 들리며 지면이 흔들리는 것이 느껴졌다. 동시에 뒤에 선 사람들이 꿀꺽 꿀꺽 침을 넘기는 소리가 들렸다.

음귀생은 다시 철문의 손잡이를 잡았다. 나머지 아홉은 양손을 동료들의 등에 댔고 그 끝이 음귀생에게로 이어졌다. 아홉의 공력이 음귀생에게로 전해지고 있는 것이다.

음귀생이 붉은 안광을 번쩍이면서 철문 손잡이를 잡아 올렸다. 지름 일 미터도 되지 않는 작은 철문을 여는데 총 열 명의 공력이 들어가고 있었다.

'무엇으로 만들어졌기에……'

맨홀 뚜껑의 정체가 궁금해졌다. 그러나 곧 풍겨온 지독한 악취가 머릿속을 가득 채웠다. 살면서 맡아본 냄새 중에 가장 역한 냄새였다. 구토가 밀려왔다.

간신히 내력으로 짓누른 다음 열려진 문으로 다가갔다. 사람 하나 겨우 들어갈 수 있는 좁은 구멍 안을 바라보았다. 물론 계단 같은 것은 없었다. 저 밑바닥이 얼마나 깊은지 온통 어둠뿐이었다.

그때 정체를 알 수 없는 괴기한 울음소리가 들려왔다.

'여기가 천년금박……'

왠지 열어서는 안 될 판도라의 상자를 연 듯한 기분이 들었다.

제5장
횃불을 밝히고

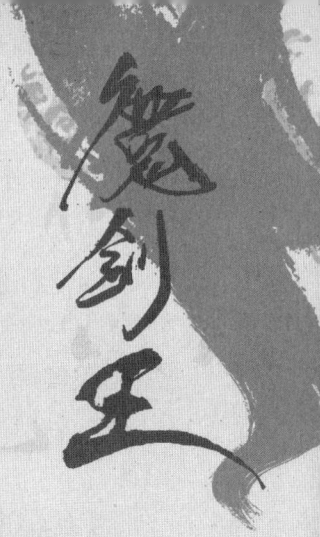

처음에는 어둠뿐이었다.

끝없이 추락해서 이대로 지구 밑바닥까지 가는 것이 아닌가 싶었다. 그러다 악취가 더욱 고약해지면서 거의 끝자락에 도착했다는 걸 예감했다.

악취 섞인 맹렬한 바람이 폭풍처럼 휘몰아쳤다. 혹 거대한 괴물이 입을 벌리고 기다리고 있진 않을까. 뚝뚝 떨어지는 먹이를 향해 진득한 침만 흘리면서…… 별의별 생각이 다 들었다.

불안이 엄습할수록 호신강기를 일으키며 마음의 준비를 단단히 했다. 만약 아래서 온갖 마물들이 우글거리며 우리를 먹잇감으로 기다리고 있다면, 위를 향해 모두에게 이곳으로 내려오지 말라고 외칠 생각이었다. 그것이 모두의 만류를 무릅쓰고 제일 먼저 몸을 날린 이유였다.

'헉!'

갑자기 바닥이 나타났다.

기름 덩어리 같은 새까만 개울이 흐르고 있는 것이 보였다.

첨벙.

생각할 틈도 없이 시커먼 물이 얼굴에 튀었다.

개울물은 코 아래 인중 부분에 튀어 고약한 냄새를 풍겼다. 호신강기로 냄새를 막고 있었음에도 불구하고 머리가 핑 돌고 헛구역질이 났다. 황급히 소매로 인중을 닦았지만 울렁거리는 속까지는 어쩔 수 없었다.

우리는 사람 하나 간신히 지나다닐 수 있은 좁은 굴을 걸었다. 그때마다 더러운 개울물이 발에 닿았다. 개울이 이어지는 전방으로 바람이 솔솔 불어왔다. 땅속 깊은 곳에서 바람이 불고 있다는 것은 말이 안 되는 소리였다.

'깊은 지하에서 웬 바람이지? 마물의 고약한 입 바람은 아닐까? 그것이 아니라면 이 굴이 밖으로 통한다는 말인데?'

안력을 키운 다음 언제든 출수할 준비를 하면서 계속 걸었다. 언제 어디서 괴기한 울음소리의 주인공이 튀어나올지도 모른다는 생각에 걷는 속도가 점점 느려졌다.

굴이 점점 좁아지는가 싶었는데, 어느덧 바닥을 기어가고 있었다. 더러운 개울물에 턱밑까지 잠겼다. 한시라도 빨리 이 지독한 냄새에 익숙해지길 바랐다. 아니면 코가 마비라도 되던가.

또다시 헛구역질이 치밀어오를 무렵 굴 밖이 보였다.

"……."

밖으로 나오는 순간 아무 말도 나오지 않았다. 나는 눈앞에 펼쳐진 말도 안 되는 광경에 몸을 일으키지도 않고, 구부정한 자세 그대로 눈동자만 굴려서 희미한 어둠 속에 자리한 나무와 바위들의 형체를 바라보기만 했다.

그것뿐일까.

지하에서 분명 볼 수 없는 하늘 또한 버젓이 존재하고 있었다.

'이럴 수가…… 분명 땅 밑으로만 걸어왔는데…….'

이곳을 향하는 동안 오르막길이라도 있었으면 모를까. 쉬이 납득하기 어려운 풍경이 눈앞에 펼쳐졌다.

거목은 이파리 하나 없이 송곳처럼 솟아 있었고 바위 또한 뾰족한 형태로 자리 잡고 있었다. 한순간 스산한 바람이나 내려앉은 어둠 때문에 주변이 괴기스럽게 다가왔다고 생각했지만 그게 아니었다.

지면.

적갈색 토양이 문제였다.

토양은 갯벌처럼 질퍽질퍽하며 점성을 띠었다. 발을 떼자

횃불을 밝히고

껌을 밟은 것처럼 기다랗게 따라붙었다.

토양 역시 개울에서 났던 지독한 악취를 품고 있었다. 가죽신 안으로 스며들어온 그것들이 발가락 사이에서 미끌거렸다. 미지근한 것이 무척이나 기분 나빴다.

나는 눈을 굴려 어두운 숲 쪽을 바라보았다. 누군가 나를 주시하고 있는 듯한 기분이 들었다. 어둠을 뚫고자 안력을 키워봤지만 기이하게도 어둠이 걷히지 않았다. 어둠이 펼쳐져 있을 뿐만 아니라 아무런 기운도 느껴지지 않았다.

생물이라면 당연히 지니고 있어야 할 생기(生氣)조차 없었다. 분명 눈앞에 나무와 풀들이 자리 잡고 있지만, 어떠한 기운도 품고 있지 않았던 것이다.

이런 경험은 처음이었다. 나뭇가지 형체가 바람에 흔들리고 있지 않았더라면, 나는 시간이 멈춘 것으로 착각했을 것이다. 마치 가위에 눌린 것처럼 모든 것이 정지한 기분이 들었다.

내게 꽂힌 시선은 여전했다.

그 정체를 밝혀볼까 하고 어둠 속으로 뛰어들려는 순간 뒤에서 구역질소리가 들렸다.

비좁은 틈으로 빠져 나온 설아가 더러운 오물을 가득 뒤집어쓴 채 속을 게워내고 있었다.

"괜찮아?"

내가 물었다.

설아는 몇 번 더 구역질하고서는 잔뜩 긴장한 얼굴로 주변을 두리번거렸다.

"교주님. 여긴……."

"숲이야. 그리고 모든 것이 살아 있지만 죽어 있어."

살아 있지만 죽어 있다?

내가 말했어도 아귀에 맞지 않았다.

설아는 말을 잇지 못하고 또다시 참았던 구역질을 하기 시작했다.

그녀의 뒤로 색목도왕과 대행혈마단원 그리고 염왕손이 뒤따라 나타났다. 모두 속을 게워내는 데 정신이 없었다. 구역질을 하지 않는 사람은 나밖에 없었다.

그러나 그들이 토해내는 소리가 계속 들려와서 더는 한계였다. 나도 그들과 같이 구토를 한 뒤 입을 닦았다. 그러고 보니 나를 주시하고 있었던 시선이 이제는 느껴지지 않았다.

그저 기분 탓이었을까?

모두가 제 상태로 돌아온 건 그로부터 이십여 분 후였다.

칠흑 같은 어둠.

어느덧 가까이에서도 옆 사람의 얼굴이 보이지 않았다. 내력으로 안력을 높이는 건 이곳에선 무용지물이었다. 겨우 정신을 차린 단원들이 짐 꾸러미를 풀어 자작나무를 꺼냈다. 거기에 낙타 기름 덩어리를 덕지덕지 바르고 부싯돌로 불을 밝혔다.

개울물을 뒤집어쓴 채라 모두 더러운 상태였다. 우선 얼굴부터 씻어내야 한다는 생각이 들어 식수 한 통을 꺼내게 했다.
 색목도왕이 얼굴을 닦길 기다리면서, 횃불에 일렁거리는 단원들의 모습을 훑어보았다.
 모두 나와 같은 모습이었다.
 천년금박 안에 기이한 세상이 펼쳐져 있고, 그것이 어떠한 기운도 머금지 않은 그야말로 죽음의 세상이라는 것에 당혹스러워하고 있었다.
 "교주님."
 색목도왕이 말했다.
 "색목도왕도 천년금박 안이 이런 곳일 줄은 몰랐겠지?"
 "예."
 나는 깊은 토굴을 생각했었다.
 "여긴 뭐라 말할 수 없군. 모든 게 살아 있지만 죽어 있다는 표현이 맞겠어. 하지만 나무가 있고 하늘이 있는 걸 보면…….또 그렇지도 않은데 말이야."
 "소마의 생각도 같습니다."
 색목도왕은 높은 하늘을 올려다보며 말했다. 그는 미간을 찌푸리다가 의아한 듯이 물었다.
 "안력을 높여 보셨습니까?"
 "어둠이 걷히지 않지? 우리가 생각하는 일반적인 어둠이 아닌 모양이다. 설명할 순 없지만."
 "도통 여기가 어떤 곳인지 모르겠습니다."

색목도왕이 솔직하게 말했다.

적갈색 토양을 한 움큼 집어든 그는 손을 쥐락펴락했다. 그러다 손바닥을 뒤집었는데, 강한 점성을 띤 것들이어서 떨어지지 않고 손에 달라붙어 있었다.

색목도왕은 팔을 휘둘러 적갈색 토양을 버린 다음 바지에 손을 문지르며 말했다.

"이런 흙은 본 적이 없습니다. 악취가 심할 뿐만 아니라 끈적거리는 것이……."

"기분 나쁘지."

나는 담담히 말을 이었다.

"교주님!"

염왕손의 목소리였다.

오 미터 정도 떨어진 지점에 선 그는 지면 가까이 횃불을 대고 있었다.

그곳에 반쯤 뭔가 박혀 있었다.

다가가서 보니 인골이었다.

염왕손이 발로 걷어 올리자, 쪼개진 해골들과 갈비뼈 조각들이 적갈색 토양 밖으로 삐져나왔다. 머리뼈로 추정할 때 최소 세 명이 여기서 죽었다.

"마물에게 잡아먹힌 거야."

"석 달 전에 떨어졌던 배교도가 분명해. 다 잡아먹혔어."

"여긴 대체……."

단원들이 수군거리는 소리가 들렸다. 그 목소리에 두려움이 잔뜩 배어나왔다.

단원 몇이 마물을 찾으려는 듯 어두운 숲을 향해 횃불을 저었다. 잠깐잠깐 어둠이 걷히며 앙상한 나무들이 보였지만, 횃불이 지나가기 무섭게 다시 어둠에 잠겼다.

보통 안력을 높이면 야시경을 쓴 것처럼 밤도 낮과 같이 훤히 볼 수 있었지만 지금은 그렇게 되지 않는다.

그저 횃불이 비추는 지역만 간신히 보일 뿐.

기껏 해야 횃불을 중심으로 오 미터 정도 될까.

그 오 미터도 다 또렷이 보이는 게 아니었다.

염왕손이 심각해진 얼굴로 고개를 들었다. 횃불을 쥔 그의 손에 잔뜩 힘이 들어가 있었다.

"교주님. 정찰대를 뽑아 주변을 탐색해 보겠습니다."

염왕손이 긴장된 목소리로 말했다.

"아니."

익히 알고 있다시피 이곳은 마물들이 우글거리는 곳. 인골들이 발견된 마당에 단원들을 어둠 속으로 보낼 수는 없었다. 마라라고 불리는 대행혈마단원들이라 할지라도 이곳이 어떤 곳인지 추측조차 되지 않는 이상 모험을 할 수는 없었다.

나는 흩어져 있는 모두를 한곳으로 불러 모았다. 그렇게 멀리들 떨어져 있진 않았지만.

"날이 밝길 기다린다."

우리가 나왔던 바위틈에서 흘러나온 개울이 비탈을 따라 흐르면서 졸졸졸 소리를 냈다.

우리는 바위틈에서 불과 십 미터도 떨어지지 않은 지점에 모닥불을 지폈다. 그나마 경사가 심하지 않은 곳이었다.

'과연 날이 밝기는 할까?'

문득 떠오르는 의문을 뒤로 하고 단원들이 피운 모닥불에 다가갔다.

나와 설아 그리고 색목도왕은 작은 모닥불을 함께 썼고, 염왕손은 단원들과 함께 큰 모닥불을 썼다.

횃불은 네 개만 남겨 사방에 꽂고 그 앞으로 단원 넷을 세워 주위를 경계하게 했다.

그들은 각자 맡은 곳에서 숲을 뚫어져라 바라보았다. 금방이라도 어둠 속에서 정체 모를 마물들이 튀어나올 것이라고 생각한 모양이었다.

모두 잔뜩 긴장한 채로 병기를 쥐고 있었다.

모닥불에 자리 잡아 휴식을 취하고 있는 단원들도 손은 허리춤의 검집에 가 있었다.

막상 내 시선도 자꾸만 숲 쪽으로 향했다.

나는 억지로 색목도왕 쪽으로 시선을 돌렸다.

"색목도왕."

"예."

"지금껏 천년금박에 떨어진 죄인들 중에서 다시 살아 돌아온 자는 없는 모양이지?"

"죄인들은 근맥이 잘리고 단전을 파괴한 다음에 떨어트립니다. 물론 그렇지 않다고 해도 결코 이곳에서 살아 돌아올 수는 없었을 겁니다. 조금 전에 보셨던 인골만 해도……."

색목도왕이 말했다.

아주 잠깐 있었을 뿐이었지만, 색목도왕은 여기를 사형장보다 더한 곳이라고 확신하고 있는 듯했다.

그건 나도 마찬가지다.

아직까진 마물의 실체를 보지 못했다.

그래도 본능은 이곳을 위험한 곳이라고 빨간 비상벨을 울려대고 있었다. 저 어둠 속에서 죽음의 냄새가 났다.

혈산에는 봄이 도래했지만 이곳은 영하의 날씨였다.

설아가 엉덩이를 끌며 모닥불 가까이 자리를 옮겼다. 그녀는 대행혈마단원들과 마찬가지로 검집을 쥐고는 주위를 두리번거렸다. 보이는 거라곤 뾰족 솟은 나무들의 형상뿐일 텐데도 적을 쫓듯 두리번거림을 멈추지 않았다.

서늘한 바람, 어둠 속에 자리 잡은 나무형상들, 엉덩이로 느껴지는 땅의 질퍽한 촉감, 단원들의 속삭임소리, 곧 꺼질듯 위태위태한 모닥불, 기분 탓에 느껴지는 괜한 시선, 조용히 뛰는 심장.

시간이 지날수록 우리의 입은 무거워져갔다.

삼십 분 정도 경과했을 때는 누구도 입을 열지 않고 있었다.

모두 모닥불이나 어둠이 깔린 숲 쪽을 멍하니 바라보며 병기만 매만졌다.
 색목도왕이 모닥불에 자작나무를 밀어 넣을 때였다.
 꽤 먼 쪽에서 괴기한 울음소리가 들려왔다.
 갓난아이 울음소리 같기도 했고, 짐승이 교접할 때 내는 소리 같기도 했다. 메아리처럼 들려온 그 소리에 단원들 중 누군가가 벌떡 일어나며 목소리를 터트렸다.
 "마, 마물이다!"
 그를 시작으로 모두가 다 자리에서 일어났다. 나도 몸을 일으켜 소리가 난 쪽으로 고개를 돌렸다. 우리를 의식하기라도 하듯 그 소리는 다시 들려오지 않았다.
 "교주님. 조금 전의 그 소리는……."
 설아가 검집을 움켜쥐며 말했다.
 괴기한 울음소리 뒤로 찾아온 적막. 그 속에서 꿀꺽하는 설아의 침 넘기는 소리가 들렸다.

 * * *

 날이 밝기까지 모두 휴식을 취해야 했다. 하지만 질퍽한 땅 위에서는 영 앉아 있기가 힘들었다. 땅은 갯벌처럼 몸을 아래로 잡아끄는 습성이 있어서, 앉아 있으면 어느새 다리와 엉덩이가 모두 땅에 잠겨 있었다.

이에 색목도왕은 넓은 판자를 깔자고 제안했다. 나무를 베어다가 판자를 만들자는 것이었다.

그는 염왕손을 불러 몇 마디를 나눴다.

그리고 염왕손은 대부(大斧)를 애병으로 사용하는 단원과 다른 둘에게 일을 맡겼다. 그들 중 하나가 모닥불 옆에 꽂아둔 횃불 하나를 빼 들고, 그리 멀리 떨어지지 않은 나무로 이동했다.

횃불을 든 단원이 불안한 눈으로 주위를 두리번거렸다. 마땅히 할 일 없는 우리의 시선이 자신들에게 쏠려 있다는 것을 알아차리고, 대부의 주인이 그것을 양손으로 움켜쥐며 나섰다. 어깨 옆으로 들쳐 올렸다가 힘껏 휘둘렀다.

퍼억!

나무 파이는 소리가 크게 울렸다.

밤에는 소리가 더 크게 들린다.

그 소리에 저들에게 관심이 없던 이들도 등을 돌리며 그들을 바라보았다. 그때 도끼를 휘두른 단원이 염왕손을 불렀다. 그곳에서 염왕손은 다시 색목도왕을, 색목도왕은 나를 불렀다.

설아와 함께 그쪽으로 다가갔다.

횃불 아래로 도끼에 찍힌 부분이 보였다. 지금은 멈췄지만 파인 곳에서 흐른 핏자국이 선명했다. 색목도왕에게서 횃불을 받아들고 나무 아랫부분을 비춰보았다. 찍힌 부분에서 흘러나온 피가 땅속으로 스며들고 있었다.

불길한 징조였다.

염왕손이 나무에서 흘러나온 피를 집게손가락으로 찍어 혀에 대었다.

그의 얼굴이 천천히 일그러졌다.

"수액이 아니옵니다. 사람의 피 맛이옵니다."

우리는 약간의 논의 끝에 나무를 베기로 했다. 꺼림칙하지만 질퍽한 땅에 댈 판자가 필요했기 때문이다. 잠시 뒤 나무를 벤 단원이 돌아왔다.

그는 온통 피를 뒤집어쓴 상태였다.

그가 걸을 때마다 거대한 도끼에서 피가 뚝뚝 떨어졌다.

이상하게도 그는 만족한 얼굴을 하고 있었다.

옷이 개울물에 찌들어 참기 힘든 악취가 풍기고 있었는데, 나무에서 튀긴 피 냄새로 조금이나마 덜해졌다는 것이다.

몇몇 단원이 자신들도 피로 옷을 적실 수 있도록 청했다.

거절할 이유가 없었다.

하지만 그들은 모닥불에 피가 말라가면서 더욱 고약한 냄새를 풍겼다. 우리는 날이 밝으면 마물과 깨끗한 물을 찾기로 하고 어쩔 수 없이 조금만 참기로 했다.

우리가 가진 물은 씻기 위한 용도가 아니라 마시기 위한 용도였다. 얼마나 이곳에 더 있어야 할지도 모르는 이상 식수를 최대한 아껴야 했다.

타닥타닥.

모닥불이 타들어가는 소리가 점점 약해지고 있을 무렵이었다. 괴기한 울음소리가 들린 이후로 세 시간가량 지났다.

어둠 속의 정적과 은은한 모닥불 빛. 하나둘 고개를 꾸벅이기 시작했다.

그러다 수풀이 바람에 흔들거릴 때, 누군가 헛기침을 했을 때, 불침번 교대가 있을 때, 혹은 아무런 이유 없이, 단원들은 눈을 번쩍 뜨며 병기에 손을 가져가곤 했다.

처음에 잠이 도통 오지 않았다.

그러나 어깨에 기대 잠든 설아의 얼굴을 바라보다 보니 어느새 나도 잠이 들었나 보다.

나를 부르는 목소리가 들렸다.

두어 시간쯤 잔 것 같은데 아직도 날은 밝지 않고 어두컴컴하기만 했다.

"교주님."

색목도왕의 목소리가 무겁게 깔렸다.

그의 어깨 너머로 단원들과 대화를 나누고 있는 염왕손이 보였다. 염왕손의 높아진 목소리 톤으로 볼 때 무슨 일이 생긴 것 같았다.

"정말 아무도 본 사람이 없단 말이냐?"

염왕손의 목소리가 들렸고, 황망히 고개를 숙이는 단원의 모습이 시선에 잡혔다.

"무슨 일이지?"

내가 말하자, 설아도 잠에서 깨어났다.

"단원 한 명이 실종되었습니다."

색목도왕이 심각한 얼굴로 말했다. 나는 몸을 일으키며 색목도왕과 함께 염왕손에게 다가갔다.

"실종되었다니. 누가?"

"참부이옵니다."

참부라면 나무를 베었던 단원이다.

혈목(血木)의 저주라고 속닥거리고 있던 단원 몇이 횃불을 들고 주위를 오갔다. 그들은 참부의 흔적을 찾기 위해 토양을 중점으로 보고 있었지만 딱히 찾을 만한 것이 없었다.

어느새 토양은 모든 자취를 집어삼키고는 아무 일도 없었다는 듯이, 단원들의 새로운 발자국들을 새겨대고 있었다.

"어떻게 된 일인가?"

나는 도깨비불처럼 왔다 갔다 하는 횃불들을 바라보며 물었다.

"소마도 모르겠사옵니다. 어느 순간부터 보이지 않습니다."

"불침번이 있지 않았는가?"

"모치마, 금마수, 홍의광. 이렇게 셋이 반 시진 동안 불침번을 섰었습니다. 그런데 그들 말로는 아무도 자리에서 이동한 사람이 없다 하옵니다. 또한 깨어 있던 단원들 중에서도 참부를 본 이가 없었사옵니다."

"마지막으로 본 사람은 있지 않은가."

"예. 아두이옵니다. 아두 말로는 참부가 그 옆에서 자고 있었다 하옵니다."

잠자고 있던 사람이 갑자기 사라졌다? 목격자도 없이?

"색목도왕은 어찌 생각하는가."

나는 숲을 바라보고 있는 색목도왕을 바라보았다. 색목도왕의 흔들리는 눈동자가 보였다. 마치 귀신을 본 사람처럼 얼굴이 경직되어 있었다. 나는 그의 시선이 머문 쪽으로 고개를 돌렸다.

그러나 어둠뿐.

아무것도 없다.

갑자기 도를 빼 들려는 색목도왕을 가로막으며 말했다.

"색목도왕! 왜 그러느냐?"

"못 보셨습니까?"

"뭘?"

"뭔가가 저기에서 저희들을 바라보고 있었사옵니다."

색목도왕의 집게손가락 끝으로 우리가 벤 나무가 걸렸다.

"나는 아무것도 보지 못했다."

"뭔가가 있었사옵니다."

"참부?"

"아니옵니다. 사람의 형체가 아니었습니다. 하오나 짐승도 아니었습니다."

색목도왕은 혼란스러워 보였다.

"단주. 너도 아무것도 보지 못했는가?"

색목도왕의 물음에 염왕손은 고개를 절레절레 흔들었다.

색목도왕이 본 것이 무엇인지 모른다. 하지만 그와 반대로 그의 표정은 한눈에 보였다.

잔뜩 긴장한, 겁에 질린 듯한 표정. 그의 표정은 입술을 바짝 마르게 했다.

한참 동안 숲을 바라보던 그는 더는 아무것도 찾지 못하겠는지 내게로 시선을 돌렸다.

"교주님. 소마가 주위를 돌아보고 오겠습니다. 실종된 단원과 저희를 주시하고 있던 것의 정체를……."

색목도왕이 결심했다는 듯 말했다.

나는 중간에서 그의 말을 가로챘다.

"안 돼. 왜 안 되는지 색목도왕이 더 잘 알겠지."

정체 모를 곳이다.

어둠 속에 무엇이 있는지 모른다.

안력으로 어둠을 걷힐 수 있으면 좋으련만. 우리는 각자가 내공 고수였지만 지금은 일반인과 같이 어둠 속에서 어느 정도 거리밖에 볼 수 없었다.

색목도왕은 담담히 내 뜻을 받아들였다. 주위를 횃불로 밝히며 돌아다니던 단원들도 아무것도 찾지 못한 채 모닥불 곁으로 돌아오기 시작했다.

갑작스럽게 사라진 동료의 실종은 그들에게 약간의 변화를 가져왔다. 희번덕거리는 눈으로 주위를 두리번거리는 빈도수가 늘어났고, 더 침묵을 참지 못하겠다는 듯 말수도 많아졌다.

그들은 마물에 대해서 이야기했다.

마물에게 잡아먹히면 죽어서도 혈마의 세계로 가지 못한다며 혈마교 교리에 대해 늘어놓곤 했다.

참다못한 염왕손이 단원들을 나무랐다.

그는 본교와 교주님을 위해 죽는 것이라면 무조건 혈마의 세계에 갈수 있다고 호언장담했다.

대행혈마단주라는 직위도 직위지만, 여기에 있는 사람들 중 혈마교 교리에 가장 빠삭한 이가 바로 그였기에 반문하고 나서는 이가 없었다.

염왕손은 이대로는 안 되겠다 싶었는지 단원들을 한자리에 불러 모았다. 그는 바위 하나를 끌어다 앉고 본격적으로 설교(說敎)를 시작했다.

나와 설아 그리고 색목도왕은 멀찌감치 앉아 그의 열변을 들었다. 그러면서 날이 밝길 기다렸다. 실종된 단원이 걱정되고 전염병처럼 퍼져가는 불안함이 신경 쓰였다.

한 시간이 지났다.

그런데도 날이 밝을 기미가 보이지 않았다. 손목시계를 보니 새벽 여섯 시였다. 동이 틀 시간이 지났지만 오히려 어둠이 한층 더 짙어졌다.

『색목도왕.』

『예. 교주님.』

『줄곧 날이 밝길 기다렸지만 그럴 기미가 보이지 않는군요. 더는 안 되겠습니다.』

『소마도 그렇게 생각하고 있었습니다. 이제는 움직이셔야 할 것 같습니다.』

『모두 채비를 갖추도록 하세요. 간단히 끼니를 때운 후에 실종된 단원과 마물을 찾아야겠습니다.』

『옛.』

전음을 마친 색목도왕은 자리에서 일어나 염왕손에게로 향했다. 염왕손의 얼굴은 모닥불 빛을 받고 일그러지게 보였다. 염왕손이 설교를 중단하며 황망히 바위에서 일어났다.

소의 위에 말린 소고기를 밀어 넣으면 딱 한 마리 분이 들어간다. 우리는 그런 것을 열 개를 가져왔다. 그 중 한 개를 풀어 모두에게 분배했다.

악취.

개울에서 나는 시체 썩는 냄새가 우리의 식사를 방해했다. 억지로 육포를 배 속에 밀어 넣고 떠날 준비를 했다. 혈마교에서 가져온 짐들을 열 명이 책임지고 나머지는 횃불을 들었다. 나는 염왕손에게 고개를 끄덕여보였다.

염왕손이 긴장을 감추려는 듯 얼굴을 일그러트리며 말했다.

"교주님이 보고 계시다는 것을 잊지 말아라. 너희들은 대혈마교의 대행혈마단원이다. 이동!"

숲은 검고 우중충했다. 스산한 바람이 앙상한 나무들 사이로 불어오며 우리의 무복을 휘날렸다.

휘이이이 하는 바람소리는 곧 이히히히 하는 귀신소리로 변했고 보이지 않은 손으로 나뭇가지들을 흔들어댔다.

횃불에 비친 나무껍질들 중에는 영락없이 사람 얼굴 형상을 한 것들이 있었다.

그것을 본 단원들은 저도 모르게 몸을 움찔거렸다. 잔혹한 대행혈마단원들이었지만, 지금만큼은 평범한 사람이 되어 식은땀을 흘렸다.

우리는 괴기한 울음소리가 들렸던 쪽, 그러니까 개울물을 따라 이동했다. 그러다 계곡으로 변하는 시점에서 잠시 걸음을 멈췄다. 시커먼 계곡물이 요란한 소리를 내며 아래로 흘러가고 있었고 그 위로는 정체를 알 수 없는 불순물이 잔뜩 얹어져 있었다.

계곡 변두리에는 버섯을 닮은 식물들이 자생하고 있었다.

거기에 달라붙어 있는 엄지손가락만 한 애벌레들은 무척이나 이상하게 생겼다. 기다란 지렁이 모양에 양끝에 입이 달려 있었다.

그래서 U자 형식으로 몸을 구부리며 빠른 속도로 이파리를 갉아먹었다. 단원 한 명이 횃불을 가까이 대자 횃불 쪽으로 몸을 곧게 세웠다. 그러더니 곧 주변에 있던 수십 마리의 애벌레들이 일제히 단원을 향해 스멀스멀 기어가는 것이었다.

"뭐야!"

그는 신경질적으로 제일 먼저 접근하는 애벌레를 짓밟았다. 그 순간 단원이 "아아악!"하고 비명을 터트렸다. 애벌레 체액이 튀긴 곳으로 가죽신이 녹고 있었다. 그것은 가죽신뿐만 아니라 단원의 발에도 영향을 미쳤다.

구멍이 뚫린 가죽신 안으로 피투성이가 된 단원의 발이 보였다. 나는 막 애벌레를 밟으려던 발짓을 멈추며 외쳤다.

"밟지 마라! 불로 태워라!"

근처에 있던 단원들이 횃불을 바닥에 휘두르며 애벌레들을 불태웠다. 한 명은 그를 점혈해 잠재웠고, 다른 한 명은 그의 발에 약을 부었다.

나는 불에 새까맣게 탄 애벌레들에서 부상 입은 단원에게로 시선을 옮겼다.

"상태는 어떤가?"

"심각합니다."

염왕손이 단원의 발을 들어보였다.

가죽신 밑바닥이 불로 지진 것처럼 다 타 버렸다. 덩달아 단원의 발바닥도 심한 화상을 입었다. 식수로 그의 발을 씻어내자 발바닥뼈가 드러났다. 애벌레의 체액이 가죽신을 뚫고 피부와 근육까지 녹여 버린 것이다.

"걷는 데 조심해야겠습니다. 자칫 모르고 밟기라도 한다면……."

그러면서 염왕손은 단원의 발을 바라보았다. 마치 자신의 발이라도 덴 듯, 그는 얼굴을 찌푸렸다.

'큰일이다.'

나는 속으로 생각했다.

안력이 어둠에 막히고, 낮이 밝을 것 같지도 않고, 언제 마물들이 튀어나올지도 모르는 상황에서 이번에는 발밑까지 주시해야 한다.

이동 속도가 현저하게 느려질 수밖에 없다.

우선은 부상자의 치료를 위해 근처 평탄한 지형에 자리를 잡았다. 십 미터쯤 간격으로 앙상한 나무들이 서서 저승사자처럼 우리를 굽어보는 곳이었다.

* * *

화골산 같은 체액을 품은 애벌레 그리고 질퍽한 땅과 하늘. 안력으로도 쫓을 수 없는 어둠. 멀리서 들려오는 마물의 울음소리. 온갖 악취.

그리고 실종된 단원.

"참부는 어디로 사라졌을까요? 색목도왕도 다른 이들처럼 혈목의 저주를 받은 것이라고 생각합니까?"

"모르겠습니다. 흔적도 없이 사라졌습니다. 소마가 아는 것이라곤 이곳이 괴이한 곳이라는 것뿐입니다."

그는 치료 받고 있는 부상자를 걱정스러운 눈으로 바라보면서 말했다.

"분명 이상합니다. 아무런 기운이 느껴지지 않는다는 것만 봐도 그렇습니다. 기(氣)를 품지 않은 것은 죽은 것밖에 없습니다. 사람도 동물도 나무도 심지어는 길에 굴러다니는 돌멩이까지도. 모두 기가 들어 있기 마련이지요. 한데 여기는 그러한 것이 없습니다. 마치 모든 게 죽어 버린 것 같습니다. 그러면서도 계곡이 흐르고 바람은 불어옵니다. 상식으로 이해하려고 들면 안 되겠습니다. 속히 마물을 잡아 검집을 강화하고 이곳에서 나가야겠습니다. 지금은 한 명 실종에 한 명 부상이지만, 얼마나 더 많은 사람들이 다칠지 모르는 일입니다."

"단원들에 대해서는 심려치 마시옵소서. 교주님께서는 몇 번이나 저들의 의양을 물으셨습니다. 소마는 하교들이 교주님의 짐이 될까 걱정될 뿐이옵니다."

나는 천천히 고개를 저었다.

"모두가 옆에 있어서 든든합니다. 그나저나 상식적으로 이해하기 힘든 상황을 보니, 문득 저쪽 세상에서 있었던 일이 떠오르네요."

"저쪽 세상이라면……."

"흑천마검에게 당하기 전에 말입니다. 그때 저쪽 세상에서 색목도왕을 만났습니다."

색목도왕의 얼굴에 의아함이 물들었다. 그의 눈썹이 올라가며 이마에 주름살이 잡혔다.

"소마를 말입니까? 하오나 소마는……."

"그래요. 색목도왕은 줄곧 본교에 있었지요. 하지만 나는 분명 저쪽 세상에서 색목도왕을 만났습니다."

그게 무슨 말씀이지요? 하는 눈으로 설아가 나를 바라보았다. 색목도왕도 마찬가지였다.

휘이잉.

우리 가운데에 꽂아둔 횃불이 바람에 흐느적거리면서, 우리의 그림자도 춤추듯 움직였다. 색목도왕이 바람이 불어온 쪽을 흘긋 바라본 후에 입을 열었다.

"송구하오나 교주님의 말씀이 이해가 되지 않습니다."

"지금 생각해 봐도 그렇습니다. 처음에는 색목도왕의 후예가 아닐까 하고 생각도 해보았지만, 그러기에는 색목도왕의 골격과 그의 골격이 완전히 일치했습니다. 지금 다시 보니 더욱더 확신이 드는군요. 어떠한 경우에도 사람의 골격이 완벽히 일치할 수는 없습니다. 그러니까 내 말은 저쪽 세상의 색목도왕이 지금 내 앞에 있는 색목도왕이었다는 말입니다."

"……."

색목도왕과 설아가 멍한 눈으로 나를 바라보았다. 내가 생각해도 말이 이상했다. 나는 설아의 횃불과 색목도왕의 횃불을 가지런히 꽂으며 말했다.

"오른쪽에 있는 이 횃불을 저쪽 세상에서 만난 색목도왕이라고 하고, 왼쪽에 있는 이 횃불을 지금 내 눈앞에 있는 색목도왕이라고 칩시다."

나는 두 횃불을 하나씩 가리키며 말했다.

"소마가 둘이라는 것이 도통 이해가 되지 않습니다. 소마는 지금 여기에 있습니다만……."

"예. 그런데 저쪽에도 있었다는 말입니다. 이상하게 들리겠지만 사실이 그렇습니다. 절대 타인이라면 어떤 경우에도 골격이 일치할 수 없기 때문에 그렇게 결론지었습니다."

"하오면 저쪽 세상에도 소마가 있다는 말씀이십니까?"

"그런 겁니다."

"그러면 저도 있나요?"

문득 설아가 물었다.

"아니. 보지 못했어. 그런데 있을지도 모르겠어."

나는 짧게 대답했다.

"하오면 골격이 같으니 소마와 똑같이 생겼겠군요."

"그렇지요. 그런데 골격만 같았을 뿐입니다. 당연히 이름도 다르고 자라온 환경도 달랐습니다. 색목도왕은 지금 본교의 혈마 삼장로이지만 저쪽 세상의 그는……."

기자를 뭐라고 설명해야 할까 하다가, 그냥 관원(官員)이라고 얼버무렸다.

"소마가 관원이라니요."

이곳에 온 이후로 색목도왕이 처음으로 웃었다.

"예. 정말 이해가 되지 않는 일이었습니다. 색목도왕인데 색목도왕이 아니다. 더군다나 저쪽 세상의 그는 색목도왕과 똑같이 생겼지만 나이도 적어 보였습니다. 이곳의 기이한 상황을 보니 그때가 생각나서 말을 꺼내봤습니다."

나는 저쪽 세상의 CNN 기자 클레이튼 쿠퍼의 모습을 떠올리며 말했다. 그러던 그때, 색목도왕이 뭔가 알겠다는 듯이 푸른 눈을 반짝이며 말했다.

"교주님과 전대 교주님처럼 말씀이시군요."

"예?"

"교주님을 처음 뵈었을 때 전대 교주님이 반로환동하신 줄 알았습니다. 오래돼서 완전히 같았는지는 확신할 수 없지만 교주님의 외모가 전대 교주님의 젊었을 적 시절과 너무도 흡사하였기 때문입니다."

모두 나를 보면 전대 교주라고 착각했었다. 흑웅혈마도 그랬고, 귀영친위대도 그랬고, 사인살마도 그랬고, 지금은 외지로 쫓겨난 흑야풍도 그랬다.

"골격도 같았습니까?"

나는 다급하게 물었다.

"그것은 모르겠습니다. 소마는 교주님과 같이 사람의 골격을 뚫어보는 안목이 없사옵니다."

"……"

잠시 머릿속이 복잡해졌다.

색목도왕이 뭔가 말하려는 찰라 염왕손의 그림자가 머리맡으로 다가왔다. 너무도 가까웠기에 그의 손에 배인 부상자의 피 냄새를 맡을 수 있었다.

"치료가 끝났습니다. 교주님."

지금은 응급치료일 뿐, 무고강마당에서 의술에 뛰어난 이들에게 치료를 받아야 한다고 덧붙였다. 하지만 지금 돌아갈 수 없다는 데 모두가 동의했다.

결국 부상자는 한 단원에게 맡겨졌고 그 단원이 짊어지고 있던 짐은 다른 이들에게 나눠졌다.

부스럭거리면서 모두 떠날 채비를 할 때였다.

"으아아악!"

한 남자의 비명소리가 서쪽에서 들려왔다. 모두 하던 일을 멈추고 우리가 떠나왔던 방향으로 고개를 돌렸다. 단원들이 수군거리면서 사라졌던 단원의 이름을 중얼거렸다.

"참부……"

색목도왕과 염왕손이 동시에 말했다. 서쪽을 계속 주시했지만 더 비명이 들려오지 않았다.

'무슨 일이 일어나고 있는 거야!'

우리는 발걸음을 서둘렀다. 빠르게 경공을 시전하다가도, 잠깐 방심하는 사이 산성을 머금은 애벌레가 발끝 바로 앞에서 나타나곤 했다.

이윽고 우리가 처음 자리를 잡았던 곳으로 돌아왔다. 모닥불을 지폈던 흔적이 횃불 아래 아스라이 보였다.

"참부!"

나는 내력을 담아 어둠을 향해 외쳤다.

"이쪽이옵니다. 교주님."

염왕손이 개울 반대편에서 횃불을 흔들었다. 염왕손과 함께 있는 단원 셋이 숙인 고개를 설레설레 젓고 있었다. 나는 개울의 악취 속에서도 피 냄새를 맡았다.

'이런……'

참부는 싸늘한 주검이 되어서 적갈색 토양에 반쯤 묻혀 있었다. 목이 날카로운 무언가에 의해 뜯겨 있었지만 직접적인 사인은 그것이 아니었다.

찢겨진 무복 사이로 뻥 뚫린 가슴이 보였다. 그곳은 심장이 있어야 할 자리였다.

"마물은 인간의 염통을 좋아한다던데……."

뒤에서 단원 중 누군가의 목소리가 들렸다. 고개를 돌리자 하얗게 질린 그의 얼굴이 보였다. 그는 내 눈빛을 받아 황망히 입을 다물고는 고개를 숙였다.

염왕손이 죽은 참부의 손에서 도끼를 떼어낸 후 내게 가져왔다. 거기서 염왕손이 내게 보여주고 싶었던 것은 이가 나가고 금이 쩍쩍 가 있는 도끼날이었다.

강철 바위라도 때렸던 것일까.

"본교에서 장례를 치룰 것이다."

나는 짧게 말했다.

누가 참부를 죽인 것인지에 대해서는 언급할 이유가 없었다. 나를 포함한 모두가 다 알고 있다시피 마물이 참부를 죽였다.

문제는 어떻게 생겨먹은 마물인지, 지금은 어디에 있는지, 그리고 갑자기 사라졌던 참부가 왜 이곳에서 시신으로 발견되었는지에 대해서다. 우리를 감싸고 있는 어둠에 해답이 있을 것이다. 검집을 움켜쥔 손에 힘이 들어갔다.

"시선이 느껴집니다."

색목도왕이 줄곧 참아왔다는 듯 입을 열었다.

"나도 마찬가지입니다."

"교주님도요?"

"그래요."

나는 어둠에 가려진 숲속을 손가락으로 가리키며 말을 계속했다.

"저기서 누군가가 나를 보고 있는 것 같단 말입니다. 그런데 단순히 기분 탓일 겁니다."

색목도왕은 모닥불을 지피다가 내 손가락을 따라 고개를 들었다. 그는 바로 고개를 저었다.

"소마가 느끼는 시선은 그런 것이 아니옵니다."

"그러면요?"

"형용할 수는 없습니다. 하오나 누군가 소마를 계속 지켜보고 있는 것 같습니다. 숨을 쉴 때도, 불을 쬘 때도, 걸을 때도 언제나 같은 시선이 느껴집니다."

그답지 않게 불안한 기색을 비쳤다. 옆에서 설아가 걱정스러운 얼굴로 색목도왕을 바라보았다.

"모두가 다 그런 기분일 겁니다. 우리는 그동안 어둠에 대해서 신경 쓰고 살지 않았지요. 내력을 일으키면 대낮만큼은 아니더라도 훤히 보였으니까 말입니다. 하지만 지금은······."

나는 쓴 침을 삼킨 다음 말을 계속했다.

"어둠에 익숙해져야 합니다. 아무래도 여긴 낮이라고는 없는 것 같으니까요."

"예······."

색목도왕이 마지못한 듯 말꼬리를 흐렸다. 어느덧 색목도왕이 피운 모닥불이 활활 타올랐다. 모닥불을 다 피운 색목도왕은 염왕손에게 건너갔다.

그사이 설아가 입을 열었다.

"색목 아저씨가 걱정되요."

나는 고개를 끄덕였다.

"설아는 괜찮아?"

침을 한 번 삼킬 만한 시간이 지나고, 설아가 아무 말 없이 눈웃음 지었다. 나는 그 눈웃음의 의미를 잘 알고 있다.

백화검후검법에서 입문 과정을 넘어섰을 때였다

"이제 됐어요."

그녀는 그렇게 말하며 눈웃음을 지었다.

무엇이 됐냐는 물음에 그녀는 간단하게 대답했다.

만약 내가 위험에 처한다면 지금의 실력으론 적을 해치울 순 없지만, 그래도 내 목숨을 대신해 죽을 수 있는 실력은 갖추었다고.

그러니까 그녀의 눈웃음은 결코 좋은 의미가 아니었다. 나는 입속의 씁쓸한 단내를 느끼며 색목도왕에게로 시선을 옮겼다. 그는 단원들이 참부의 시신을 수습하는 광경을 지켜보며 염왕손과 대화를 나누고 있었다.

몇이 횃불을 들어 시신 주위를 밝히고, 몇은 참부의 무복과 자신의 무복을 찢어서 시신을 감싼다. 엄숙한 장례식 같아서 모두 조용히 그곳을 바라보고 있다.

그 순간 나는 뭔가를 발견하고 놀란 숨을 들이켰다. 색목도왕 주변에서였다.

"교주님. 왜 그러세요?"

설아가 물었다.

나는 대답하지 않고 색목도왕에게 향했다. 색목도왕과 염왕손은 단원들과 떨어진 외딴 거목에 나란히 서서 조용한 목소리로 속삭이고 있었다. 횃불 아래 드러난 둘의 얼굴은 마치 음모를 꾸미는 사람의 것 같았다.

둘은 대화를 멈추고 걸어오는 나를 바라보았다. 몇 걸음 남

앉을 무렵 둘이 고개를 숙였다 들었다.

쉿.

나는 집게손가락을 펴 입술에 댔다. 둘이 가까이 다가오려는 것도 고개 저어 막았다.

『무슨 일이십니까?』

색목도왕의 전음이 들렸다.

무시하며 색목도왕의 허리춤을 향해 손을 뻗었다. 재빨리 그의 도를 꺼내들고 거꾸로 쥐었다. 그리고는 있는 힘껏 색목도왕을 향해 내리찍었다.

"교, 교주님!"

염왕손이 놀란 음성을 터트렸다.

쉬이이익.

내가 펼칠 수 있는 최고의 속도로 내리꽂았다. 피하지 못한 색목도왕의 눈이 부릅떠졌다. 그의 눈동자가 파리하게 떨리더니 슬그머니 옆으로 움직였다.

그의 눈동자에 도가 비쳤다. 내가 도 자루에서 손을 뗀 이후로 도는 주인을 찾듯 웅웅 떨리고 있었다. 색목도왕은 자신의 발 옆 땅으로 도가 꽂혔다는 것을 알아차린 기색이었다.

그런데 내가 찍은 것은 땅이 아니라 정확히는 횃불에 비친 색목도왕의 그림자였다.

"이, 이런……."

염왕손이 말했다.

"교, 교주님……."

뒤따라온 설아가 떨리는 목소리로 말했으며, 이어서 "흡." 하는 색목도왕의 숨 들이키는 소리가 들렸다.

그림자가 몸부림치고 있었다. 색목도왕은 가만히 서 있는데, 그림자는 도에 찔려서 고통스럽게 움직여댔다.

끄아아악 하고 비명을 지르는 것처럼 요동쳤다.

'설마 설마 했지만 정말로 그림자가 살아 있을 줄이야!'

그림자만 놓고 본다면 색목도왕이 도에 찔린 것으로 착각할 만했다.

천하의 색목도왕이 기겁하며 재빨리 뒤로 한 걸음 물러났다. 그래도 그의 발끝으로 이어진 그림자는 여전히 몸부림치며 도를 뽑아내려는 듯이 움직였다.

이상한 낌새를 느낀 단원들이 주위로 몰려들었다.

둘 중 한 명은 횃불을 들고 있었기 때문에 주위가 더욱 밝아졌다. 광원이 여러 개가 되었음에도 그림자는 늘어나지 않았다.

더욱 선명하고 절실하게 그리고 고통스런 몸짓으로 움직였다.

"영…… 영마(影魔)……."

단원들의 겁에 질린 웅성거림이 커졌다. 몇몇은 검을 꺼내 들어 자신의 그림자를 찔러보기 시작했다. 나도 설아의 검을 받아 확인해 봤지만 내 그림자는 이상이 없었다.

"교주님. 이게 대체……."

이제 색목도왕의 그림자는 생명력을 다한 모양인지 미약하게 꿈틀거리기만 했다.

나는 발에 내력을 담아 색목도왕의 그림자를 짓밟았다.

푸욱!

발목 위까지 깊게 잠기며 그림자도 뭉개졌다. 그런 그림자가 사후경련을 일으키듯 꿈틀거렸다.

결국엔 움직임이 멈췄다.

"이게 대체 어떻게 된 일입니까?"

그림자가 제대로 돌아왔다.

그러나 색목도왕은 그림자에 꽂힌 도를 뽑길 망설이며 얼굴을 일그러트렸다.

"교주님……."

나는 처음 발견한 색목도왕의 그림자를 떠올렸다.

도를 빼든 모습으로 색목도왕의 목을 치려 했던 그림자를…….

* * *

모두 모닥불 앞에 앉아 말없이 자신의 그림자를 응시하고 있었다. 그러다 바람이라도 불어 모닥불이 흔들거리면, 번개같이 검을 꺼내들었다. 한 사람이 그러니 옆에 있는 사람도 덩달아 병기를 움켜쥐고 그림자를 찍었다.

"교주님."

다른 이들처럼 말이 없던 설아가 모처럼 입을 열었다. 그쯤해서 나는 그림자를 그만 내려다보았다. 설아의 원망과 두려움이 섞인 눈동자가 바로 코앞에 있었다.

"모닥불을 꺼 버리면 되지 않나요. 그러면 그림자가 생기지 않잖아요."

설아가 말했다.

나도 생각해 보지 않은 게 아니었다.

그러나 모닥불과 횃불을 꺼 버리면 우리는 어둠과 싸워야 한다.

한 치 앞도 볼 수 없는 어둠.

바로 옆에 사람이 서 있어도 얼굴은 보이지 않고 그 윤곽만 볼 수 있을 것이다.

나는 입을 다문 채로 고개를 저었다.

잠시 동안 우리는 말이 없었다.

부스럭거리는 소리나 모닥불이 타는 소리 혹은 병기로 땅을 찌르는 소리만 들렸다.

두려움이 전염병처럼 갈수록 번지고 있는 것이다.

이대로 가다간 마물과 맞서기 전에 자멸할지도 모른다는 걱정이 들었다.

처음으로 나는 나만 남고 이들을 모두 되돌려 보낼까 생각해 보았다. 그러나 완강히 거절할 것이다. 설사 이들을 속여 나만 남게 되면, 색목도왕과 설아는 혈마교 전력을 이끌고서라도 나를 찾아올 게 분명했다.

결론은 처음부터 하나였다.

모두를 데리고 그냥 이곳에서 나가던지 아니면 빨리 이곳에 들어온 목적을 달성하는 방법. 어디로 튈지 모르는 흑천마검을 검집 없이 내돌릴 수는 없으므로 다른 방법이 없는 이상 이곳에서 검집의 영력을 회복해야만 한다.

그러기 위해서는 교주인 내가 강하게 이들을 이끌어야 한다.

나는 색목도왕과 염왕손을 불러 모두 떠날 채비를 갖추도록 명령했다. 다시 개울을 따라 동쪽으로 이동할 생각이었다. 바로 몇 분 전 그쪽에서 울음소리가 들렸다.

단원들이 불이 꺼진 홰를 모닥불에 집어넣었다 꺼낸 다음 자리에서 일어났다. 횃불이 눈물을 흘리듯, 낙타 기름이 녹아내리며 아래로 뚝뚝 떨어졌다.

떠나기 전 단원들에게 말린 소고기를 분배했다. 질겅질겅 씹으면서 걷다 보면 조금이라도 두려움이 덜어질까 하는 생각에서였다. 하지만 오히려 역효과를 불러일으켰다.

우에엑.

몇몇이 주위의 악취와 긴장감 때문에 구역질을 하기 시작했다. 계속해서 들려오는 구역질소리에 나도 속이 울렁거렸다.

'미치겠군.'

나는 침을 삼키지 않았다.

삼키면 그대로 속을 게워낼 것만 같았다. 몇 걸음 가지 못하고 또다시 휴식을 취해야 했다. 썩은 거목에 몸을 기댄 채로 단원들이 안정을 되찾길 기다렸다.

설아가 횃불을 쥐고 내 뒤에 섰다.

팟!

갑자기 우리 주위가 어두워졌다.

설아의 횃불이 꺼진 것을 시점으로 몇 분 간격으로 하나둘 횃불이 꺼지기 시작했다. 단원들이 꺼진 홰를 들고 켜진 횃불에 불을 붙이려고 시도했다. 색목도왕도 횃불을 들고 우리에게 다가왔다.

그런데 좀처럼 불이 붙지 않았다. 그나마 있던 색목도왕의 횃불까지 꺼져 버렸다.

이제 남은 횃불은 네 개밖에 없었다.

이상하게 숨이 턱턱 막혀왔다. 설아가 병든 영양처럼 거칠게 숨을 몰아쉬면서 부싯돌을 부딪쳐댔다.

"좀 쉬어."

나는 설아를 말린 다음 내가 나무 막대를 쥐었다. 낙타 기름이 덕지덕지 바라진 부분을 손으로 감쌌다. 십이양공의 열기를 이용하자 겨우 불이 붙었지만 몇 초 안 돼서 다시 꺼졌다.

몇 번을 시도해 봐도 마찬가지였다.

불안해진 단원들이 꺼진 홰를 들고 서성거렸다.

어느덧 남아 있는 횃불은 하나밖에 없었다.

우리는 한자리로 모였다. 그 무렵 옷가지가 축축해지고 곧 머리카락에 뭔가가 맺혀 흘렀다.

'뭐지……'

나는 머리를 만진 손을 횃불 아래에 비춰보았다.

'피?'

피같이 붉은 액체였다.

설아의 검은 머리에서도, 색목도왕의 금발에서도 똑같은 것이 흘러내리고 있었다. 단원들도 같은 상황이라서, 단원들은 자신의 머리를 쓸어내리며 "피다. 피야!"라며 웅성거렸다.

그때부터였다.

어둠이 서서히 걷히면서 붉은 안개가 찾아왔다.

"안개가! 피 안개가 낀 것 같습니다."

색목도왕이 말하는 순간 마지막 남아 있던 횃불이 꺼졌다.

제6장
마물

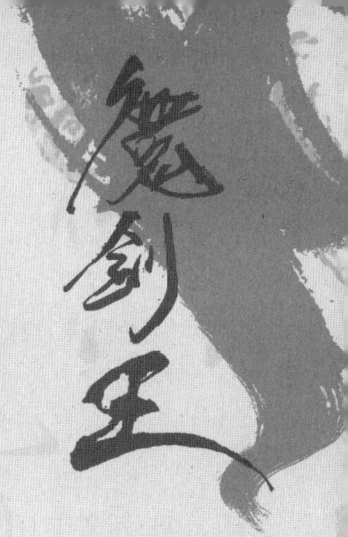

 가시거리가 불과 오 미터도 되지 않는다는 점에서 달라진 것은 없었다. 어둠 대신 뿌연 핏빛 안개가 자리했을 뿐. 안개는 우리의 피부에 닿아 핏방울로 액화되었다.
 그렇게 생긴 핏방울들은 옷과 머리칼을 붉게 적셨고, 십오여 분이 지난 지금은 수도꼭지를 반쯤 틀어놓은 것처럼 코와 턱 끝에서 지면으로 뚝뚝 떨어져 내리고 있다.
 지면은 보다 더욱 질퍽해졌다.
 바위나 나뭇가지는 피로 번질번질거렸다. 누군가가 일부러 못된 장난질을 해놓고선 우리의 반응을 살피고 있다는 기분이 들었다.

그렇다면 그놈은 지금쯤 낄낄거리며 웃고 있을 것이다. 우리 모두 경직된 얼굴로 주위를 두리번거리고 있으니까. 잔뜩 겁먹은 쥐새끼 같겠지.

어쨌든 우리는 괴기한 울음소리를 쫓아서 걸었다. 애벌레 같은 것이나 혹 다른 무엇이 더 있을지 몰라 경공은 자제했다. 한 발자국 한 발자국 신중하게 옮겼다.

설아와 같이 앞장서 걷던 색목도왕이 문득 걸음을 멈췄다. 그는 피 안개가 낀 이후로 다른 이들처럼 횃불 대신 도를 쥐고 있었다.

색목도왕과 설아는 무언의 눈빛을 교환한 다음, 설아가 뒤로 몸을 돌렸다. 식은땀인지 안개 핏방울인지 모를 액체를 흘리며 곤란한 기색을 띠었다.

"교주님. 아무래도……."

"같은 자리를 뱅뱅 돌고 있는 것 같군."

나는 설아의 말을 받아 이었다.

지금 전방에 보이는 바위만 봐도 그렇다. 입을 쩍 벌리고 있는 아귀를 연상케 하는 그 모습은, 꼭 조각칼로 새겨넣은 듯 신기하게 깎여져 있어서 선명하게 기억하고 있다. 지금이 저 바위를 세 번째 보는 것이다.

"하면 우리가 모르는 진(陣)에라도 빠진 것인가?"

"진법은 아니옵니다."

색목도왕이 확신에 찬 목소리로 끼어들었다. 그러나 뒷말을 잇지 못하고 눈동자만 뒤룩뒤룩 굴렸다.

수십 명의 무림 고수들이 겨우 십오 분 만에 길을 잃었다. 진법이 아니라면 무엇으로 설명될 수 있을까? 왜 진법이 아닌 것 같냐고 되묻자, 색목도왕은 이곳에 진법 고유의 기운이 서려 있지 않다고 대답했다.

그렇다면 이 상황을 설명할 수 있는 게 없었다. 그러던 와중 단원들 중 한 사람의 목소리가 들렸다.

"우리 모두 귀신에 홀린 게 틀림없어."

'아······.'

대번에 모두가 허둥대기 시작했다. 나까지도 그 말이 정답일 수도 있겠다 싶었다.

우선은 아귀를 닮은 바위 앞에서 멈췄다.

지금처럼 한 치 앞을 보기 힘들 때 길을 잃고 헤매다가는 실족 추락하거나, 체력이 소진되어 피로동사할지도 모르기 때문이다. 그건 무공 고수라고 해도 예외가 아니다.

"길을 잃었다는 걸 인정하고 왔던 길을 되돌아가는 게 좋겠군."

나는 색목도왕에게 말했다.

색목도왕이 뭐라 대답하려던 찰나였다.

"교주님."

염왕손이 가까이 다가와 말했다.

그는 우리가 길을 잃었다는 사실을 깨달았을 때보다 더욱 곤란한 얼굴을 하고 있었다. 그러고 보니 단원들이 속닥거리는 소리가 점점 커지고 있었다.

염왕손은 우리가 왔었던 쪽, 더러운 계곡물이 요동치며 시끄러운 소리를 내고 있는 그쪽을 흘깃 바라본 후에 일그러진 얼굴로 말했다.

"단원 한 명이 또 사라졌습니다."

'또?'

순간 참혹했던 참부의 시신이 떠올랐다. 이상하게 주위의 피비린내가 더욱 짙어지는 기분이었다.

"그게 무슨 말인가?"

색목도왕이 바로 눈을 부라렸다. 난처해진 염왕손의 얼굴을 보고 나는 예감했다. 이번에도 어떻게 실종되었는지 아무도 모르는구나.

실종된 자의 이름은 진광면. 실종 추정 시간은 대략 오 분 전.

그는 식량을 짊어진 다섯 명 중에 일 인으로 제일 후미에서 따라오고 있었던 단원이었다. 바로 오 분 전까지만 해도 그를 보았던 이가 있었다. 그러니까 그는 우리가 멈춰선 직후에 사라진 것이었다.

"모두가 다 같이 있었는데 사라지다니. 그게 말이 된다고 보는가?"

색목도왕이 목소리를 높였다.

시선들이 몰리는 것을 느끼고는 낮아진 목소리로 염왕손을 몰아세웠다.

"염왕손. 그대는 대행혈마단주가 아닌가. 대체 단원들 관리를 어떻게 하는 것인가. 불과 반 시진 전에 단원 한 명의 시신을 수습했다. 그런데 또 실종이라니. 또 한 구의 시신을 수습해야 한다는 말인가?"

"송구합니다."

"그대도 알다시피 수색대를 뽑을 여건이 되지 못한다. 없어지면 없어진 대로 내버려둘 수밖에 없는 곳이다. 이곳은……."

색목도왕이 말을 끝마치지 않고 입을 다물었다.

저 어딘가에 실종된 이가 있을 테지만 나설 수 없는 상황이 분한 모양이다. 그는 몹시 화가 난 듯한 표정으로 눈을 부릅뜨며 계곡 쪽을 노려보았다. 색목도왕의 불끈 쥔 주먹이 부르르 떨렸다.

그건 나도 마찬가지였다.

이를 악물면서 숨소리만 내고 있자 설아가 말을 건네왔다.

"괜찮으세요?"

아닌 척하고 있지만 그녀도 불안해 보였다. 나는 소매로 설아의 뺨에 맺힌 핏방울들을 닦아 내며, 등 뒤로 들려오는 소리에 귀를 기울였다.

"나는 참부와 진광면이 어떻게 사라진지 알 것 같아."

소리를 죽인 작은 목소리들에서 불안함이 잔뜩 배어나왔다.

"어떻게?"

"쥐도 새도 모르게 이 밑으로 잡아당기는 거야. 그러면 흔적도 없이 사라지게 되지."

"이 땅 밑으로?"

"그래. 처음부터 기분이 나빴어. 질퍽거리는데다가 심한 악취까지. 우리는 이 냄새를 알고 있어. 사람 시체 썩는 냄새야. 이 땅 밑에서 수만 구의 시체들이 썩고 있는 게지. 마물들이 사냥한 사람들 말이야. 참부나 진광면처럼."

"……"

"방심하면 그렇게 돼. 그러니까 땅을 주시해. 언제 마물의 손이 튀어나올지 모르고……"

나는 거기서 "그만!"하고 둘의 대화를 잘랐다. 평상시라면 웃어넘길 소리가 지금은 진담으로 여겨지고 거기에 목을 매게 된 것이다.

불안함이 전염병처럼 퍼지다가는 결국에 자멸할지도 모른다.

그런 악몽이 이곳에서라면…….

그 말이 곧 사실이 될 것만 같았다.

내 얼굴을 읽은 설아가 낭랑한 목소리로 외쳤다.

"허튼소리를 퍼트리는 자는 교법에 의해! 당장 이곳에서 처벌할 것이다."

그제야 수군거리던 소리가 사라졌다.

우리는 삼십 분가량을 서서 사라진 단원을 기다렸다. 혹 그가 다시 되돌아올지도 모른다는 기대감 때문이었다.

한 번씩 나는 상당한 내력을 담은 목소리로 단원의 이름을 크게 부르짖곤 했다. 그러나 아무런 소득이 없었다.

하는 수 없이 다시 길을 떠나야 한다.

* * *

꿀꺽.

누군가 마른침을 삼키는 소리가 요란스레 울렸다. 나는 바닥에 떨어진 혈마교 무복을 집어 들었다. 그것에는 체온이 고스란히 남아 있었다.

"이게 어떻게 된 일인가?"

"……"

내 손에 들린 무복을 바라보고 있는 단원은 귀신을 본 이처럼 넋이 나가 있었다.

"귀검!"

염왕손이 단원의 이름을 크게 외쳤다.

그러자 흐릿했던 단원의 눈동자가 나를 쳐다보았고 황급히 고개를 숙였다.

그의 어깨가 파리하게 떨렸다.

나는 손에 쥔 무복을 그의 눈앞에서 살랑살랑 흔들었다. 무복의 움직임에 따라 그의 눈동자도 좌우로 움직였다.

"이 무복의 주인이 누구인가?"

"위, 위묘이옵니다."

"너는 그의 뒤에서 바로 따라오고 있었고?"

"예."

"한데 위묘는 옷만 남겨두고 어디로 갔단 말인가?"

"그것이……."

단원은 도움을 요청하는 눈빛으로 주위 사람들을 두리번거렸다. 그러나 아무런 도움을 받을 수 없다는 것을 알아차리고는 황망히 입을 열었다.

"눈앞에서 사라졌습니다."

단원은 자신의 대답이 부족하다고 느꼈는지, 서둘러 부연설명을 했다.

"위묘는 하교의 앞에서 걸어가고 있었습니다. 그런데 눈 깜짝한 찰나, 그 짧은 순간에 갑자기 사라졌습니다. 무복과 짐만 동그라니 남아서 바닥으로 떨어졌사옵니다. 혈마신께 맹세코 진실이옵니다."

단원의 절실한 얼굴로 보아 그가 거짓말을 하고 있는 것 같지는 않았다.

모두가 우리의 대화에 귀를 기울이고 있었다. 마물이 잡아갔다며 속닥거리는 소리들이 여기저기서 들려왔다.

귀가 간지러워졌다.

몇 번을 다시 물어도 마찬가지였다.

그는 똑같은 말만 되풀이했고 단원들의 속삭임에 물든 불안함도 점점 더욱 짙어져갔다.

"이러다 모두 마물의 먹잇감이 되고 말거야."

누군가의 말소리가 들렸을 때, 색목도왕과 몇몇 단원이 주변 정찰을 마치고 돌아왔다.

그들의 안색은 더 어두워져 있었다. 조그마한 흔적도 찾지 못한 모양이다.

색목도왕은 핏방울이 송골송골 맺힌 앞머리를 옆으로 빗어낸 다음 내게 포권했다.

"근방에는 없습니다."

긴장한 그의 목소리가 평소보다 갈라졌다. 그는 도를 움켜쥐고는 붉은 안개 너머를 흘깃 바라보았다.

내가 말했다.

"단원의 말로는 갑자기 눈앞에서 사라졌다더군. 땅으로도 하늘로도 아니야. 눈을 깜빡인 그 짧은 순간에 단원은 원래부터 없었던 사람처럼 사라지고 무복만 남았다. 말도 안 되는 일이야. 하지만 상식대로 생각하면 안 돼. 여기는 정말이지 할 말을 없게 만드는 곳이군."

조금만 거리가 벌어지면, 단원들의 모습은 붉은 안개에 묻혀 희미한 형체만 보였다. 흩어지지 않도록 그들을 한자리에 모으는 염왕손의 목소리가 들렸다.

 꼭 영화 속의 좀비처럼 흐느적거리면서 내 앞으로 몰려들기 시작했다. 또렷해진 그들의 얼굴은 겁에 질려 있었다. 언제 자신들도 사라질지 모른다는 막연한 공포가 그들의 표정에서 느껴졌다.

 염왕손이 단원들을 진정시키고 있는 사이, 색목도왕이 주인 잃은 무복을 매만지며 말했다.

 "한 명은 사망했고 두 명은 실종되었습니다. 지금 당장 또 이런 일이 일어난다 할지라도 조금도 이상하지 않을 것입니다. 대책을 강구해야 하옵니다."

 나는 색목도왕과 설아를 번갈아 바라보았다. 이 둘이 갑자기 사라지기라도 한다면······.

 이가 악물어진다.

 "······?"

 "우선은 개인 활동을 금지시켜야 하옵니다. 소피를 보러 갈 때도 무조건 둘 이상과 함께해야 하고, 셋을 한 조로 묶어 평상시에는 절대 조원들과 떨어지지 않도록 해야 하옵니다."

 두 눈 멀쩡히 뜨고 있는 도중에 한 사람이 증발했다. 과연 조를 이루어 움직이는 것에 효용성이 있을지는 의문이지만, 그것이 지금 할 수 있는 최선의 방법이었다.

 나는 염왕손을 불러 명령을 내렸다.

 염왕손은 단원들을 신속하게 칠 개조로 나누고 무슨 일이 있어도 함께해야 한다고 신신당부했다. 나와 색목도왕 그리고 설아도 함께 움직이기로 했다.

　서로 태연한 척 무덤덤한 얼굴로 앞을 바라보며 걷지만 불안함은 입에서 말로만 흘러나오는 것이 아니다. 숨소리에, 요동치는 심장소리에, 그리고 서로 붙잡은 손의 체온 속에서 진득이 배어 흘렀다.

　두근! 두근!

　어느 순간 나도 모르게 검집을 강하게 움켜쥐고 있었다.

　익숙한 길이 펼쳐졌다.

　다시 아귀를 닮은 바위 앞에 이르렀을 때, 모두의 얼굴이 일그러졌다.

　"또 여기야……."

　누군가 말했다.

　이번이 네 번째 걸음이었다.

　길을 잃었다는 표현보다는 누구의 말처럼 귀신에 홀렸다는 표현이 옳을 것이다. 그렇지 않고서야 우리가 길을 잃은 이 상황은 어떤 말로도 설명이 되지 않는다.

　길을 잃은 무공 고수라니……. 우습다는 생각이 들지만 얼굴은 점점 굳어져갔다.

　나는 아귀 바위 앞에 멈춰 섰다. 뒤따라오는 희미한 형체들의 수를 눈으로 셌다. 칠 개조 스물한 명. 아직까진 다른 실종자가 나오지 않았다.

"아직도 똑같은 곳을 맴돌고 있군. 색목도왕. 모두 휴식을 취하도록 해라."

"옛!"

우리 모두 정신을 바로잡을 시간이 필요했다.

단원들은 바위나 썩은 나무에 몸을 기대며 자리를 잡았다. 그리고는 내 명령을 하달 받은 단원 하나가 건네기 시작한 수통을 받아들었다.

벌컥벌컥.

여기저기서 목을 축이는 소리가 들려왔다.

정신을 차리기 위해 눈에 맑은 물을 붓는 이도 있었고, 옷을 찢어 물에 적신 다음 병기를 손질하는 이도 보였다.

나도 설아가 가져온 수통을 받아들었다. 그 안에서 물이 찰랑거리는 소리가 듣기 좋았다. 마개를 열고 한 모금 목구멍 속으로 흘려보냈다. 차가운 물이 식도를 지나가는 것이 유난히 잘 느껴졌다.

조금이나마 정신이 맑아지는 기분이 들었다.

나는 우리가 처한 상황을 되짚어보았다.

괴기한 마물의 울음소리, 살아 움직이는 그림자, 피를 흘리는 거목, 시신으로 발견된 참부, 피 안개와 갑자기 사라진 두 사람, 헤매고 있는 좁은 산길. 그리고 생기라고는 눈곱만큼도 없는 죽음의 공간들.

여긴 정말이지 기괴한 곳이다.

214

죽은 자들이 심판을 받기 전에 잠시 머무르며 잠벌(暫罰)을 받는다는 곳이 어디더라? 이승과 저승의 중간 단계쯤인 그곳? 그래. 연옥(煉獄).
 연옥이 실재한다면 아마도 이곳과 비슷한 곳일 것 같았다.

 색목도왕이 한 손에는 수통을, 다른 한 손에는 도를 움켜쥔 채 조용한 목소리로 말했다.
 "교주님. 비록 안개가 짙다 하나 방향감각을 잃은 것도 아니었습니다. 그런데 우리는 고작 오 리도 되지 않는 좁은 지역에서 맴돌고 있습니다."
 "말도 안 되는 일이야."
 내가 대답했다.
 "어떻게 이런 이런 일이……."
 "소마의 생각으론, 이 괴이한 숲이 저희에게 장난을 치고 있는 것 같습니다. 저희를 여기에 가둬놓고 어떻게 나오나 구경을 하고 있는 거지요."
 "아니면 우리를 여기서 피 말려 죽이려는 것일 수도 있고."
 "예."
 색목도왕이 당연하다는 듯이 대답했다.
 그때 설아가 머리에 맺힌 핏방울을 손바닥으로 훑어 내리면서 입술을 열었다. 피 안개로 인해 설아의 머리칼이 찝찝하게 엉켜 있었다.

"돌이켜 생각해 보면 안개가 나타난 직후부터 여기에 묶이게 됐어요. 안개가 사라지면 여기서 빠져 나갈 수 있지 않을까요? 정체불명의 이곳에서 방황을 하기보다는 여기서 안개가 걷힐 때까지 기다리는 것이 좋을 것 같아요."

설아의 자신 없는 얼굴과는 달리 그 말은 일리 있게 들렸다.

"안개가 걷힐 때까지라면 다시 어둠이 찾아오길 기다리자는 말이지?"

"예."

설아가 색목도왕을 흘깃 쳐다보다 고개를 끄덕였고, 색목도왕이 대답했다.

"좋은 의견입니다."

우리는 전에 했던 방식대로 주위에 터를 잡았다. 질퍽한 땅을 파서 그 안에 나무판을 깔고 모포로 벽을 두른다. 그러면 제법 휴식처로서 모양새가 나왔다.

그러고 보니 이제야 코가 마비되었는지 토양에서 나는 악취와 안개에 퍼진 피비린내에도 더는 속이 울렁거리지 않았다. 다른 사람들 또한 마찬가지였다. 배급 받은 말린 고기를 질겅질겅 씹으면서 볼멘소리 하나 없었다.

이상할 정도로 조용해졌다.

그래서 색목도왕과 염왕손이 작대기 하나씩을 쥐고 바닥에 끼적이며 나누는 작은 대화소리가 크게 들렸다.

다시 밤(?)이 되기를 기다리기로 했지만, 둘은 넋 놓고 앉아 있기에는 마음이 놓이지 않은 모양인지 잃은 길에 대해서 대화를 나누는 중이었다.

스스스스.

피비린내를 동반한 서늘한 바람이 불어왔다.

그때 약속이라도 한 듯 색목도왕과 염왕손이 입을 다물었다.

누가 시키지 않았지만 이상한 기분이 들었다.

그렇게 갑자기 찾아온 정적 속에서 우리는 전방을 주시했다.

그때 피 안개 속에서 뭔가 흐릿한 형체가 보였다.

눈을 부릅뜨고 다시 보았다.

두 사람의 형체였다.

느릿하게 이쪽으로 걸어오는 그 모습에 단원들이 병기를 움켜쥐며 벌떡 일어섰다.

염왕손과 눈이 부딪쳤다. 나는 서둘러 염왕손에게 손을 들어보였다. 공격 대형을 갖추라는 수신호다. 염왕손도 단원들에게 수신호를 보냈다.

단원들은 그간 겁에 질려 있던 것과는 달리 때가 되자 민물고기처럼 튀어 올랐다. 구덩이 밖으로 튀어 오른 그들은 일사분란하게 움직여 대형을 갖췄다.

나도 공력을 극성으로 끌어 올릴 준비를 마치고선 두 형체를 노려보았다. 그것들은 점점 가까워지고 있었다. 이윽고 두 형체가 피 안개를 뚫고 가시거리 안으로 들어왔다.

둘은 아무것도 입지 않았다.

대신 얼굴과 몸에 이곳의 질퍽한 토양이 덕지덕지 발라져 있었다. 그렇게 둘은 망연자실한 얼굴을 하며 아주 느릿한 걸음을 유지하고 있었다.

"진광면!"

"위묘!"

단원들이 반가운 목소리로 외쳤다. 사라졌던 단원 둘이 한 번에 돌아온 것이다.

"죽지 않고 살아왔구나!"

천만다행이다.

단원들이 둘을 향해 겨누고 있던 병기를 거뒀다.

"저들이 돌아왔어요."

나는 설아의 목소리를 들으며 공력을 풀었다. 대행혈마단주 염왕손도 얼굴에서 긴장이 풀어졌다. 그는 검을 검집에 집어넣은 다음 앞으로 걸어나갔다.

"진광면. 위묘. 잘 돌아왔다. 어떻게 된……."

돌아온 두 단원의 우뚝 선 자세를 보면 평상시와 다름없었다. 그런데 자세히 보니 눈이 문제였다. 흰자위는 없이 눈 속이 온통 칠흑같이 검었다.

염왕손도 그것을 알아차렸는지 반가운 목소리를 그쳤다.

그때였다.

파파팟!

갑자기 둘이 염왕손에게 몸을 날렸다.

걸어올 때처럼 느릿한 동작이 아니었다.

비호같은 속도로 날아들어 눈 깜짝한 사이 염왕손에게 손을 뻗고 있었다. 염왕손이 반사적으로 몸을 비틀었다. 하지만 한 놈의 손이 어깨를 할퀴고 지나갔다.

"큭!"

그 뒤를 이어 다른 놈이 염왕손의 목을 향해 손날을 휘둘렀다.

손끝에 위협적인 기운이 아련하게 서렸다.

붉은 강기!

속도도 속도지만 그의 공력이 얼마나 위험한지 단번에 느낄 수 있었다.

뿐만 아니라 처음 염왕손을 공격했던 놈은 그대로 염왕손을 스쳐 지나가 단원들의 무리 속으로 파고들었다. 갑작스럽게 솟구치는 핏줄기가 시선에 들어왔다.

'젠장할!'

나는 염왕손의 목을 노리는 놈에게 일권을 뻗으며 발을 튕겼다.

스스슷!

권기가 일직선으로 뻗어나갔다. 그러나 놈의 손날은 이미 염왕손의 목 언저리에 닿아 있었다. 염왕손이 최대한 빠르게 몸을 옆으로 기울였다. 놈의 손날이 염왕손의 목 대신 어깨골 사이를 파고들었다.

"크악!"

염왕손이 비명을 터트렸다. 그 순간 내가 날린 권기가 놈의 전신을 덮쳤다.

쾅!

놈이 권기를 맞고 뒤로 튕겨 날아갔다. 피 안개 속으로 파묻혀 버린 놈을 뒤로 하고 염왕손을 끌어안았다.

"염왕손!"

왼팔 전체가 축 늘어져 덜렁거렸다. 왼 어깨골이 완전히 파괴된 것이다.

"괜……찮습니다."

염왕손이 말했다.

나는 곧 그의 말뜻을 알아차렸다.

붉은 아지랑이가 피어오르더니 부상 부위를 감싸기 시작했다.

더욱이 쉴 새 없이 흘러나오던 피가 역으로 부상 부위를 향해 빨려 들어갔다. 지난번 대회장에서 보았던 기이한 능력이 지금 코앞에서 펼쳐지고 있었다.

뒤에선 색목도왕과 설아 그리고 단원들이 다른 놈을 가운데 두고 접전을 벌이는 중이었다.

'정신 차려!' 라는 말을 할 수 있는 상황이 아니다.

무차별했다.

놈은 원숭이처럼 재빠르게 피하고 악마처럼 섬뜩한 공격을 퍼부었다. 모두를 상대하고 있는 그의 무위는 대단해 보였다.

대체 무슨 일이 있었던 것일까?

어떻게 일개 단원이 모두를 상대할 만큼 강해져 버린 것일까.

그것도 한두 시간 안에 말이다.

그래그래.

그런 것은 둘째 치고 왜 우리를 공격하는 거지?

의문들이 꼬리에 꼬리를 물었다.

스으읍!

나는 숨을 길게 들이마시며 고개를 들었다.

내 권기를 맞은 탓에 놈이 숨을 헐떡이며 나타났다. 놈에게선 나를 향한 어떠한 적의도 느껴지지 않았다. 그저 무표정하게 검은 눈으로 나를 바라보고 있었다.

네가 내 앞에 있으니까 죽일 뿐이다. 놈의 눈은 꼭 그렇게 말하고 있는 듯했다. 나는 놈의 양손에 어린 강한 공력을 느끼며 공력을 끌어 올렸다.

화락!

십이양공의 열기가 몸 전체로 퍼졌다.

놈이 거기에 반응하듯 고개를 까닥이더니 지면을 스치며 날아왔다. 이제 놈은 내 수하가 아니었다. 놈은 손끝을 뻗으며 살수를 펼쳤다. 고개를 숙여 피하자 강기가 머리카락 몇 가닥을 자르며 스치고 지나갔다.

'점혈한다.'

나는 입술을 질끈 깨물며 재빠르게 손가락을 튕겼다. 틀림없이 놈의 정촉혈(精促穴)에 탄지(彈指)가 부딪혔다. 그런데도 놈은 아무 일도 없었다는 듯 손날을 휘둘렀다.

명왕단천공의 이미지가 머릿속에서 번뜩였다. 나는 놈의 손날을 피하며 가슴 깊이 파고들었다.

쉬익!

허리를 향해 주먹을 휘둘렀다. 주먹으로 극성의 공력이 터져 나왔다. 놈을 집어삼킬 권기가 거대한 모습으로 발출돼서 놈의 전신을 감쌌다.

팡!

주먹이 놈의 몸에 닿았다.

과연 놈은 두꺼운 호신강기를 두르고 있었다. 강한 공력이 튕겨져 나오려는 것을 더욱 힘을 줘서 밀어 넣었다. 내가 밟고 선 자리에 강렬한 진동이 일었다.

놈은 고통스러울 텐데도 무표정으로 내 정수리를 내려치려 했다. 팔을 휘둘러 놈의 손을 떨쳐 버린 다음, 놈의 허리 깊숙이 일권을 먹였다.

놈의 허리가 꺾이는 순간 쾅! 하는 소리와 함께 일대의 지면이 하늘로 튀어 올랐다. 질퍽한 그것들은 비가 되어서 후둑둑 떨어져 내렸다. 그 사이로 몸을 일으키는 염왕손의 모습이 보였다. 염왕손과 나는 눈빛을 교환했다.

튕겨져 나가려는 놈의 허리를 양손으로 움켜잡았다. 놈이 손아귀에서 벗어나려고 발버둥쳤다.

십성 공력에 당했던지라 놈은 더 위협적이지 못했다. 내 몸을 할퀴어댔지만 호신강기를 뚫지 못하고 놈의 손톱만 망가져 갔다.

"교주님!"

부상에서 회복한 염왕손이 검을 꺼내들고 나타났다. 그는 단번에 놈의 목을 향해 검을 휘둘렀다.

쉬이이익.

깔끔하게 그어졌다. 피가 솟구쳤고 놈의 목이 땅으로 떨어졌다. 허리를 움켜잡은 손을 풀었다. 놈의 육중한 몸이 그 자리에서 무너져 내렸다.

"설아!"

나는 반사적으로 외치며 몸을 틀었다.

팔 하나를 잃은 놈이 피를 여기저기 흩뿌리며 뛰어다니는 게 보였다.

어깨와 복부에는 누군가의 검이 박혀 있고, 등 뒤에는 뼈가 보일 정도로 깊게 패인 상처가 드러나 있었다. 확실히 놈의 움직임은 둔해졌다.

내가 합류하기 위해 몸을 날리는 순간, 색목도왕이 놈의 허리를 갈랐다.

천력마도.

패력적인 힘에 놈의 몸이 양분되었다. 절단된 곳에서 흘러나온 피가 끊임없이 땅으로 스며들었다.

색목도왕은 힘든 표정으로 시신을 내려다보고 단원들은 부상 입은 동료들을 추스르기 시작했다.

설아도 예외는 아니었다. 등 쪽으로 다섯 손톱에 할퀴어진 자국이 선명했다.

그러나 흥분 상태라서 내가 말해줄 때까지는 자신이 부상 입은 줄도 몰랐다. 내가 말해 주고 나서야 그녀는 얼굴을 일그러트리며 몸을 비틀거렸다.

나는 황급히 그녀를 부축했다.

"대체 무슨 일이 있었던 거죠······."

설아가 힘없이 말했다.

그때였다. 그녀의 물음에 대답하기라도 한 듯, 사방에서 작은 웃음소리가 들렸다.

키득키득.

소름이 끼치는 소리였다. 나는 온몸의 털이 쭈뼛 서는 느낌을 받으며 사방을 두리번거렸다. 하지만 피 안개에 가려서 아무것도 보이지 않았다.

비로소 우리는 우리 손으로 단원을 죽였다는 사실을 깨달았다.

　　　　＊　　　＊　　　＊

　터져 나오려는 신음을 참기 위해 이를 악물고 있다지만 "끄으윽." 하는 메마른 소리들이 새어나온다. 단원 몇은 부상 입은 동료를 치료하고, 다른 이들은 색목도왕과 염왕손을 도와 진광면과 위묘의 시신을 수습하는 중이었다.

　나는 설아의 등에 금창약을 발랐다. 설아의 고개가 푹 숙여졌다. 고통으로 일그러진 얼굴을 보여주기 싫어서일 것이다. 파르르 떨리는 그녀의 등을 안아주고 싶다는 생각이 들었다. 하지만 상처 때문에 그렇게 할 수 없었다.

　"그건 무슨 소리였을까요?"

　앞에서 설아의 목소리가 들렸다. 태연한 척하려 해도 음성이 불안정했다.

　"웃는 소리였어."

　단 한 번밖에 들려오지 않았다. 키득키득 한 번 웃고는 사라져 버렸다.

　그것만으로도 우리는 큰 공황에 빠졌다. 한참을 멍하니 있다가 겨우 정신을 차린 게 지금이었다.

　"마물……. 아니, 귀신일까요?"

　"아마도."

　나는 간단하게 대답했다.

　마물이든 귀신이든 중요하지 않다고 생각했기 때문이다.

중요한 건 고양이가 쥐 가지고 놀듯 이곳의 뭔가가 우리들의 목을 죄어오고 있다는 것이다.

웃음소리의 여파 때문에 자꾸만 사방이 신경 쓰였다. 뭔가가 저 뻘건 안개 속에 숨어서 우리를 응시하고 있는 것 같았다.

시신을 수습한 색목도왕과 염왕손이 내게 다가왔다. 둘의 어깨 너머로 천에 감싸진 시신들이 보였다. 그 옆으론 일찍이 사망한 참부의 시신도 있었다.

"수고가 많았다."

"아니옵니다."

색목도왕과 염왕손이 동시에 대답했다.

"부상자는?"

"넷은 경미하나 다섯은 큰 부상을 입어 당분간 움직일 수 없을 것 같습니다."

'큰일이군.'

나는 속으로 생각했다.

애벌레를 밟았던 단원까지 합쳐서 여섯이 움직일 수 없게 되었다. 거기다 셋이 사망했으니, 온전한 이들의 수는 불과 이십 명 중 열한 명에 불과했다. 여기에 온 이후로 고작 하루도 지나지 않았건만 반절이나 그렇게 되었다.

온전한 열한 명 중 여섯은 부상자를 옮겨야 한다. 그래서 이동할 때에는 혈마교에서 가지고 온 식량과 물 그리고 일용품들 중 태반을 버려야 할 판이었다.

 상황이 점점 나쁘게 치닫는다.

 부상자를 봐서라도 다시 혈마교로 돌아가야 하는 것은 아닐까? 그 생각이 한 번씩 고개를 들이밀곤 했는데, 지금 또한 마찬가지였다.

 아득.

 입술을 질끈 깨물며 처음의 각오를 되새겼다.

 돌아가도 어차피 다시 이곳에 와야 한다.

 천 명을 데리고 온들 똑같은 상황이 반복될 것이다.

 그렇다고 나 혼자 남겠다는 건 색목도왕과 설아가 절대 수긍하지 못할 것이다.

 이들을 데리고 온 이상 답은 처음부터 하나였다. 이대로 강행 돌파하는 수밖에 없다.

 "단원들이 혼란스러워하고 있군."

 그렇지만 어쩔 수 없다.

 나는 마음을 굳게 먹었다.

 "예. 사라졌던 둘이 갑자기 알몸으로 나타나서 공격을 해오니, 어찌 혼란스럽지 않겠습니까. 더군다나 무척이도 강해져서 돌아왔습니다. 소마도 단원들이 있었기 때문에 간신히 상대할 수 있었습니다."

 색목도왕이 말을 계속했다.

 "교주님께서도 그 검은 눈을 보셨습니까? 귀신에 씌인 것이

틀림없었습니다. 그리고 그 웃음소리……. 우리가 우리 손으로 단원을 죽이자 재미있다는 듯이 웃었습니다. 어쩌면 우리는 생각보다 더욱 지독한 곳에 온 것인지도 모르겠습니다."

나는 묵묵히 고개를 끄덕이다 입을 열었다.

"항마부적(抗魔符籍)이라도 가져올 것을……."

우스갯소리로 한 소리였지만 누구 하나 웃지 않았다. 오히려 분위기가 더 깊은 수렁 속으로 가라앉았다.

얼마나 지났을까?

손목시계가 원인도 없이 고장 나서 자세한 시간을 알 수 없었다. 대충 서너 시간 정도 지났을 무렵. 거짓말처럼 피 안개가 걷혔다.

어둠이 자욱하게 깔렸다.

깜깜해서 아무것도 보이질 않았다. 누군가 부싯돌을 부딪치는 것을 시작으로 짝을 이룬 조들이 모닥불을 피우기 시작했다. 하지만 아직 안개 기운이 남아 있어 불이 잘 붙지 않았다. 딱딱 부딪치는 부싯돌소리만 요란해졌다.

어렵사리 모닥불을 피운 이들은 주위에 둘러앉아 축축이 젖은 옷을 말렸다.

나는 설아의 부상이 신경 쓰였다.

그녀는 괜찮다고 말하지만 몸을 떠는 게 유독 심해졌다. 내상의 증상이다.

어둠이 찾아오고 추위가 더해지면서 내상에 찬바람이 스며

들고 있었던 것이다.

나는 설아의 몸에 십이양공의 열기를 불어넣었다. 겨우 설아의 얼굴에 화색이 서서히 감돌았다.

그녀 외에도 단원 셋이 똑같은 증상을 보였다.

모닥불 가까이 달라붙어 있어도 몸을 떠는 증상이 멈추질 않았던 그들은 내 열기를 받아 진정할 수 있었다. 영광이라는 그들의 말에 괜스레 미안한 마음이 들었다.

나는 단원들과 같이 모닥불을 쬐고 있던 염왕손을 가까이 불렀다. 그가 자리에서 일어나자 덩달아 그림자도 커져서 바람과 함께 흔들거렸다.

"부르셨습니까?"

"단원들의 상태는 어떠한가? 이제 이동할 수 있겠는가?"

"많이 진정되었습니다."

"하면 일다경 후에 이동할 것이다. 단주인 너는 단원들에게서 눈을 떼지 마라. 또다시 단원이 사라져서는 아니 될 것이고, 이상한 징후가 보이면 바로 고하라. 그리고 이미 겪어봐서 알겠지. 그림자를 주시하라. 알겠는가? 염왕손."

"옛!"

모처럼 염왕손이 힘차게 대답했다. 나는 그가 단원들의 무리 속으로 되돌아가는 것을 바라보다 모닥불로 시선을 옮겼다.

잘도 타들어가고 있다.

모닥불에서 이는 빛에 내 그림자가 옆으로 기울었다.

색목도왕과 설아는 모닥불에 그림자가 생기는 순간부터 계속해서 그림자를 경계하고 있었다. 둘은 언제든 그림자를 찌를 준비가 되어 있었다. 나도 그림자를 가만히 바라보기 시작했다.

그러던 중이었다.

몸이 무거워지는 기분이 들었다. 눈이 침침해지면서 몸이 무기력해지기 시작했다.

시선에 들어온 광경들이 흔들거렸다. 정신을 차리기 위해 내력을 일으켰다. 눈에도 힘을 줘서 강하게 감았다 떴다.

깜빡.

흔들리던 광경이 제대로 돌아왔다. '잠시 현기증 비슷하게 일었던 모양이다.'라고 생각이 들었을 때, 뭔가 이상한 기분이 들었다. 고개를 들어 주위를 두리번거렸다.

그리고 알아차렸다.

"아앗!"

주위에 아무도 없었다.

모닥불들 주위에 옹기종기 모여 있던 단원들이 거짓말처럼 증발했다. 바로 내 옆에 있던 색목도왕과 설아도 사라지고 없었다. 바로 몇 초 전까지만 해도 그들은 모닥불을 쬐고 있었다.

그런데 아무런 소리도 없이 그리고 흔적도 없이 거짓말처럼 사라져 버리고 말았다.

불과 몇 초 만에 그럴 수가!

진광면과 위묘처럼 모두 순식간에 사라져 버린 것일까?

'말도 안 돼.'

나는 있을 수 없는 일이라고 생각했다.

그러나 두 눈에 들어오는 것은 외로이 타는 모닥불뿐이었다.

심장이 철렁하고 내려앉았다.

* * *

어둠에 어둠 그리고 또다시 어둠.

그러니까 시간으로 치자면 오 일쯤 흘렀다. 그동안 설아와 색목도왕 그리고 단원들을 찾기 위해 무던히도 숲을 헤집고 다녔다. 그런데도 나는 티끌만 한 흔적 하나 찾질 못했다.

지난밤에는 악몽을 꿨다.

꿈속에서 나는 설아를 겨우 찾았는데, 설아의 눈이 온통 새까맸다. 진광면과 위묘가 그랬던 것처럼 설아도 나에게 무차별 공격을 퍼부었다.

설아의 공격을 피하며 정신 차리라고 수백 번을 외친 끝에 식은땀을 뒤집어쓴 채 잠에서 깨어날 수 있었다.

어쨌든! 악몽이라도 설아를 볼 수 있어서 좋았다. 오 일 동안 나는 고독과 싸워왔기 때문이다.

 모두가 사라지니 숲은 적막만 감돌았다.

 한 번씩 들려오던 마물의 울음소리 또한 사람들이 사라지면서 같이 사라졌다. 이제 내게 남은 건 금이 간 검집뿐이었다. 허리춤에서 검집이 덜렁거리는 촉감만이 내가 살아 있음을 알렸다.

 오로지 식사를 할 때만 입을 열었다. 평소에는 본드로 붙여 놓은 것처럼 입술끼리 서로 꼭 달라붙어 있다.

 식사라고 하는 것도 별것 아니다.

 먹을 것 대용으로 겨우 찾아낸 버섯은 흡사 오줌 맛이 났다. 물기를 머금은 그것은 시큼하면서도 짭짤했다. 그마저도 오늘은 찾기 힘들었다. 혈마교로 돌아가면 되겠지만 설아와 색목도왕 그리고 사람들이 사라진 마당에 나 혼자 귀환할 수는 없는 노릇이었다.

 계곡은 더러운 빛을 띠며 아래로 흐르고 있었다. 이 계곡을 계속해서 따라가다 보면 거대한 폭포가 나오고, 먼 쪽은 어둠과 피 안개에 가려 보이지 않는다.

 거기가 이 숲의 끝이다. 전주 시내만 한 크기의 숲은 어디고 어둠에 잠겨 있다.

 '대체 모두 어디로 사라져 버린 것일까……'

 설아가 보고 싶다. 우리가 함께했던 지난밤들이 떠올랐다. 지존천실의 침대에서 우리가 어떻게 서로를 안았는지, 시간이 갈수록 더욱 선명해진다.

언제나 그렇듯 나는 또 후회하기 시작했다.

'여기에 데리고 오는 것이 아니었어. 나 혼자 왔어야 했어.'

그러다 자리에서 일어나 일대를 뛰어다녔다. 그러면 시간이 멈춰 버린 공간에서 나 혼자만 부유하고 있는 기분이 들었다.

그리고 지금.

나는 문득 한 가지 의문을 떠올렸다. 그 의문은 갑자기 나타나 뇌리를 스치고 지나갔다.

'그날……'

거짓말처럼 나 외의 모든 사람이 사라진 그날 말이다. 어쩌면 그날 사라진 것은 다른 사람이 아니라 내가 아닐까……? 진광면과 위묘가 그랬던 것처럼 내가 마물이나 귀신에 씌어 끝없는 어둠 속을 헤매고 있는 게 아닐까?

이유 없는 확신이 들었다. 육감이라고 해야 옳을 것이다. 그 순간 번개를 맞은 것처럼 몸이 빳빳해졌다.

'정말 내가 마물에 씐 것이라면 어떻게 해야 되지?'

머릿속이 텅 비어 버리는 느낌을 받았다.

마치 이 순간을 기다리고 있었던 것일까.

나를 비웃기라도 하듯 사방에서 키득거리는 웃음소리가 들리기 시작했다.

오 일 만에 들려온 소리였다. 그럼에도 불구하고 전혀 반갑지 않았다.

"이 잡것들아. 썩 나오지 못해!"

나는 모처럼 목소리를 터트렸다.

내 목소리는 주위의 웃음소리보다 컸다.

단숨에 웃음소리를 짓누른 다음 쩌렁쩌렁하게 메아리가 울렸다.

바위틈에 꽂아두었던 횃불을 꺼내들어 계곡 쪽으로 뻗었다.

그러자 불빛 아래로 검은 수면이 훤히 드러났다.

부글부글 끓으며 사방으로 튀겼다.

검은 덩어리가 수면 위로 빠끔히 고개를 들이밀더니 이윽고 거대한 몸집을 드러냈다.

사 미터쯤?

고개를 높게 쳐들어야 그 끝이 보일 정도로 거대했다.

온통 진흙 덩어리라 형체가 어떻게 되어 있는지 분간이 되지 않았다.

그것의 몸 전체에서 더러운 계곡 물과 진흙이 뚝뚝 떨어지고 있었다. 마물을 찾기 위해 이곳에 왔기 때문에 놈의 등장이 크게 놀랍지 않았다.

입으로 추정되는 부근이 뻐끔거리며 공기를 들이마셨다. 그때마다 하반부가 작게 부풀었다 줄어들었다를 반복하며 몸에서 진흙들을 떨어트렸다.

진흙이 걷혀지면서 세밀한 윤곽이 잡히기 시작했다.

얼굴, 팔과 다리.

거인의 형상이었다.

분명 그간 들려왔던 웃음소리나 울음소리와는 어울리지 않는 외모였다. 아마도 그 소리들의 주인공은 따로 있을 것이다.

진흙이 뚝뚝 떨어지는 징그러운 외모. 그곳을 바라보다 문득 마물과 눈이 마주쳤다.

주먹만큼 큰 눈이 나를 똑바로 바라보았다. 거리가 조금만 더 가까웠더라면 놈의 눈에 비친 내 모습을 볼 수 있었을지도 몰랐다.

놈이 성큼성큼 수면 밖으로 나왔다.

나도 횃불을 바닥에 꽂아두고 싸울 준비를 했다. 공력으로 놈의 머리 부분을 날려 버릴 심산이었다. 제아무리 마물이라고 하나 머리가 날아가면 살아남지 못하겠지.

'올 테면 와 봐!'

나는 그런 마음으로 두 주먹을 움켜쥐었다. 놈은 그르렁거리는 숨소리와 함께 나를 내려다보았다. 그리고는 바로 통나무같이 거대한 팔을 휘둘렀다.

시위윙.

몸집과 다르게 동작이 빨랐다. 하지만 내 쪽이 더 빠르다.

탓!

제자리에서 발을 튕겨 놈보다 높게 솟구쳤다. 놈이 나를 잡으려고 손을 뻗어왔다. 쫙 펴진 손아귀는 내 전신을 움켜잡을 만큼 컸지만 놈은 애꿎은 허공만 움켜잡았다.

'어딜?'

상당히 높게 뛰어오른 지점에서 놈의 정수리를 향해 명왕단천공을 시전했다.

주먹에서 터져 나온 권기가 폭우처럼 수십 갈래 갈라지더니 매서운 속도로 떨어져 내렸다.

놈이 도망칠 곳은 없었다.

권기는 총알이 되어 놈의 몸을 수직으로 관통했다. 깨알 같이 뚫린 구멍 수십 개가 보였다. 이것으로 끝났다. 거대한 몸과는 달리 놈은 약했다.

하지만 바닥으로 착지하는 순간이었다. 구멍이 숭숭 뚫린 놈의 팔이 내게 날아왔다. 그 와중에 진흙들이 움직이며 놈의 구멍 난 부분을 메우는 것이 아닌가.

염왕손처럼 재생 능력을 가진 놈인 것이다. 나는 허공에서 몸을 비틀며 떨어지는 방향을 바꿨다. 그러자 기다렸다는 듯이 반대편 손이 나타나 나를 낚아챘다.

"크으윽."

강력한 힘이 온몸을 압박했다. 그것뿐이라면 다행이겠는데 놈의 손아귀에서 흘러나오는 진흙들이 귀와 코 그리고 눈과 입속으로 밀려왔다.

그것은 단순한 진흙이 아니었다.

진흙은 체내로 침투해서 위장에 덕지덕지 달라붙었다.

속이 뒤틀렸다.

수백 개의 칼날로 배 속을 긁어대는 고통이 일었다.

어김없이 입에선 피가 흘러나왔다.

"합!"

나는 외마디 외침과 함께 공력을 화산처럼 폭발시켰다. 마물의 손아귀가 살짝 벌어졌다. 그 틈을 비집고 나와 지면으로 떨어졌다. 놈이 발로 나를 짓밟으려는 것을 미끄러지듯 피하며 몸을 꼿꼿이 세웠다.

퉤!

죽은피를 억지로 끌어 올려 내뱉은 다음 지면을 박찼다. 놈을 향해 날아가면서 연달아 주먹을 뻗었다.

쾅쾅!

두 주먹에서 뻗은 공력이 놈의 몸에 부딪쳐 터졌다. 가슴팍이 훤히 뚫렸고 놈의 오른 어깻죽지는 완전히 날아갔다. 놈의 그르렁거리는 숨소리가 더욱 커졌다. 그게 놈의 신음소리인 모양이다.

놈의 발아래에서 몸을 튕겨 목에 일권을 꽂았다. 주먹이 푸욱 하고 깊숙이 들어갔다. 주먹을 꽂고 보니 놈은 뼈가 없었다. 놈의 몸은 온통 진흙으로만 이루어져 있었다.

주먹이 목을 관통하고 지나가 뒤로 나왔다. 사람이라면 반드시 죽을 상황이었으나 놈은 마물이다. 보란 듯이 놈은 내 발목을 움켜잡고 땅으로 내리꽂았다.

급히 호신강기를 몸에 둘렀다.

그럼에도 불구하고 등을 타고 올라온 짜릿한 통증에 뇌가 흔들렸다.

마물이 한 개에서 세 개로 흔들려 보였다. 뒤로 거리를 벌리며 시력이 되돌아오길 기다렸다.

놈의 팔 세 개가 내게 날아왔다. 그것은 두 개로 줄어들었고 결국 한 개로 합쳐졌다. 잠시 어긋났던 시력이 돌아왔을 때 놈의 오른 손아귀 그림자가 전신을 덮치고 있었다. 그 짧은 순간에 마물은 팔이 복구되었다.

뒤로 몸을 눕혔다. 얼굴 위로 놈의 손아귀가 아슬아슬하게 스치고 지나갔다. 나는 누운 자세로 놈에게 미끄러져 발 하나를 수도로 갈랐다.

놈의 신형이 오른쪽으로 기울었다.

반대편 다리 하나까지도 잘라내자 놈은 앞으로 고꾸라졌다. 그사이를 참지 못하고 다리가 다시 복귀되려는 징후가 보였다. 잘려 나갔던 다리는 질퍽한 토양 속으로 스며들었고, 절단된 부위부터는 꾸물꾸물 거리면서 새로운 다리가 자라나기 시작했다.

나는 발에 공력을 집중했다. 그리고는 있는 힘껏 놈의 얼굴을 짓밟았다. 쾅! 소리와 함께 놈의 얼굴이 지면과 함께 움푹 파였다.

역시 생각했던 대로다. 파괴된 얼굴이 재생되려 했다.

쉿.

별안간 등 뒤에서 섬뜩한 느낌이 들었다.

반사적으로 몸을 솟구쳤다.

하지만 하반신에 충격이 일었다.

나는 뱅그르 돌면서 계곡에 처박혔다. 입안으로 들어온 더러운 계곡물을 뱉으며 몸을 일으켰을 때, 마물은 처음 봤던 모습 그대로 재생되어 내게 걸어오고 있었다.

얼굴을 파괴해도 죽지 않다니. 어떻게 해야 저놈을 처치할 수 있을까.

'재생할 틈을 주지 말아야 한다.'

나는 생각을 고쳐먹었다.

일격.

한 번의 공격으로 내가 낼 수 있는 최대의 파괴력을 이끌어 낼 생각이었다.

선 자리에서 공력을 끝까지 끌어 올렸다.

발이 담가진 계곡물이 십이양공의 열기로 인해 부글부글 끓어올랐다. 곧 수증기로 변해 지독한 악취와 함께 허공으로 자욱하게 퍼져나갔다.

움켜쥔 두 주먹에선 뻘건 아지랑이가 넘실대고, 체내에서 순환하는 피들이 뜨겁게 달궈져 하나하나 세세하게 느껴졌다.

찌릿.

내장에서 통증이 일었다.

전에 놈의 진흙이 식도를 타고 장 곳곳으로 달라붙어 내상을 입었기 때문이다. 결국 입가로 피 한 줄기가 흘러내렸다. 하단전과 중단전의 공력이 주먹으로 모여드는 양에 비례해서 통증도 커져갔다.

"으윽."

얼굴이 일그러진다.

이윽고 주먹에 가공할 만한 공력이 서렸다. 거친 기풍(氣風)이 전신에서 불어나왔다. 주위의 거목들은 불이 붙기 무섭게 뿌리째 뽑혀 사방으로 날아갔다.

마물은 이제 코앞까지 다 왔다.

기풍에도 전혀 굴하지 않고 위압적인 모습을 하고 있었다. 놈이 공격하기 전에 내가 먼저 주먹을 뻗었다.

공력이 주먹 끝에서 터졌다.

체내에 품고 있던 강렬한 힘이 밖으로 나오는 기분이란……. 입꼬리가 절로 올라갔다.

콰콰쾅!

'됐어!'

마물의 전신이 이윽고 물 알갱이가 되어 사방으로 흩어졌다.

그리고 지면 전체가 뒤집혔다. 시야에 들어왔던 모든 것이 저 어둠 속으로 사라졌다.

나는 손등으로 입가의 피를 훔쳤다.

순간적으로 공력을 쏟아부었기 때문에 단전이 텅 비는 느낌

240

을 받았다.

 숨을 차분하게 고르며 눈동자를 굴렸다.

 마물이 죽는 순간, 놈의 마기(魔氣)가 허공에 퍼져 바람과 함께 흩어지고 있었다.

 더 늦기 전에 허리춤의 검집을 풀러 손에 쥐었다. 그런 다음 미약하게 남아 있는 내력을 이용해 허공의 기운들을 검집 속으로 갈무리했다.

 눈에 띄는 큰 변화는 없었다.

 약간의 금이 지워지는 것으로 만족해야 했다.

 안전한 곳을 찾아 운기조식을 할 요량으로 몸을 틀었다.

 설아와 다른 사람도 찾을 겸 계곡 위를 거슬러 올라가려고 마음먹었다.

 어느새 계곡물은 다시 채워져 있었다. 그런데 수면 위로 마물의 고개가 불쑥 튀어나오는 게 보였다.

 '또?'

 텅 빈 단전을 새삼 확인하며 지면을 박찼다. 바로 다른 마물을 상대할 수 있는 상태가 아니었다.

 계곡을 따라 뛰어올라가다 보니 빼곡한 거목 군락이 나타났다. 어둠을 헤치면서 한참을 나아가도 거목들이 끝없이 이어졌다.

 하늘을 찌를 듯 높이 솟은 그것들은 비슷하게 생겨서, 같은 자리를 맴돌고 있는 것처럼 느껴졌다.

그르렁.

익숙한 숨소리가 뒤에서 들렸다. 더욱 빠르게 발을 놀려 숲속을 헤집고 나갔다. 소리에서 멀리 떨어졌을 때쯤, 거목에 몸을 기대며 잠시 숨을 골랐다.

정수리 부근에서 서늘한 느낌이 들었다.

생각보다 몸이 먼저 반응했다.

앞으로 몸을 굴리자, 내가 서 있던 자리로 사람 팔의 형체를 한 나무줄기가 꽂혔다.

나는 "흡." 하고 숨을 들이키며 거목을 노려보았다.

거목의 목질(木質) 속에 수만 마리의 벌레들이 기어다니듯, 거대한 줄기 전체가 꿈틀거리기 시작했다.

불쑥.

줄기에서 팔이 솟아나왔고 다음에는 얼굴로 추정되는 형체가 튀어나왔다.

이윽고 발까지 지면으로 나왔다. 그렇게 거목에서 떨어져 나온 마물은 계곡 속에서 나온 놈과 비슷하게 생겼다. 진흙 대신 목질로 이루어져 있을 뿐.

'놈의 마기는 다음 기회에.'

나는 눈썹을 꿈틀거리며 몸을 돌렸다.

"크흡."

그 순간 시선에 들어온 광경에 눈이 부릅떠졌다.

거목 한 그루마다 한 놈씩.

마물의 팔들이 솟아나오고 있었다.

*   *   *

마물들은 목질로 이루어진 주제에 검처럼 날카로운 손가락을 지녔다. 놈들이 지니고 있는 마기 때문에 호신강기도 소용이 없었다. 조금만 스쳐도 깊게 베였다.

놈들을 피해 이리저리 돌아다니는 사이, 온몸이 상처로 가득했다. 피도 철철 흘러넘쳤다. 질퍽한 토양은 내 피가 맛있는지 잘도 받아마셨다.

바위 동굴을 찾은 나는 그곳으로 들어갔다. 간신히 사람 한 명 들어올 수 있는 자리였다.

마물들을 따돌렸다는 생각이 들자 몸이 축 늘어졌다. 더는 움직일 기력이 없었다. 주저앉아 동굴 벽에 몸을 맡겼다.

'갑자기 그렇게 많은 놈들이 나타날 줄이야.'

거목 군락은 마물들의 소굴이었다.

마물들이 거목에서 태어나는 것인지, 아니면 본래부터 거목 안에 깃들어 있는지는 모른다. 내가 본 것은 마물들이 각각의 거목들에서 튀어나왔다는 것이다. 수백 어쩌면 수천의 마물들이 그곳에서 우글거렸다.

어딜 가도 놈들의 팔이 내려왔다.

동굴 안으로 피신한 지금도 놈들의 팔이 눈앞에서 어른거렸다.

나는 고개를 흔들어 생각을 떨쳐냈다.

혈도를 눌러 피를 멎게 하고는 너덜거리는 소매를 찢어 피를 닦았다.

그런 다음 가부좌를 틀었다.

가슴에 힘을 주지 않고 근육을 이완시켰다. 양어깨는 힘을 빼서 아래로 처지게 한 뒤, 손을 포개고 눈을 자연스럽게 감았다.

그리고 십이양공의 구결을 외웠다. 시간이 지날수록 온몸의 긴장이 풀리고 몸이 편안해지는 게 느껴진다.

운기조식을 마쳤을 때 피가 상당히 멎어 있었다. 내력으로 단전이 메워지면서 정신도 맑아졌다. 훤해진 머릿속으로 잠시 미뤄뒀던 의문이 떠올랐다.

모두가 사라졌던 그날 밤.

사라진 건 다른 사람이 아니라 바로 내가 아닐까?

그래서 끝없는 이 어둠을 외로이 헤집고 다니는 것이 아닐까?

지금 내가 겪고 있는 이 상황들은 어쩌면 거짓이나 꿈같은 것이 아닐까?

그 의문 말이다.

나는 동굴 안에 굴러다니는 나뭇가지들을 모아놓고 그 위에 손을 올렸다. 열기를 끌어 올려 불을 붙였다. 조금이나마 주위의 어둠이 걷히고 주홍빛 모닥불이 일렁였다. 모닥불 가까이 몸을 끌어당기자 불의 온기가 몸과 얼굴을 감쌌다.

'이렇게 사실 같은데…….'

마물도 모닥불의 온기도 상처의 쓰라림도 모두 의심할 수 없이 실제처럼 느껴진다.

그런데 이 불안한 느낌은 뭘까.

뭔가가 빠진 것 같은 이 느낌은…….

제 7장
검집과 흑천마검

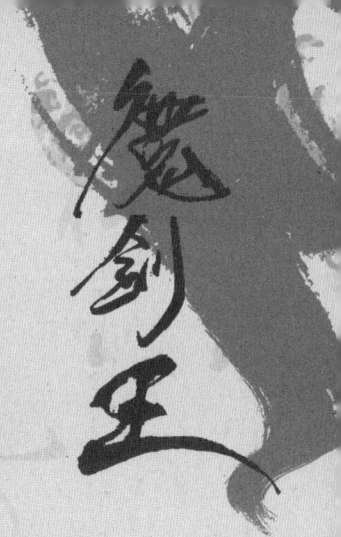

"죽엇!"

콰콰쾅!

마물들이 돌가루가 돼서 사방으로 나부꼈다.

놈들은 어디에서고 나타났다.

계곡, 땅, 나무 그리고 이번에는 절벽 바위에서 나타났다. 같은 모습에 재질만 달랐다.

웬만한 공격에는 아무런 타격을 입지 않는 것도 똑같았다. 무엇보다도 놈들은 한 번 모습을 드러나면 쉴 새 없이 나타났다.

'지금처럼!'

마물 네 마리가 사방을 완전히 가로막았다.

놈들의 뒤.

어둠 속에서 모습을 드러내는 다른 놈들이 보였다.

최소 여덟 마리가 넘는 놈들이 나를 포위하고 있는 것이다.

'젠장할.'

나는 잠깐의 틈을 보아 허공에 흩어진 마기를 검집 안으로 갈무리했다. 그런 다음 고개를 들어 하늘을 쳐다보았다.

솟구쳐 도망치기는 글렀다. 그곳에도 마물들이 있었다. 평소에는 하늘을 주유하다가, 지금처럼 위급할 때면 어김없이 내 머리 위 하늘을 뱅뱅 돌고 있다.

놈들은 악령같이 형체가 없어 퇴치가 되지 않는다. 그러나 놈들은 내게 충격을 줄 수 있다. 놈들이 나를 관통해서 지나가면, 온몸이 축 늘어져 땅으로 떨어지고 만다. 마치 전기에 감전이라도 된 것처럼 말이다.

삼 일 전에 나는 그 같은 방식으로 목숨을 잃을 뻔했다.

"하악, 하악."

뜨거운 숨을 내뱉으며 주위를 두리번거렸다. 마물들은 금방이라도 나를 공격해올 태세였다.

한 놈이 쿵쿵! 소리를 내며 매섭게 뛰어왔다. 놈을 시작으로 나를 에워싸고 있었던 놈들이 일제히 달려들었다. 거대한 돌주먹들이 시선에 가득 찼다.

탓! 탓! 탓!

나는 팔들을 밟아 놈들의 머리 위로 뛰어올랐다.

한 놈의 머리를 차올리며 허리를 비틀어 다른 놈의 몸에 권기를 날렸다. 굉음과 함께 돌가루가 자욱하게 퍼졌다.

"헛!"

안개처럼 퍼진 돌가루를 뚫고 거대한 주먹이 나타났다. 피하기는 늦었다. 두 팔을 교차해서 막는 순간 묵직한 충격이 온몸을 강타했다. 몸 안의 온 내장이 뒤틀리는 느낌이 일었다.

오늘도 어떻게 생존해서 동굴로 돌아왔다.

동굴 안으로 들어오자마자 앞으로 고꾸라지며 넘어졌다. 마치 짓밟힌 지렁이처럼 꿈틀거리다 몸을 뒤집었다. 속에서 죽은피가 울컥 올라왔다. 고개를 옆으로 돌려 죽은피를 뱉어낸 후 손등으로 입가를 쓱 닦아 냈다.

"죽……겠군."

몸이 말이 아니었다.

천운이 따랐기 때문에 단전이 파괴되지 않을 수 있었다.

복부에 정확히 틀어박혔던 거대한 돌주먹의 느낌은 지금도 선명하다.

괜스레 엊그제 부러진 갈비뼈 부위가 욱신거렸다.

나는 천장을 바라보고 누운 채로 두 눈을 감았다. 온몸에서 이는 통증들은 뇌까지 흔들어 두통을 자아냈다. 웬일로 몸이 싸늘하고 식욕이 없었다.

이마에 손을 대니 이마가 끓고 있었다. 내 스스로 느끼기에도 사십 도 이상의 고열이었다.

중학교 때 한 번 뇌수막염을 앓은 이후로 크게 아파본 기억이 없었다. 더군다나 무공을 익힌 이후론 언제나 몸이 최상의 상태였다.

그런데 열이라니.

"크크."

자조 섞인 웃음소리가 흘러나왔다. 그러고 보면 십여 일 가깝게 몸을 혹사시켰다.

한시도 쉬지 않고 설아와 사람들을 찾아 헤매고 다녔다. 뿐만 아니라 하루에도 몇 번씩 마물들과 목숨을 걸고 싸우며 부상을 달고 다녔다.

매일같이 몸이 넝마에 가깝게 혹사당하자, 제아무리 단련된 몸이라 할지라도 어쩔 수 없는 모양이었다.

얼굴은 뜨거운데 몸은 서늘했다.

꼭 얼굴만 허공에 붕 떠 있는 듯했다.

어지럼증이 갈수록 심해졌다.

억지로 잠을 청하려 해봐도 머리가 지끈거려 그럴 수 없었다.

좁은 동굴 안에서 뒤척이길 수십 번.

잡생각만 차곡차곡 쌓였다.

'모두 어디에 있는 것일까……. 괜찮은 걸까?'

머리가 깨질듯 아파서 눈을 떴다.

'아파……. 얼마나 잔 거지?'

한참을 뒤척이다가 잠에 들었던 것 같다.

스윽.

이마를 만져보니 전보다 더 뜨거웠다.

이러다 신체가 감당할 수 없는 온도까지 치닫는 게 아닌가 하는 걱정이 들었다.

눈을 뜨고 있는 게 힘겨웠고 의식은 희미했다. 몸은 내가 제어할 수 없을 만큼 심하게 떨렸다.

'아파.'

검에 베이고 하는 부상과는 차원이 달랐다. 머릿속의 신경들을 가위로 하나씩 끊어가는 느낌이다.

얼굴이 불덩이였다.

'사람은 체온이 사십이 도 이상으로 올라가면 죽는다던데.'

이렇게 혼자 고열로 죽을지도 모른다는 생각에 덜컥 겁이 났다.

"으으으……."

신음이 절로 나왔다. 단순 고열이 아닌 것일까. 지독히도 아팠다. 오죽하면 머리카락을 쥐어뜯고 싶었을까.

몇 시간 동안 바닥에서 뒹굴었다.

체온이 더 올라간 듯싶었다. 이제는 숨도 제대로 쉬어지지 않았다.

"푸훅, 푸훅."

가슴이 턱턱 막혀 내가 들어도 이상한 숨소리가 나왔다. 식도 쪽은 완전히 메말랐고 침도 나오지 않게 된 지 오래다. 얼마나 고통에 시달렸는지 시간 감각이 없어졌다.

문득 동굴 밖에서 한 소리가 들렸다.

그르렁.

마물의 소리.

잘못 들은 줄 알고 무시하려 했다. 그런데 그 숨소리가 점점 커지고 늘어났다. 마물 특유의 악취도 맡아졌다.

언젠가 이 동굴이 발각될 줄은 알았다.

그르렁 그르렁.

밖에 있는 마물들의 수는 최소 다섯이다.

'하필이면 지금······.'

퍼진 계란처럼 몸에 힘이 없었다. 머리가 짓눌리는 통증을 참으며 억지로 몸을 일으켰다.

입구 쪽으로 마물과 눈이 마주쳤다.

놈은 거대한 몸 때문에 들어오지 못해 허리를 굽혀 안을 들여다보고 있었다. 이제야 널 잡게 되었구나, 라는 듯 무척이나 여유 있는 눈빛이었다.

나는 저런 눈을 너무나도 잘 알고 있다. 아픈 와중에도 부아가 치밀었다.

'흑천마검!'

이곳에 오게 된 이유!

놈은 언제나 저런 눈으로 나를 쳐다보았다. 자신은 포식자고 나는 준비된 먹이라는 것이다. 그놈은 내 머리 꼭대기에 앉아서 나를 가볍게 본다.

쿵!쿵!

갑작스런 굉음에 생각이 흐트러졌다. 마물들이 포악스런 힘으로 동굴 입구를 내리쳤다. 쿵! 소리에 맞춰 천장에서 돌 부스러기가 후두둑 떨어져 내렸다.

놈들은 성격이 급했다.

동굴 안으로 팔을 집어넣어 아무렇게나 휘저었다. 이대로라면 조만간 놈들이 동굴을 부수며 들어오든지, 동굴 천장이 무너져 내리든지 둘 중에 하나다.

나는 땅을 짚고 간신히 일어났다. 단전은 텅 비어 끌어 올릴 공력이 없었다. 동굴 벽이 흔들거렸다. 그 미약한 진동에도 버틸 힘이 없어 옆으로 쓰러졌다.

입구를 파괴한 마물의 팔이 바로 코앞까지 왔다.

'고열에 의해 죽기보다 저놈들에게 먼저 죽겠구나.'

나는 놈들의 광분한 동작을 보며 생각했다.

'죽기 전엔 지난 세월이 주마등처럼 스쳐간다지. 고작 이십 년도 안 되는 세월.'

함께했던 가족들의 얼굴이 눈앞에 어른거렸다.

'엄마. 아버지. 영아······.'

처음으로 뷔페를 먹었던 다섯 살 적 할아버지 회갑 잔칫날부터 아버지가 만취하신 상태로 우리를 끌고 자전거를 사주었던 날, 엄마가 교통사고로 입원했던 안 좋은 날, 동생 영아와 먹을 것을 가지고 싸웠던 어느 날, 서원 초등학교 졸업식 날, 우전 중학교 입학식과 전일 고등학교 입학식이 있던 날까지.

엄마의 얼굴이 떠올라 눈물이 핑 돌았다.

동생 영아가 떠올라 눈물이 흘렀고, 아버지가 떠올라 눈물이 멈추지 않았다.

잇따라 설아와 지새웠던 밤과 친구들과 보냈던 소중한 추억들도 떠올랐다.

'뭐지?'

그러다 문득 두통이 사라진 것을 느꼈다. 나를 옴짝달싹 못하게 만들었던 지독한 통증들도 마찬가지였다. 이마를 만져보니 여전히 고열이 심했다.

그런데도 통증이 느껴지지 않는다?

죽음의 순간에 직면해서 머릿속이 온통 지난 세월들에 대한 생각뿐이었다.

아프다는 생각이 들어올 자리가 없었던 것이다.

'모든 것은 마음이 지어내는 것.'

혈마교로 오기 전에 나는 흑천마검에게 크게 당해 거의 반죽음에 이르렀다.

지금도 그때의 흉터가 수없이 자리 잡고 있다. 그것보다 더욱 나를 화나게 만든 게 있는데 악룡에 대해 물어봤을 때 놈이 한 대답이다.

그 말을 한 글자도 빼놓지 않고 정확히 기억하고 있다.

"깨닫지 못한 인간들은 믿고 싶은 대로 볼 뿐이지. 네 녀석도 거기서 벗어나질 못하는군. 그래서야 언제 나를 군침 돌게 할 거지? 걱정 마. 나는 기다릴 수 있으니까."

믿고 싶은 대로 본다?

갑자기 확신이 들었다. 줄곧 찾아 헤매던 열쇠가 손에 잡혔다. 머릿속에서 밝은 빛이 터졌다.

'아프다는 생각이 없는데 무엇이 나를 아프게 할까?'

그런 것이다.

'믿고 싶은 대로 볼 뿐……'

화악!

머릿속이 비워졌다. 이어서 눈이 새롭게 떠지는 느낌을 받았다.

그때였다.

조금 전까지만 해도 나는 동굴 안에 있었는데, 새로운 정신으로 보니 이곳은 온통 어둠뿐인 공간이었다. 바닥도 없고 하늘도 없으며 티끌만 한 물체 하나 없다.

눈에 띄는 건 오로지 하나!

화염이 감겨져 있는 나의 두 손이었다. 양손을 펼쳐 얼굴 앞으로 가져왔다.

화염이 아니라 손에서 공력의 소용돌이가 일고 있는 것이다.

십일성의 공력.

그것이 맺힌 손을 어둠에 틀어박았다.

그런 다음 동물의 뱃가죽을 찢듯 어둠을 찢었다.

천천히.

공간이 갈라지기 시작했다.

* * *

내가 찢고 나온 것은 다름 아닌 내 그림자였다. 좀 더 정확히 말하자면 그림자에 스며든 영마다. 그림자는 고통스러운 몸짓으로 발광하다가 평범하게 돌아왔다.

나는 영마가 죽으면서 남긴 마기를 검집에 갈무리한 뒤, 먼 쪽에 보이는 불빛으로 향했다. 더는 어둠이 나를 가로막지 못했다. 모든 것이 대낮처럼 훤히 보였다.

타탓!

단숨에 숲을 가로질러 불빛 앞에 이르렀다.

한 줌 불씨만 남아 있는 모닥불들 주위로 혈투가 한창이었다.

영마의 공간에서 보았던 진흙 마물.

그놈들이 단원들을 죽이고 있었다. 단원들은 마물의 손아귀에 붙잡혀 피를 토하고 발에 걷어차여 멀리 튕겨 날아가고 있었다. 도를 지팡이삼아 몸을 일으키는 색목도왕도 있었다.

근처 바닥에서 꿈틀거리는 염왕손이 보였다. 이미 죽은 자들도 상당해서 주위는 온통 피 냄새로 진동했다.

'설아!'

그녀도 그 속에 있었다. 두 마물이 간신히 서 있는 그녀를 죽이려 하고 있었다.

마물이 설아를 향해 더러운 손을 뻗었다. 그녀 외에도 마물들의 공격에 죽기 일보 직전인 단원들의 모습이 시선 한가득 들어왔다.

그 모습들을 보는 순간 나는 허공으로 치솟아 올랐다. 명왕단천공의 수법대로 주먹을 뻗자 소용돌이 치고 있던 십일성의 열기가 놈들을 향해 날아갔다.

눈 깜짝할 사이 모든 일이 일어났다.

스르르.

열기에 휩쓸린 마물들은 그 자리에서 녹아내렸다. 이를테면 설아를 향해 팔을 뻗고 있던 마물은 한여름 볕에 노출된 아이스크림처럼 넓적하게 퍼졌다.

나는 설아 앞으로 착지했다. 마물이 녹은 질퍽한 진흙덩어리에 무릎까지 잠겼다.

"교주님!"

설아가 놀란 목소리를 터트렸다. 나는 그녀의 등을 감싸며 끌어안았다. 작은 몸집이 가슴 깊숙이 안겨왔다.

"이제 괜찮아."

바르르 떠는 그녀의 귓가에 차분한 목소리로 속삭였다. 그러자 그녀의 떨림이 멈췄고, 내게 몸을 기대오는 그녀의 무게가 느껴졌다.

'보고 싶었어. 설아.'

나는 입술로만 말했다.

색목도왕과 염왕손 그리고 단원들이 몸을 비틀거리며 내 주위로 몰려들었다. 힘겨운 숨을 내쉬고 있으면서도 나를 바라보는 눈들이 반짝였다.

서 있는 사람의 수는 색목도왕과 염왕손을 포함해서 일곱 명밖에 되지 않았다.

나머지는 싸늘한 시신이 되어 진흙에 묻혀 있었다. 나는 쓴 침을 삼키며 색목도왕에게 말했다.

"내가 너무 늦어 버린 것인가?"

"아, 아니옵니다! 교주님의 온전한 모습을 보아 지금 죽어도 여한이 없사옵니다. 소마는 교주님께서……."

색목도왕은 차마 뒷말을 잇지 못했다. 감격에 겨운 눈을 그렁거리다 고개를 푹 숙였다.

"움직일 수 있겠는가?"

모두를 향해 물었다.

염왕손을 비롯한 단원들이 힘 있게 포권해 보였다. 아직 자신들은 건제하다는 것이다. 그러나 내가 봤을 땐 당장 쓰러져도 이상하지 않을 몸 상태들이었다.

나는 고개를 저으며 그들을 제자리에 앉게 했다. 위급한 상처와 내상을 돌보는 게 급선무였다. 모두가 가부좌를 틀고 운기하고 있는 사이 나는 허공에 퍼진 마기를 검집에 갈무리했다. 동떨어져 있을 때 많은 마기를 머금었던 검집은 약간의 마기를 보충하자 더 갈무리하지 않았다.

그 무렵 검집에 가 있던 금은 완전히 사라지고 매끈한 표면을 되찾았다.

'이제 돌아갈 수 있다.'

그러면서 나는 운기 중인 단원들을 내려다보았다.

마(魔)에 근원을 둔 무공을 익힌 이들이라 허공에 퍼진 마기를 받아들일 수 있겠다는 생각이 들었다. 그리되면 내상이 치료되고 더 나아가 공력이 상승될 것이다.

"놀라지 말고 계속 운기해야 할 것이다."

나는 한 단원의 뒤에 앉으며 말했다.

운기를 마친 단원들이 하나둘 눈을 뜨기 시작했다. 번뜩이는 안광들에서 심후한 공력들이 느껴졌다. 마기의 효과가 예상했던 것 그 이상이었다.

특히 색목도왕은 놀라운 성취를 이루었다. 마기가 흡수된 것뿐만 아니라 뭉쳐져 있던 기린 내단의 영력을 풀어주는 효

능까지 발휘한 모양이다. 색목도왕의 푸른 눈이 한층 더 깊어지고 거기서 느껴지는 분위기가 확연히 달라졌다.

설아의 경우엔 백화여후검법에서 많은 증진이 있었다. 그녀의 내공심법이 마에 근원을 둔 게 아니라서 마기는 흡수하지 못했지만, 생사를 넘나드는 싸움을 겪으며 검이 날카로워졌다.

눈이 마주친 색목도왕이 내 쪽으로 걸어왔다. 포권하는 그의 동작에 강인한 힘이 깃들었다.

아직 운기 중인 이들이 있어서 차분해진 분위기를 깨고 싶지 않았다. 그래서 전음으로 물었다.

『어떻습니까?』

『교주님의 은덕으로 큰 성취를 이루었습니다. 감사하옵니다.』

색목도왕도 내 뜻을 알아차리고는 전음으로 답했다. 성취를 이룬 큰 감격을 색목도왕의 푸른 눈에서 읽을 수 있었다.

『아무튼 다행입니다. 조금만 더 늦었으면 색목도왕을 못 볼 뻔했습니다.』

『교주님께서 빠르게 돌아와 주셨기 때문에 소마와 설아 그리고 많은 이들이 살아남을 수 있었습니다.』

『빠르게라니요. 지난 십여 일 동안 모두를 찾아 한참을 헤매고 다녔습니다.』

『십여 일이요?』

『예. 대충 그쯤입니다. 늦었지만 이렇게나마 다시 볼 수 있어서 얼마나 다행인지 모릅니다.』

색목도왕의 얼굴에 의아함이 퍼졌다.

『교주님께서 사라지신 건 일다경 전입니다.』

'십오 분 전?'

『일다경 전 소마의 옆에 계셨던 교주님께서 갑자기 사라지셨습니다. 소마는 그 광경을 똑똑히 보았습니다.』

『나는 영마에게 잠식되어 있었습니다. 그런 식으로 참부와 진광면, 위묘도 영마에게 휘둘렸던 것 같군요. 그런데 정말 일다경밖에 흐르지 않았습니까?』

『예. 교주님.』

영마에게 잠식되어 나는 어둠의 공간을 헤맸다. 그런데 그 시간들이 모두 거짓이라고 하기엔 검집이 흡수한 마기들이 설명되지 않는다. 참으로 이곳은 설명할 수 없는 것 투성이었다.

『마물들은 어떻게 된 겁니까?』

내가 물었다.

『교주님께서 사라지시자마자 나타나기 시작했습니다.』

그러면서 색목도왕은 계곡 쪽을 흘깃 보았다.

『계곡에서 나왔군요.』

『예.』

『언제 또 나타날지 모릅니다. 이곳에 온 목적을 달성한 이상, 한시라도 빨리 나가야 할 것 같군요.』

나는 서둘러 말했다.

『이루셨습니까?』

매끈한 묵광이 흐르는 검집을 본 색목도왕의 얼굴이 환하게 펴졌다. 그가 말을 계속했다.

『하온데 검집을 보완하신 것뿐만 아니라 교주님께서도 큰 성취를 이루신 듯하온데……..』

『영마 속에서 약간의 깨달음이 있어 십성의 벽을 깰 수 있었습니다.』

『감축 드리옵니다. 교주님.』

그는 자신의 일처럼 기뻐했다.

『남은 이야기는 본교로 돌아간 뒤에 합시다.』

『옛!』

우리는 기존에 수습했던 세 구를 포함해 열다섯 구의 시신을 수습했다. 혈마교로 돌아가면 그들의 위령비를 세우고 남은 가족들에게 아낌없는 보상을 할 것이라고 다짐했다.

이제는 어둠이 나를 방해할 수 없다. 나는 모두를 이끌고 앞장서서 걸었다. 이곳에 온 지 하루밖에 지나지 않았다는, 믿기지 않은 사실을 가슴에 품고서.

* * *

"도, 돌아오셨습니까?"

이자의 이름이 음귀생이라고 했던가?

그는 우리를 귀신 보듯 쳐다보았다.

시선이 내게 머물렀다가 단원들에게로 그리고 단원들이 메고 있는 시신들로 향했다.

천년금박을 지키고 있는 그와 나머지 아홉은 우리가 절대 돌아오지 못할 것이라고 생각한 모양이다. 포권한 손이 부들부들 떨리며 놀란 감정을 숨기지 못했다.

나는 천년금박의 원형 철문을 발로 밀어 찼다.

원형 철문이 쾅! 하는 큰 소리를 내며 세차게 닫히자, 음귀생과 아홉이 몸을 움찔했다.

"염왕손."

그의 이름을 나지막하게 불렀다. 염왕손이 뒤로 가깝게 다가왔다.

"옛."

"돌아가 죽은 이들의 장례를 치룰 준비를 하라. 부상당한 단원들은 무고강마당으로 보내고."

"옛!"

염왕손과 단원들은 시신을 짊어지고 작은 산길로 사라졌다. 멀뚱히 서 있는 음귀생을 향해 손을 휘저었다. 음귀생과 아홉은 교언을 읊은 뒤 곳곳으로 몸을 숨겼다.

이제 천년금박 입구에는 나와 색목도왕 그리고 설아만 남았다. 우리는 비스듬히 내려오는 초승 달빛을 받으며 섰다.

서늘한 바람이 본교로 통하는 산길 쪽에서 불어오고 있었다. 그것으로 몸에 찌든 악취가 사라지겠는가만은 바람에 몸을 맡겨 악취를 털어내고자 했다.

사방에서 느껴지는 자연의 기운. 비로소 돌아왔다는 실감이 들었다.

'이제 움직일 때다.'

나는 뒤에 서 있는 색목도왕과 설아를 향해 몸을 돌렸다.

"우리는 지존천실로 갈 겁니다."

"지존천실이라면……."

"예. 흑천마검. 그놈을 잡아넣어야지요. 놈 때문에 이 고생을 다 했지 않습니까."

본때를 보여줄 것이다.

이가 악물어졌다.

지존천실로 돌아가는 발걸음이 빨라졌다. 굽이굽이 나 있는 좁은 산길을 따라갔다.

타타타탓!

우리가 달리는 소리가 새벽공기를 갈랐다.

한 명 간신히 걸을 수 있던 길의 폭이 넓어지기 시작하면서 산 아래로 혈마교의 수많은 전각들이 보이기 시작했다. 나는 고개를 들어 산 정상 부근에 있는 지존천실을 올려다보았다. 이윽고 지존천실로 올라가는 길에 접어들었다.

철갑을 두른 혈귀단원 수십 명이 지존천실 앞을 지키고 서 있었다. 그들은 나를 알아보고 황망히 허리를 숙였다.

혈귀단에서 대장급인 인물 네 명이 붉은 철갑을 입는데 여기에는 그런 인물이 두 명 있었다. 색목도왕이 나보다 한 발치 먼저 나아가 붉은 철갑 앞에 섰다.

"무슨 일이냐?"

색목도왕이 물었다.

"혈마 이장로님께서 다음 명령이 있을 때까지 이곳을 지키고 서 있으라 명하셨습니다."

"무슨 일로?"

"하교는 모르옵니다. 분부를 받잡을 따름이옵니다."

지존천실에 무슨 일이 있는 것일까.

흑응혈마가 아무 이유 없이 그런 명령을 내리지는 않았을 것이다.

그렇지 않아도 지존천실이 있는 정상 쪽에서 강렬한 기운이 느껴지고 있었다.

나는 색목도왕에게 눈빛을 보낸 다음 지면을 박찼다.

타탓.

색목도왕과 설아가 빠르게 뒤따라왔다.

숨 고를 틈 없이 지존천실 앞뜰에 도착했을 때 문이 활짝 열려 있었다.

"끄으으윽."

그 안에서 많은 사람들의 신음소리가 들렸다. 몇 걸음 옮기자 쓰러진 혼심사문도들의 모습이 보였다.

태풍이 한바탕 휘몰아친 줄 알았다. 진법대로 앉아 항마진을 펼치고 있어야 할 문도들이 아무렇게나 널브러져 있었고, 혼심사문주 천요수라와 흑응혈마도 축 늘어져 있었다.

혈룡좌에 앉아 낄낄 웃고 있는 흑천마검의 모습이 정면에 보였다.

'항마진을 부순 것인가!'

혼심사문주는 항마진으로 흑천마검을 십여 일 동안 붙잡아 둘 수 있다고 말했었다.

'십 일은 무슨!'

단 하루가 지났을 뿐인데 항마진이 깨졌다.

그런데 왜? 항마진을 파훼한 후에 혈마교를 떠나지 않은 것일까? 언제든 떠날 수 있다는 자만심 때문일까. 놈의 입가에 걸린 비릿한 미소로 보건데 내 추측이 정답일 것이다.

나는 놈을 노려보며 문지방을 넘었다.

"이딴 걸로 날 묶을 수 있을 줄 알았나 보지?"

흑천마검이 쓰러진 이들을 눈으로 가리켰다. 무엇이 그리도 재미있는지 계속 낄낄거렸다.

"그런데 너……."

갑자기 놈이 웃음을 멈추며 정색했다.

나를 바라보는 눈, 그 속에 담긴 거대한 기운이 온몸에 소름을 돋게 했다. 십이양공 십일성의 성취를 이루었건만, 그마저도 놈 앞에서는 제자리걸음이나 다름없게 느껴졌다.

대체 이놈은 얼마나 강한 것일까.

"제법 잘 익었구나."

놈이 말했다.

나는 입을 굳게 다물고는 검집에서 느껴지는 미약한 진동에 집중했다.

내게서 대답이 없자 놈은 피식 웃었다.

화락!

놈의 눈이 매섭게 떠지는 순간이었다. 갑자기 의자를 박차고 일어나 내게 날아들었다. 순식간에 코앞으로 나타났다. 놈의 손톱이 목에 닿았다. 서늘한 촉감이 느껴졌다.

내가 황급히 뒤로 몸을 날리자, 놈이 "좋아!"라고 코웃음 치며 따라붙었다. 나는 지존천실 밖으로 나왔다. 막 뜰에 도착한 색목도왕과 설아를 향해 외쳤다.

"피해 있어!"

흑천마검이 바로 뒤에서 날카로운 손톱을 뻗었다. 허공에서 몸을 비틀어 피한 뒤에 산 아래로 뛰어내렸다.

십일성의 성취를 이뤄서일까.

몸을 움직이는 게 좀 더 가벼워졌다. 이전이었으면 벌써 흑천마검에게 붙잡혀 난자당했을 것이다. 정신없는 와중에도 놈에게 당한 지난 기억이 불쑥 튀어나왔다.

뒤에서 날카로운 기운이 엄습해 상념을 깨트렸다. 고개를 숙여 피하자, 기운은 그대로 앞으로 뻗어나가 반대편 봉우리에 부딪쳤다. 우르르릉거리며 산이 무너졌다. 다행히도 그쪽 봉우리 근처는 사용하지 않는 곳이다.

후욱.

귓가로 흑천마검의 끔찍한 숨결이 느껴졌다.

옆을 흘깃 바라보자 바로 그곳에 흑천마검의 얼굴이 있었다.

죽은 사람처럼 새하얀 얼굴과 노골적으로 나를 농락하는 저 눈빛. 그리고 번질거리는 붉은 입술.

그것이 움직였다.

"너 정말 맛있어졌구나."

나는 팔을 휘둘러 놈을 떨쳐놓은 다음, 발아래에 있는 나무 위로 착지했다.

놈은 내 목덜미를 노리고 일직선으로 떨어져 내렸다. 이번에는 내 숨통을 끊고 주린 배를 채울 작정인 듯 살기를 머금은 공격이었다.

'꼼짝없이 당하고 말겠어.'

부릅뜬 두 눈으로 공격이 선명하게 보였다. 그럼에도 불구하고 피할 수 없었다. 어느새 엄습한 흑천마검의 기운이 몸을 압박하고 있기 때문이다.

웅웅.

진작부터 울어대고 있던 검집의 진동이 더욱 거세지고 있었다.

'잡고 싶어도 잡을 수 없다고!'

나는 두꺼운 쇠사슬에 묶인 사람처럼 몸을 꿈틀댔다.

'포기 안 해.'

끌어 올린 십일성 공력으로 나를 얽매고 있는 기운을 밀어내고자 했다.

"크으으."

흑천마검의 손톱이 다가오는 찰나. 그 짧은 순간이 길게만 느껴졌다.

칼날처럼 번뜩이는 놈의 손톱.

'더는 안 돼!'

나는 속으로 고함을 지르며 공력을 발산했다. 효과가 있었다. 나를 옭아매고 있던 기운이 풀어지는 게 느껴졌다. 미칠 듯한 열풍이 휘몰아쳐 나가 빈틈을 더욱 크게 벌렸다.

'의외인걸. 하지만 이미 늦었어.'

흑천마검의 눈이 웃으며 말했다.

'과연 그럴까.'

나도 눈으로 대답하며 검집을 낚아챘다.

그리고는 재빠르게 목으로 치켜 올렸다. 놈의 손톱과 검집이 부딪쳤다. 검집을 잡은 손으로 충격이 전달되어 온몸이 파르르 떨렸다.

그때였다.

강렬한 푸른빛이 번쩍였다.

너무도 눈이 부셔 눈이 감겼다.

하지만 빛이 눈꺼풀을 비집고 들어왔다. 온 세상이 푸른빛으로 번졌다. 귓가로 들리는 소리가 아무것도 없었다. 그래서 덜컥 불안한 마음이 들었다.

눈을 떴을 때 아직도 푸른빛이 걷히지 않았다.

일 초, 이 초, 삼 초.

시간이 흘러감에 따라 빛은 아주 천천히 새벽녘으로 스며들며 사라졌다. 나는 눈을 껌벅거리며 빛을 지워냈다.

하얀 종이 위에 수채화가 그려지듯 그렇게 세상이 다시 보이기 시작했다.

흑천마검은 온데간데없이 사라지고 없었다. 대신 발끝에 뭔가가 채였다. 나는 그것을 주워들었다.

"됐어……."

손에 들린 검집 안에는 흑천마검이 들어 있었다.

정말 조용했다.

제 8장
뉴스

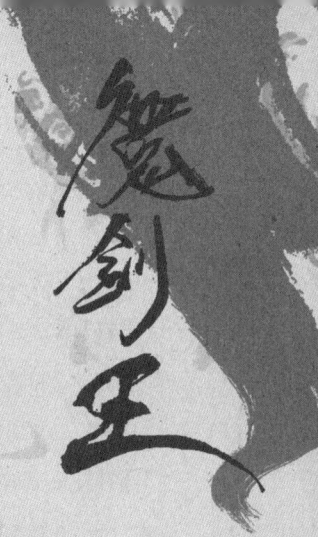

 사실 하루 정도는 잠을 자지 않아도 생활하는 데 아무런 문제가 없다. 그러나 잠을 자지 않고서는 그간 쌓인 정신적 스트레스는 쉽사리 풀어지지 않는다.
 창으로 들어오는 따사로운 봄 햇살에 기분 좋게 눈을 떴다.
 '아!'
 휙 하고 고개를 돌려 탁자 위를 살폈다. 얌전하게 놓여 있는 검집과 그 안의 흑천마검을 확인하고는 천천히 몸을 일으켰다. 이불을 밀어내고 침대 밖으로 나왔다.
 나는 아래 속옷만 걸치고 있는 중이었다. 햇빛이 들어오는 쪽으로 몸을 돌린 다음 몸을 풀었다. 목도 돌리고 어깨도 돌리면서 따사로운 햇빛을 만끽했다.

모처럼 만의 여유가 입가를 미소 짓게 만들었다.

"험험."

헛기침을 하자 밖에서 인기척이 났다.

"일어나셨사옵니까?"

시녀장 소옥의 옥구슬 같은 목소리가 문 너머로 들렸다.

"들어와도 좋다."

소옥이 조심스럽게 문을 열고 들어왔다.

"어젯밤 밤 시중을 들었던 아이가 누구인가?"

"이번에 내당에서 새로 보내온 아이이옵니다. 이름은 향모모라 하옵니다. 하온데 마음에 드시지 않으셨사옵니까?"

'그럴 리가.'

"그동안 못 본 아이라서 물어보았다. 그렇게 약손을 가진 아이가 없었거든."

"솜씨가 맘에 드신 모양이십니다."

나는 피식 웃으며 고개를 끄덕였다. 그녀는 온갖 약재를 사용하여 밤새 내 상처를 돌봤다. 몽중이지만 아련했던 그녀의 모습을 기억하고 있다.

"무고강마당에서 상당한 의술을 익혔다 들었사옵니다. 교주님께서 마음에 들어하시니 다행이옵니다. 하오면 목욕물을 대령하겠사옵니다."

시녀들의 수발을 받아 목욕을 했다. 그 다음 내 체격에 맞추어 만들어진 흑룡포로 갈아입고선 황제만찬을 먹었다. 아침 식사를 마친 후에는 천천히 차를 마셨다.

아직은 차보다 콜라 같은 탄산음료수가 좋다. 그런데 차를 왜 마시는 거야? 라고 따지고 든다면 차 특유의 향보다 차를 마시는 느긋함을 즐기는 편이라고 대답하겠다.

점심이 되기 전 무고강마당의 장원에 들렀다.

그곳은 의술을 담당하는 곳이어서 멀리서부터 한약 냄새로 진동했다.

기별 없이 찾았기 때문에 한바탕 소동이 일었다.

한 손에 침통을 들고 다른 한 손에는 철침(鐵針)을 든 당원들이 뜰로 나왔다.

환자들을 보고 있던 것 같아서 나는 그들의 자리로 되돌려 보냈다.

무고강마당주 의마는 뒤늦게 버선발로 뛰어나왔다.

그는 좌호법. 그러니까 설아를 치료 중이었다고 말했다.

"좌호법의 상태는 어떤가?"

"등에 자상(刺傷)이 있고 소장에 내상을 입었사온데, 지금은 많이 호전되어 내일쯤이면 완치될 것으로 보입니다."

"하루는 더 있어야 한다?"

"예. 교주님."

"다른 단원들은 어떤가?"

"그제 입원한 대행혈마단원 다섯 말씀이시옵니까? 그들도 좌호법과 같은 자상을 무수히 많이 가지고 있었사옵니다. 허나 호전 속도가 매우 빨라 어젯밤에 퇴원하였사옵니다. 혈마이장로도 그들과 같이 퇴원하였습니다."

"혼심사문도들은?"

"아직 장원에 있사옵니다. 혼절했다고는 하나 경미한 내상에 그쳐 오늘 중으로 퇴원할 예정이었사옵니다."

그러니까 설아와 혼심사문도들이 아직 여기에 있다는 것이다.

깨끗하고 아늑한 방 안에서 설아를 만날 수 있었다.

내가 찾아갔을 때 설아는 한참 가부좌를 틀고 운기 중이었다. 의마의 말대로 상태가 많이 호전되어 보였다.

오는 길에 설아를 주려고 꺾었던 봄꽃을 탁자 위에 조용히 올려놓고 방해가 되지 않게 나왔다. 그 뒤 혼심사문도들을 찾았다.

요 이틀 사이 갑작스럽게 많은 부상자들이 속출했다. 그 수가 직위가 높은 혈마장로부터 호법과 혼심사문도 전원까지 이르니, 의마는 이런 상황에 상당히 궁금한 눈치였다.

그러나 지존천실에서 있었던 일은 철저하게 함구령을 내려 직접 연관된 몇몇을 빼고는 일의 전후에 대해서는 아무도 알 수 없을 것이다.

해가 중천에 떴을 무렵 장원에서 나왔다.

흑웅혈마가 지존천실 앞뜰에서 나를 기다리고 있었다.

뒷짐 지고 산 아래를 내려다보고 있던 그는 깊은 생각에 빠져 있었다.

나는 일부로 헛기침하며 인기척을 냈다. 그제야 그가 내 쪽으로 몸을 돌렸다. 우리는 중간 지점에서 만났다.

"어젯밤에 퇴원하셨다고요? 몸은 괜찮습니까?"

내가 물었다.

"교주님께서 신경 써주신 덕분에 쾌차하였습니다. 하신 일은 잘 되셨다고 들었습니다."

"그럼요. 흑천마검. 그놈은 이제 제 마음대로 나다니지 못할 겁니다."

"다행입니다."

흑웅혈마가 내 허리춤의 흑천마검을 흘깃 보았다.

"하온데 천년금박에서 있었던 일은 함구령을 내리셨더군요."

"알려져서 좋을 것은 없다고 생각했습니다. 그곳은 정말 기괴했었습니다. 다시는 천년금박의 철문을 열지 않을 것입니다. 그런데 색목도왕이 흑웅혈마에게 말해 주지 않은 모양이군요. 그곳에서 무슨 일들이 있었는지."

"함구령이 내려져서 묻질 않았습니다."

그게 흑웅혈마가 나를 찾아온 이유였다. 나는 속으로 빙그레 웃으며 말했다.

"우선 안으로 들어갑시다. 그곳에서 무슨 일들이 있었는지 알려주지요. 흑웅혈마도 내 이야기를 듣고 나면 그곳을 더욱 싫어하게 될 겁니다."

그런 내 대답을 기다리고 있었던 모양이다. 흑웅혈마가 밝은 표정으로 뒤를 따라왔다.

지존천실은 수리가 한창이었다. 내당에서 보내온 도편수가 잡부들을 향해 여러 가지 지시사항을 말하고 있었다. 시녀들은 구석에서 수군거리며 잡담을 나누고 있었다.

내가 들어가자 모두 하던 일을 멈추고 허리를 숙였다. 나는 계속 작업하라 명령한 다음 흑웅혈마와 함께 객실로 들어갔다.

"하루밖에 지나지 않았는데 그 안에서는 많은 일들이 일어나 마치 수십 일을 그곳에서 보낸 것만 같습니다. 어디부터 말해야 좋을까요. 처음부터 차근히 이야기해 볼까요?"

흑웅혈마가 의자를 바짝 당겼다. 연로한 나이임에도 어린아이처럼 호기심으로 눈이 빛났다.

그는 내 이야기에 깊숙이 빠져들었다.

색목도왕의 그림자가 그의 목을 치려고 했다는 부분에서 놀란 눈을 부릅떴고 홀로 열흘을 방황하고 마물들과 수없이 싸웠지만 그게 단 십오 분 동안 벌어진 일이었다는 부분에서는 아! 하고 외마디 음성을 터트렸다.

"그런 일들이……."

흑웅혈마는 말꼬리를 흐렸다.

"그런데 그 일다경 동안 일어났던 일이 환상만은 아니었습니다. 환상이되 환상이 아니라는 말. 이해하시겠습니까?"

흑웅혈마가 알듯 모를 듯한 표정을 지었다.

"환상 속에서 얻었던 상처며 검집에 갈무리했던 마기들 모두 그대로 남아 있었으니까요."

"예. 무슨 말씀인지 알겠습니다. 그런 사악한 곳에서 무사히 돌아오셔서 참으로 다행입니다."

나는 담담히 고개를 끄덕이며 죽은 단원들에 대해서 물었다.

오늘 땅에 묻을 것이고 그곳에 그들의 위령비가 세워질 것이란 대답이 돌아왔다.

"가족들은?"

"이미 충분한 보상을 하였습니다."

"일 회에 그치지 말고, 앞으로도 꾸준히 사람들을 보내 가족들을 돌봐야 할 것입니다."

"명심하겠습니다. 교주님. 하오면 소마는 장로당으로 돌아가겠습니다."

* * *

함구령이 있었지만 우리가 천년금박에 들어갔다 나왔다는 소문이 혈마교 전체에 퍼졌다.

그것으로 며칠간 떠들썩했다.

색목도왕과 흑웅혈마가 나서 빠르게 정리한 어느 날이었다. 점심이 되자 색목도왕이 나를 찾아왔다.

"좋아 보이십니다."

하루가 다르게 깊어지는 그의 푸른 눈을 보면 뿌듯한 마음이 든다. 나는 빙그레 웃으며 말했다.

"천력마도에서 성취가 있었나봅니다? 어제 내내 장로당에서 나오시지 않았다 들었습니다."

"아직 멀었사옵니다."

색목도왕은 수줍은 소녀처럼 말했다. 그러나 목소리에는 중후한 기운이 담겨져 있었다.

나는 눈웃음을 지으며 색목도왕이 들고 온 문서들로 시선을 옮겼다.

"벌써 직무에 드셨습니까? 며칠 쉬면서 무공에 전념하는 것이 어떻겠습니까?"

내가 말했다.

"어제도 하루 종일 일을 하지 못했습니다. 이장로에게만 모든 일을 미뤄둘 수는 없으니까요."

그러면서 그는 탁자 위로 문서들을 내려놓았다.

"전세지문에서 보내온 것이로군요?"

어제 그 일로 흑웅혈마가 찾아왔었다. 봄이 되면서 정마교와의 마찰이 본격적으로 시작될 것이라 생각하고 있었는데 흑웅혈마가 했던 말은 생각과는 달랐다.

정마교는 정마교 나름대로 바쁜 사정이 있었다.

"예. 이쪽은 전세지문에서 보내온 것이고, 이쪽은 외당에서 보내온 것입니다."

색목도왕은 문서를 두 분류로 나누었다.

"어제 이장로에게 들었습니다. 정마교가 소륵국(疏勒國)의 내전에 참가했다고요?"

소륵국은 객십 분교. 그러니까 카슈가르라는 말이 더 친숙한 그곳을 기반으로 한 나라다.

혈마교의 재정을 풍요롭게 만드는 나라들 중 한 곳이라 많이 들어 알고 있다.

그런데 소륵국의 왕이 갑자기 죽는 바람에 왕위를 두고 왕자와 대장군인 외삼촌 간에 내전이 일어났다. 그쪽은 지금 두 파로 나뉘어 전쟁 중이었다.

"예. 교주님."

색목도왕은 외당에서 보내온 문서 하나를 집어 내게 내밀었다. 눈으로 대충 훑어보니 파병을 요청하는 외교문서였다. 끝에 호배타(浩培安)라는 인물의 직인이 찍혀 있었다.

"호배타?"

"소륵국의 왕자이옵니다."

나는 어제 흑웅혈마에게 들었던 말을 떠올리며 말했다.

"정마교는 외척의 편에 섰다던데?"

"예."

"정마교가 내전에 참가해서 왕자측은 본교에 파병을 요청하는 모양이군요. 한데 내 알기론 본교는 타국의 전쟁과 내정에 간여하지 않는다고 알고 있습니다만?"

"잘 알고 계시옵니다."

"그런데 이 문서는 무엇이지요?"

다시 문서를 자세히 보았다. 본교의 도움으로 왕권을 지키게 된다면, 본교를 국교(國交)로 삼을 뿐만 아니라 통행세와는 별도로 막대한 조공을 바치겠다고 첨언되어 있었다.

"본래 본교는 타국에 간여하지 않지만 이번에는 상황이 다르옵니다."

"정마교가 끼어들었다?"

"예. 전세지문에서 온 정보에 의하면 소륵국의 대장군이 정마교를 국교로 삼을 것이라고 약조했다 합니다. 그렇게 정마교가 소륵국의 정식 국교로 인정받으면 토번국(吐蕃國), 가섭미라국(迦葉彌羅國), 대식국(大食國) 등에도 영향이 미칠 것은 자명한 사실이옵니다."

혈마교는 비단길을 점유하여 보호세와 통행세를 받고 그 자금으로 본교와 십시를 다스리며 병사라고 할 수 있는 혈마군과 고수들을 증원하고 유지해 왔다.

그런데 색목도왕이 말한 나라들은 저 먼 서역 나라들이 비단길로 들어올 때 거쳐야 할 나라들이며 더불어 혈마교의 중요한 수익원이라고도 할 수 있었다.

"그러면 본교에 상당한 장해물이 되겠군요. 잠재적으로 정마교의 세력이 커지는 것이기도 하는 것이고요."

"예."

"여길 보면……."

그러면서 나는 전세지문에서 보내온 정보를 뒤척였다.

"정마교에선 객십 분교에 있는 정마교도들만 내전에 참가시켰군요. 필요하면 더 충원할 준비도 되어있고요. 그렇다면 우리 쪽에서도 준비를 해야겠습니다."

"지엄하신 결단이시옵니다."

색목도왕이 기다렸다는 듯이 말했다.

"그렇지 않아도 지금 객십 분교에는 산화혈녀와 흑야풍이 있지 않습니까. 이장로와도 상의를 해봐야겠지만 나는 그들에게 다시 충성을 보여줄 기회를 주고 싶군요."

"소마도 같은 생각입니다. 분교에서의 일은 분교에서 처리하는 것이 좋습니다. 본교와 십시에서 전면적으로 나선다면 정마교에서도 그리할 것입니다."

"자칫 본교와 정마교와의 전쟁으로 번질 수도 있으니 주의해야겠습니다."

"현명하시옵니다."

그날 저녁 흑웅혈마와도 상의를 마쳤다. 많은 피를 보지 않아야 한다는 점에서 나와 뜻이 같았다. 정마교가 전면으로 나서지 않는 이상, 분교에서의 일은 분교에서 끝내기로 결론지었다.

이튿날 외당주를 불러 객십 분교의 산화혈녀와 흑야풍에게 서신을 보냈다.

전쟁은 하루 이틀 안에 끝나는 것이 아니다.
짧게는 일 년.
길게는 최대의 종교전쟁으로 유명한 삼십년전쟁처럼 삼십 년 동안 지속될 수도 있는 일이다.

긴박할 것이라 예상되는 그곳의 상황과는 다르게 봄이 도래한 혈마교에는 그 어느 때보다 활발한 분위기가 감돌았다.

염왕손은 혈귀단과 십시혈문을 돌며 인재들을 발굴하고 있었고, 대행혈마단원 다섯은 공력 증진과 더불어 폐관에 들어갔다.

설아도 실전에서 얻은 감각을 놓치지 않기 위해 검공 수련에 열심이었다.

혈마교는 제자리를 찾아가고 있었고 흑천마검은 검집에 들어갔으며, 나는 컨디션을 회복했다.

이제 저쪽 세상으로 돌아가야겠다는 생각이 들었다. 흑천마검 때문에 저쪽에서 가족들과 함께 충분한 시간을 보내지 못했으니까. 방학을 보낸 후에 다시 혈마교로 돌아올 계획을 세웠다.

'이렇게 멍청해서야······.'

그제야 천년금박에서 손목시계를 잃어버린 걸 깨달았다. 고장이 나서 쓸모가 없어졌지만 잃어버렸다는 것을 깨닫자 손목이 허전하게 느껴졌다.

한참 늦었지만 잃어버린 다른 물품도 떠올랐다. 집에서 중국으로 떠날 당시 준비했던 배낭. 그 안에 오십만 원 상당의 중국 돈이 들어 있다는 사실이 연달아 생각났다.

'어쩔 수 없지.'

나는 쩝 하고 입맛을 다시며 소옥을 불렀다.

그녀는 언제나 빠르게 움직였다.

"부르셨사옵니까."

"얼마 전에 일어났던 사단을 기억하고 있겠지?"

"천년금박······."

그녀의 얼굴이 바싹 굳었다. 소문을 들어 알고 있는 것이다.

"아니. 더 이전에 천서고 문이 부서졌던 날 말이다."

"보름 전 말씀이시옵니까?"

"그래. 그날. 내가 입고 있던 옷과 신을 어디에 두었는가? 버리진 않았겠지?"

"혹 교주님께서 찾으실까, 소녀가 따로 두었사옵니다."

잠시 뒤 소옥이 옷과 신발을 가져왔다. 옷에는 흑천마검에게 당했던 그때의 흔적이 고스란히 남아 있었다. 한 번 빨은 듯 옷에 물든 피는 지워졌지만 인정사정없이 찢겨져 있다.

안이 훤히 보일 정도로 볼썽사납지만 그래도 흑룡포를 입고 돌아가는 것보단 나았다. 지금은 이걸 입고 돌아가서는 다른 옷을 구해 입는 편이 수월할 것이다.

"소옥."

"예. 교주님."

"지금 벽곡단을 준비해 올 수 있겠는가?"

벽곡단이라는 말에 소옥의 눈이 커졌다. 그녀는 재빠르게 온화한 얼굴로 고치고는 공손하게 대답했다.

"하명만 하시옵소서."

"음……. 나흘 치 정도면 되겠다. 가지고 나갈 것이니 지니고 다니기 쉽게 해서 가져오는 것이 좋겠군."

"예. 교주님."

십오 분 뒤쯤 소옥이 비단 뭉치를 가슴에 안고 들어왔다. 비단 뭉치를 풀자 한지에 싼 벽곡단 수십 개가 또르르 굴러 나왔다. 나흘 치 식량이라 양이 상당했다.

"수고했다. 하면 이만 나가보거라."

웬일인지 소옥이 우물쭈물하다 입을 열었다.

"밖으로 나갈 채비를 하시는 것이옵니까?"

참다못해 물어놓고는 눈을 질끈 감았다.

그 모습이 귀엽게 보였다.

나는 그녀가 눈을 뜨길 기다렸다 천천히 고개를 저어보였다. 그녀는 죄송하다는 말을 남기고선 도망치듯 밖으로 나갔다.

 흑룡포를 벗어 침대 위에 가지런히 올려놓고 반팔 티셔츠에 운동복차림으로 갈아입었다. 너덜거리는 티셔츠 사이로 안이 훤히 보였다.

 한 번 피식 웃고는 벽곡단이 들은 비단 뭉치를 어깨에 비스듬히 멨다.

 마지막으로 탁자 위의 검집을 집었다.

 내가 무엇을 하려는지 안다는 듯이 검집이 웅 하고 떨렸다.

 내력을 흘려보냈다.

 익숙한 푸른 빛무리가 다리 끝부터 감싸며 올라왔다.

싸악!

 주위를 둘러보니 내가 서 있는 곳은 움푹 파인 구덩이 가운데였다. 흑천마검과의 싸움, 아니 흑천마검에게 참혹하게 당한 사건이 있던 지역 일대가 이렇게 되어 있었다. 정신을 잃기 전까지만 해도 이렇게 되어 있는 줄은 몰랐는데…….

 '아무튼 도시 외곽이라 천만다행이야.'

 자칫 불쌍한 난민들에게 피해가 갈 뻔했다.

 마지막 기억처럼 이곳 상요 시는 한밤중이었다.

 가루처럼 변해 버린 건물의 파편이 사방으로 흩날리고 있었다. 문득 차 소리가 들리는 쪽으로 안력을 끌어 올리고 주위를 살피자, 동쪽으로 뻗은 도로에서 이쪽으로 트럭들이 질주해

오는 것이 보였다. 그중에는 방송용 차량도 있었다. 자동차들의 헤드라이트 불빛이 빠른 속도로 가까워지고 있었다.

흑천마검과의 싸움이 과격하긴 했었나 보다.

가만히 서 있다가 그들에게 무슨 해명을 해야 할지 몰라 어둠 속으로 몸을 날렸다.

탓!

나는 건너편 육 층 건물 위에 착지했다.

가뭄이 든 밭처럼 금이 가 있는 건물 바닥은 조금만 움직여도 바스락거리며 부서져 나갔다.

위에서 내가 있었던 곳을 보니 정말 혜성이라도 떨어진 듯싶었다.

직경 오백 미터짜리의 커다란 구덩이 주위로 차들이 멈춰 섰다.

트럭에서는 안전헬멧을 쓴 사람들이 내려오고 방송용 차량에선 외신 기자들이 카메라와 조명을 들고 나타났다.

방송용 조명이 구덩이를 환하게 밝혔다. 그리고는 삼삼오오 모여 웅성거리기 시작했다.

그 소리가 먼 이곳까지 들려왔다.

    *   *   *

당연하겠지만 다시 찾은 대지진 현장은 조금도 나아진 게 없었다. 어딜 가나 무너진 건물에 끊긴 도로 그리고 슬픔에 가득 찬 난민들뿐이었다.

찢겨진 옷은 매우 너덜너덜했지만 그렇다고 눈에 띄지는 않았다. 나보다 행색이 궁한 난민들이 수없이 많았기 때문이다. 그러나 어깨에 두른 비단 뭉치와 등에 메고 있는 검집은 조금만 살펴보면 눈에 띄는 물건들이 분명했다. 어쨌든 나는 이곳부터 해결해 나가기로 마음먹었다.

티셔츠를 벗어 검집을 돌돌 말았다.

길이가 모자라서 검집 끝이 툭 튀어나왔다. 그 부분을 손으로 잡고 난민촌으로 향했다. 적십자 마크가 새겨진 천막들이 도로를 점거하다시피 난립해 있었다.

천막과 천막으로 이어진 전기선이 축 늘어져 있었고 중간중간 백열등이 매달려 있었다. 불빛 아래서 침울하게 앉아 있는 난민들이 나를 힐끔힐끔 쳐다보았다. 그들의 시선이 향한 곳은 역시나 어깨에 두르고 있는 비단 뭉치였다. 그들에게 이것이 특이하게 보인 것이다.

나는 한 중년 여성에게 다가갔다. 정확히는 그녀의 앞에 놓인 좌판에 다가갔다.

좌판 위에는 갖가지 물건들이 놓여 있었다. 피난 시에 들고 나와 지금도 쓰고 있는 것인지 아니면 팔려고 내놓은 것인지 분간이 되지 않았다.

"실례합니다."

여성은 말없이 나를 올려다보았다. 그녀가 안고 있는 갓난아기도 똘망한 눈으로 나를 바라보았다.

"그것들. 팔려고 내놓은 겁니까?"

나는 좌판을 가리키며 조심스럽게 물었다. 그녀는 경계어린 눈빛을 띠면서 입을 열었다.

"옷?"

"네."

"먹을 것하고 바꿔줄게. 물도 괜찮아."

그녀는 나를 위아래로 훑어보았다.

"먹을 만한 것은 없고 대신 이것을 드리겠습니다. 최고급 비단입니다."

나는 쭈그리고 앉아 메고 있던 비단 뭉치를 풀어 바닥에 펼쳤다. 그러자 종이에 싼 벽곡단들이 굴러 나왔다. 그녀는 비단보다도 벽곡단에 관심을 보였다.

"동생. 그거…… 먹을 거 아니야?"

"먹을 수는 있는데 드시기는 힘드실 것 같습니다. 처음 먹으면 역하거든요."

"먹을 수만 있으면……."

그녀가 웅얼거렸다.

"그럼 이걸 드릴까요? 맛은 없지만 영양가는 충분합니다."

사실이었다.

벽곡단은 영양뿐만 아니라 몸에 기를 돋아준다는 말도 있었다.

 실제로 중원의 도가 쪽 문파에선 벽곡단을 주식으로 삼는데, 삼백 일을 먹으면 기운이 왕성해지고 삼천 일을 먹으면 천지의 귀신을 보고 십 리 밖도 볼 수 있으며, 삼십 년 동안 먹으면 감히 귀신이 침범하지 못하고 오히려 모든 귀신들이 보호해 준다고들 했다.

 워낙에 불가사의한 일을 많이 겪어 보니 이제는 그것이 허황된 말만은 아니게 느껴진다.

 그녀는 눈으로 허락을 구해 왔다.

 내가 웃으며 고개를 끄덕이자 벽곡단을 싼 종이를 풀었다. 주먹밥 같은 모양을 보고 그녀가 빙그레 웃었다. 아무것도 모르는 아기도 엄마가 웃자 따라 웃었다.

 "좋은데."

 그녀는 아무런 거부감 없이 벽곡단을 먹었다.

 내가 처음 먹었을 때는 한 입 베어 물고 토했던 기억이 있어서 신기하기도 했지만, 지금 상황이 상황인지라 아주 이해가 안 되는 것은 아니었다.

 "그러면 이걸 전부 드리겠습니다. 십 일은 드실 수 있으실 겁니다. 그리고 이 비단은 가지고 계셨다가 기회가 되면 식량하고 바꿔 드세요."

 비단 뭉치를 통째로 그녀 쪽으로 밀었다. 그녀는 휘둥그레진 눈으로 고개를 저었다.

"동생은 어떻게 하려고? 동생도 가진 게 이게 전부인 것 같은데. 나는 이거면 돼."

그녀는 벽곡단 세 개만 집으며 말을 계속했다.

"내일 저녁에는 구호품이 배급된다고 하니까. 나머지는 됐어. 동생도 살아야지. 그리고 옷이 필요하면 알아서 집어가. 남편 옷이야……."

남편을 말하는 순간 그녀의 목소리가 흔들거렸다. 아마도 지진이 일어났을 때 하직한 모양이다.

나는 청년인민회, 라는 문구가 적힌 보라색 반팔 티셔츠와 곤색 면바지를 골랐다.

그리고 쓰지 않는 것으로 보이는 검은 천을 고른 뒤에 자리에서 일어났다.

"이것들 가져가. 동생."

그녀가 황급히 비단 뭉치와 벽곡단을 밀었다.

"정말 괜찮습니다. 옷 잘 입을게요."

도망치듯 그 자리를 떠났다.

애초에 혈마교로 돌아가는 것이 번거롭다 느껴져서 벽곡단을 가지고 나왔지만, 이렇게 된 이상 배가 고플 때마다 혈마교로 돌아가는 것도 나쁘지 않다는 생각이 들었다.

나는 인적이 없는 으슥한 곳에서 옷을 갈아입었다.

가져온 검은 천으로 검집을 꼼꼼히 싸매서 겨드랑이에 꼈다.

이제 사람들의 눈에 띄지 않을 것이다. 그런 다음 텔레비전 소리가 들리는 쪽으로 향했다.

한 천막 안에 소형 텔레비전이 연결되어 있었고, 그 주위로 사람들이 모여 앉아 대화를 나누고 있었다. 화면은 흑백으로 지지직거리지만 소리는 잘 들렸다.

"칠 월 이십사 일 오늘 후진타오 주석께서는……."

화면 속으로 말끔한 양복차림의 남자 아나운서가 보였다.

칠 월 십칠 일에 대지진이 일어났으니까 지진이 일어난 뒤로 딱 일주일이 지난 셈이다.

* * *

지진이 일어난 지 많은 시간이 지나서 얼마나 많은 생존자들이 있을지는 모르겠다. 그래도 혹 있을 생존자들을 위해 주변의 기운에 집중했다.

항구가 있는 절강성 닝보 시를 목적지로 잡아 이동하면서, 오늘 아침에는 아버지뻘 되는 중년 남성을 구했다. 오던 길에 눈여겨 두었던 응급센터에 그를 데려다 주었다.

'여긴…….'

원래 이곳의 세밀한 지도를 준비했었다. 하지만 가방을 통째로 잃어버리면서 지도도 함께 잃어버렸다. 기억을 더듬어가는 것도 여기가 한계였다.

마침 피난민 행렬이 보였다. 삼륜 자전거를 탄 사람, 느린 경운기에 몸을 실은 사람, 절뚝거리면서 위태위태하게 걷는 사람. 이십여 명 정도 되는 무리였다.

나는 논둑을 뛰어 행렬 꽁무니에 따라붙었다. 맨 뒤에 있던 할아버지가 나를 흘깃 바라보고는 다시 앞으로 시선을 돌렸다.

내가 가까이 다가가자 할아버지는 인민모를 살짝 들어 올리며 눈을 마주쳤다.

"할아버지. 길 좀 물을게요."

"응?"

"길이요."

"뭐라고?"

할아버지가 큰 목소리로 말했다. 바로 앞에서 걷던 또래 여자 아이가 몸을 돌렸다.

"지진 때문에 귀가 안 들리셔. 너도 혼자인 것 같은데. 그렇지?"

나는 선량한 또래 아이의 눈을 보며 고개를 끄덕였다. 또래 아이는 그럴 줄 알았다는 듯이 서글프게 웃으며 다시 말했다.

"나도 혼자야. 어디서 오는 길이야?"

아이는 키가 나보다 한참 작았다. 고개를 한참 내려야 눈을 마주칠 수 있었다.

또래 아이는 반팔 체크무늬 남방에 군용 바지를 입고 있었다. 신발은 짝짝이로 신었는데, 왼발에는 운동화를 오른발에는 슬리퍼를 신고 있었다.

그녀는 무거운 짐을 추스르며 걷는 속도를 늦췄다.

"구이시현에서 오는 길이야."

"거기! 정말 끔찍하지? 그런데 너 말을 이상하게 한다. 발음이 이상해. 구이시현에서 살던 거 맞니?"

"아니. 멀리서 친구 찾으러 왔었어."

"찾았어?"

"찾았어."

"잘 됐네. 친구는 어디에 있는데? 왜 같이 다니지 않고. 잘못되었구나?"

"아니. 감옥에 갇혔어."

"감옥?"

"사정이 있었어."

더는 깊게 말하고 싶지 않았다. 나는 겨드랑이에 끼고 있는 검짚을 바라본 후에 입을 다물었다. 아이는 내 표정을 읽고는 뒷머리를 긁적였다.

"그런데 길 물어보는 중 아니었어?"

그가 물었다.

"맞아. 옥산이 어디 쪽인가 하고."

일 차 목적지는 옥산이다. 그곳에서 기차를 타고 항구가 있는 닝보 시로 향할 계획이었다.

"나는 잘 모르겠는데……. 아시는 분이 계실 거야."

또래 아이는 잠깐만 기다리라는 말을 남기고선, 나 대신 난민들에게 길을 묻기 시작했다. 오 분 정도 지났을 때 돌아왔다. 그녀는 북동쪽에 위치한 산을 가리키며 그 산을 넘어 도로를 따라가다 보면 옥산이 나올 것이라고 말했다.

아이에게 고맙다고 말을 전한 다음 밭으로 내려왔다. 불과 일주일 전까지만 해도 농부들이 성심성의껏 가꿨을 이 밭은 이제는 너무나도 황량해져 있었다.

조금 지나자 보는 눈이 없었다.

타탓!

지면을 박차 단숨에 솟구쳐 올랐다. 산을 넘는 도중에 산사태에 파묻힌 작은 마을을 발견했는데, 안쓰럽게도 살아남은 사람은 아무도 없었다.

소녀의 말대로 제법 큰 도로가 나타났다. 산 둘레를 돌아 서쪽으로 뻗치는 길이 있었다. 내가 가야 할 길은 북동쪽 방향으로 뻗은 사차선 도로였다.

도로는 더 이상 제 역할을 하지 못했다. 사정없이 끊기고 어디선가 굴러온 바위와 건물 파편들이 도로를 점거하고 있었다.

갈라진 아스팔트 틈으로 그새 자라난 새싹이 간간이 보였다. 재난 속에서도 생명은 피어나고 있었다.

군용 트럭이 반대편에서 달려올 때면 달리는 속도를 늦췄고, 사라지면 다시 경공술을 펼쳤다. 그렇게 반복하면서 구이시현과는 빠른 속도로 멀어져갔다.

한 시간가량을 달렸다. 이윽고 완전히 무너진 시멘트 다리 앞에 이르렀다. 다리 밑, 십여 미터쯤 아래로는 얕은 개울이 흐르고 있었다.

끊긴 공간의 폭은 십오 미터쯤 됐다. 가볍게 뛰어넘는 도중에 생기가 느껴졌다.

다리 밑에 있는 개울 쪽에서였다.

'생존자다!'

생기가 느껴지는 곳을 향해 고개를 내렸다. 개울을 덮고 있는 나무가 시선에 들어왔다.

뿌리째 뽑혀 쓰러진 나무는 크기가 상당해서 많은 부분을 가리고 있었다. 나뭇잎들 사이에서 뭔가가 반사광을 번쩍였다.

나는 밑으로 뛰어내렸다.

다리 위에서는 나뭇잎에 가려 잘 보이지 않았는데 내려와서 보니 검은색 세단 한 대가 개울에 처박혀 있었다.

'차 안에 생존자가 있다.'

차를 짓누르고 있던 거대한 나무줄기를 들어 옆으로 밀어냈다. 우지끈 하는 소리와 함께 세로로 꽂혀 있던 차가 쿵하고 내려앉았다.

허리를 숙여 깨진 창 안을 들여다보았다.

차 안에는 총 세 사람이 타고 있었다.

운전석에 한 명, 조수석에 한 명 그리고 뒷좌석에 한 명. 양복차림의 운전자는 에어백에 눌린 채 죽어 있었다.

조수석도 마찬가지였다.

살아 있는 사람은 뒷좌석에 앉은 오십 대 후반의 중년 남성이었다.

나를 느낀 것일까.

꺼어억 거리는 메마른 소리와 함께 눈을 떴다.

반쯤 떠진 눈. 힘을 잃고 죽어 가는 눈빛. 그 속에서 살려줘, 라는 메아리가 들렸다.

그는 덕지덕지 굳은 피를 뒤집어쓴 상태였다.

"구해 줄게요. 조금만 참아요."

나는 중국말로 말했다.

문은 고장이 나 열리지 않았다.

문짝째 뜯어 뒤로 던져놓고선 생존자의 상태를 살폈다. 허리를 숙인 채로 운전석과 조수석 사이에 있는 박스에 얼굴이 눕혀져 있을 뿐, 다른 곳에 발이나 팔이 끼지는 않았다.

여러 사람들을 구하면서 배운 것이 있는데 부상자를 옮길 때는 매우 신중을 기해야 한다는 것이다.

밖에서 볼 때는 아무렇지 않아 보여도 안에서는 뼈가 부러져 중요 기관을 찌를 수도 있었다. 나는 그를 조심스럽게 밖으로 끄집어냈다.

콜록!

나오는 순간 그가 기침과 함께 피를 토했다. 장파열이 의심된다. 그것보다 시급한 문제는 그의 미약한 진기였다.

콧구멍과 귓구멍 그리고 항문 쪽에서 진기가 새고 있었다. 이대로 놔두면 반나절도 못 버티고 죽을 게 틀림없었다. 진기가 빠져 나가고 있는 이상, 병원으로 가도 소용이 없다.

"나…… 죽…… 죽는 거지……."

깜짝 놀랐다.

그가 한국어로 말했다.

"한국 사람이군요!"

나는 황급히 한국말로 반문했다. 남자는 눈을 껌뻑이면서 아주 약하게 고개를 끄덕였다.

"그, 그쪽도 한국인……."

"말하지 마세요. 더 위험해집니다."

말할 때마다 진기가 새는 양이 많아진다. 그럼에도 그는 입을 다물지 않았다.

자신이 죽어 가고 있다는 걸 직감하고 있었다. 그래서 유언을 남길 셈인 모양이었다.

"내 아내…… 내 아내에게……."

"아니요. 아직 죽지 않습니다."

나는 양손으로 그의 뺨을 잡았다. 가칠한 피부가 손바닥으로 느껴졌다.

"알……아……. 추……워……. 난 죽어…… 그러니까 부탁……."

"죽지 않습니다!"

장파열의 정도가 어느 정도인 줄은 모르나 금방 죽을 만큼은 아니다. 지금 진기가 새고 있는 것은 그가 오랫동안 차 안에 갇혀 있어 기력이 쇠한 탓이다. 빨리 치료를 받으면 목숨을 구할 수 있으리라.

확신을 가지고 내력을 불어넣었다.

이런 방법으로 몇 사람을 살린 기억이 있었다.

갑작스럽게 밀려오는 내력에 남자의 눈이 크게 떠졌다. 그 남자는 그렇게 커진 두 눈으로 나를 빤히 쳐다보았다.

자석에 끌리듯 빠져 나가던 진기들이 남자의 몸으로 돌아오기 시작했다.

'됐어.'

새하얗게 질려 있던 그의 얼굴에 화색이 감돌았다. 이제 빨리 병원으로 옮겨 부족한 물과 영양을 공급하고 파열된 장을 수술하면 살 수 있을 것이다.

"따……뜻해졌어……."

"그래요. 따뜻해졌습니다. 죽지 않는다는 제 말을 믿고 정신을 놓지 마세요. 이미 칠 일 동안 버티고 계셨습니다. 더 버티실 수 있으시죠? 빨리 병원으로 모셔다 드리겠습니다."

"내…… 의사……."

"예?"

"내…… 의사에게……."

그는 자신의 주치의를 찾았다. 기사 딸린 고급 세단과 고급스런 정장 그리고 주치의. 모두 부유한 집안에서나 가능한 이야기다. 그러고 보니 이 중년 남성의 얼굴이 낯익었다.

어디서 만난 적이 있었나?

미간을 찌푸리며 기억을 더듬었다. 아스라이 생각날 것 같으면서도 통 생각이 나지 않는다.

콜록!

남자가 피 엉킨 기침을 토한 후에, 가물거리는 눈으로 나를 응시했다.

위급한 순간은 넘겼지만 지체하면 돌이킬 수 없는 상황에 빠질 것이다.

그의 눈은 곧 감길 듯 위태위태했다. 나는 번잡스러운 마음을 떨쳐내며 입을 열었다.

"여기는 한국이 아니라 중국입니다. 가까운 병원으로 모시겠습니다."

목소리에 내력을 담아 남자의 정신을 깨웠다. 그가 약하게 고개를 끄덕였다.

"절대 정신을 잃으시면 안 됩니다. 칠 일 동안 버티셨는데 몇 시간 정도는 더 버티실 수 있을 겁니다. 정신만 잃지 않으면 절대 죽지 않으니 저를 믿고 힘을 내세요."

또다시 감기려는 눈을 향해 힘을 줘서 말했다. 그러자 알겠다는 듯이 내 옷자락을 움켜쥐었다.

나는 그를 안고 뛰었다. 그의 몸에 조금의 충격도 가해지지 않도록 경공에 신경 썼다.

인적이 드문 산길을 통해 상요 시로 들어갔다.

사람들이 나타나기 시작한 무렵부터는 건물 옥상이나 기울어진 전신주를 밟으며 빠르게 이동했다. 간혹 나를 발견한 이가 있을 테지만 신경 쓰지 않았다.

상요인민병원.

오가면서 봤던 기억대로 시가지에 병원이 위치해 있었다. 다른 지역의 병원들처럼 주차장에 천막을 세워 응급환자를 받고 있었다.

지진이 일어난 지 일주일이란 시간이 흘렀기 때문에 들어오는 환자보다도 누워 있는 환자의 수가 월등히 많아 보였다.

그런데 의사와 간호사는 보이지 않고 환자만 보였다. 병원 출입문을 통해 건물 안으로 들어가려고 할 때였다.

입구를 지키고 서 있던 군인이 내 앞을 막아섰다.

"돌아가!"

군인은 권위적으로 말했다. 그는 내 팔에 들린 환자를 보고도 눈 하나 깜짝하지 않았다. 비인간적인 모습에 기분이 상한 나는 그를 노려보며 말했다.

"환자가 보이지 않습니까?"

가슴속에서 뭔가가 꿈틀거렸다. 군인이 어깨를 움찔하며 한 발자국 뒤로 물러섰다. 그는 총을 쥐고 있으면서도 내 눈을 똑바로 바라보지 못했다.

그가 잠깐 머뭇거리더니 "대책 회의 중이니 저기서 기다리고 있으면 된다."라며 천막을 가리켰다.

"거긴 아무도 없지 않습니까. 사람이 죽어 갑니다. 지금이 아니면 이 사람은 죽습니다."

"상부에서 내려온 명령이라 나도 어쩔 수 없다."

남자는 풀이 죽은 목소리로 말했다.

"저기서 기다리라고."

군인이 겨우 들릴 만한 목소리로 말했다. 나는 더 참지 못하고 성난 목소리를 터트렸다.

"사람이 죽어 가는 게 안 보입니까? 뭘 멀뚱히 서 있죠? 당장 비키시죠!"

나는 그를 어깨로 밀어내며 건물 안으로 들어갔다.

"의사!"

큰 목소리로 외쳤다.

바삐 움직이던 간호사의 시선들이 내게로 쏠렸다. 뒤따라온 군인은 이제 포기했는지 간호사에게 손짓했다. 간호사들이 수술용 간이침대를 끌고 왔고 이어서 의사 한 명과 또 다른 군인이 나왔다.

이번에 나온 군인은 입구를 지키고 있던 군인의 상급자였다. 입구 하나 지키지 못하냐는 상급자의 호된 꾸지람에 군인은 빠르게 상황을 설명했다.

그사이 나는 간이침대에 환자를 눕혔다.

"보호자 되십니까?"

의사가 물었다.

"아닙니다."

말릴 틈도 없이 의사가 환자의 양복 안주머니에서 지갑을 뺐다.

'지금 뭘 하는 겁니까?'

나는 눈을 부릅떴다. 의사는 내 얼굴을 읽고는 아주 당연하게 대답했다.

"환자의 신원을 확인해야 합니다."

지갑을 펴본 그는 영어로 된 명함 한 장을 꺼내 뚫어져라 바라보았다.

이윽고 의사의 얼굴에 놀라움이 퍼졌다. 그는 허둥대다가 큰 목소리로 간호사들을 불렀다. 동료 의사를 데려오게 한 다음, 군인에게는 공안을 데려오게 했다.

'어? 무슨 일이지?'

내가 묻기도 전에 의사는 수술용 간이침대를 끌고 가기 시작했다.

일 층 복도 끝에 있는 수술실로 직행했다. 환자의 상태가 궁금하기도 해서 수술실 앞 의자에 앉았다.

십 분도 되지 않아서 서로 다른 일곱 명의 의사가 눈앞을 오갔다. 한 환자에 이렇게 많은 의사가 달라붙다니. 의아한 마음도 잠시, 정신없는 그들의 모습에서 걱정이 들었다.

'수술이 잘못된 것은 아닐까?'

나는 고개를 숙인 채로 의사가 좋은 소식을 가지고 나오길 기다렸다.

밖에서는 무슨 일이 있어난 모양이었다. 병원 입구 쪽이 시끌벅적했다.

그만 관심을 끄고 고개를 숙일 때였다. 입구로 통하는 쪽에서 갑자기 환한 불빛이 터져 나왔다.

눈이 부셨다.

게슴츠레하게 뜬 시야로 많은 사람들의 모습이 잡혔다. 여러 대의 방송용 카메라와 조명 그리고 사진기가 내 쪽을 향했다.

카메라의 촬영 램프에 불이 들어와 있었고, 사진기 버튼을 누르는 사람의 손이 바빠졌다.

'뭐야!'

팔로 얼굴을 가렸다.

"바로 이 청년입니다. 이 청년이 한국 회장을 데리고 왔습니다."

코앞에서 군인의 목소리가 들렸다. 팔을 내리고 고개를 들자 또다시 라이트가 터졌다. 군인은 잔뜩 들뜬 얼굴로 나를 손으로 가리키고 있었다.

 나는 자리를 박차고 일어났다. 순간, 방송용 마이크가 불쑥 턱밑에서 튀어나왔다.

 동시에 동양인, 서양인 가릴 것 없이 리포터 명찰을 찬 사람들이 얼굴을 들이밀었다.

 "한국의 일성그룹 신용운 회장을 데리고 왔다는데 사실입니까?"

 "일주일 동안 실종 되었던 것을 아셨는지요?"

 "신용운 회장을 직접 구한 겁니까?"

 "데리고 온 환자가 한국의 신용운 회장임을 아셨습니까?"

 "당신의 이름은 무엇이죠? 나이는 어떻게 되죠?"

 갑자기 많은 질문들이 쏟아졌다.

 신분을 확인하고 놀란 의사, 갑자기 태도가 돌변해서 많은 의사들이 달라붙어 치료를 시작한 점. 그리고 남자의 낯익은 얼굴.

 그제야 나는 어떻게 된 상황인지 깨달았다. 중국에 대지진이 일어났을 때, 한국에선 대지진 그 자체보다 신용운 회장의 실종에 모든 언론이 집중되어 있었다.

 그럴 만도 했다. 그는 한국에서 자랑하는 세계적인 기업, 일성그룹의 총수니까.

 '무척 낯이 익다 했더니 뉴스에서 본 얼굴이었구나!'

 나는 수술실 쪽을 휙 하고 쳐다보았다.

"한 말씀해 주시겠습니까?"

"신용운 회장과는 무슨 관계지요?"

번쩍!

계속해서 터지는 라이트와 질문 공세에 정신이 퍼뜩 들었다. 카메라 렌즈에 내 모습이 비쳤다. 그 속의 나는 적잖게 당황해 보였다.

'큭.'

더는 생각할 것도 없었다.

재빠르게 기자들 틈을 비집고 나온 다음 밖으로 뛰어나갔다. 등 뒤로 나를 부르는 소리가 요란하게 울렸다.

왜 역용술을 하지 않은 것일까. 집으로 돌아가는 길이라 방심했던 것이 컸다.

*   *   *

먼 이국땅인 중국에서 우리나라 기자도 아닌 외신 기자들까지도 난리인 걸 보면 과연 세계적 기업의 오너구나 싶었다. 어쨌든 그는 칠 일 동안 고독 그리고 고통과의 싸움에서 이긴 승리자다.

물과 식량 없이 그것도 부상을 입은 채로 칠 일을 버틴다는 건 거의 기적이나 다름없는 일이었다.

나는 그가 기력을 되찾길 진심으로 기원하며 상요 시를 떠났다.

상요 시에서 역이 있는 옥산까지 거리는 경공으로 얼추 두 시간. 짧은 거리였지만 그곳에 가기까지 삼 일이 걸렸다. 이유인즉 조금 가다보면 기적처럼 살아남은 사람들의 기운이 느껴지곤 했기 때문이다.

삼 일 동안 구한 사람의 수는 이십여 명. 대부분이 병원에서 호전되겠지만 옮기는 중에 품에 안겨 죽는 이도 있었다. 집으로 돌아가는 길이 급한 것이 아니기 때문에 생존자가 느껴지는 대로 구해 근처 병원으로 옮겼다.

한국으로 돌아가는 방식은 왔던 방식 그대로를 답습했다.

옥산역에서 칠 월 이십칠 일 오전 열한 시 닝보 시 행 열차에 올라탔다. 그런데 가진 돈이 없어서 무임승차를 했다.

오후 다섯 시에 항구도시 닝보 시에 도착했다. 한 시간 뒤 인천행 한국 화물선을 찾아 숨어들었다.

그리고 이틀 뒤 칠 월 이십구 일 오후 세 시에 인천 부두에 이르렀다.

진미식당. 평화렌트카. 대광슈퍼. 토지부동산. 항만철골.

인천항에서 나오자 한글로 된 간판들이 눈에 들어왔다. 그제야 한국에 돌아왔다는 실감이 들었다.

이제 집으로 돌아갈 시간이다. 차비가 없다는 사실에 한숨을 쉬며 인적이 드문 곳까지 이동할 생각으로 무거운 발걸음을 옮겼다.

전자 상가를 지날 때였다.
한 상가의 외부 스피커에서 뉴스가 흘러나오고 있었다.

"오늘 새벽 네 시경에 실종 후 칠 일 만에 구출되어 일성서울병원으로 이송되었던 신용운 회장이 개인 병실에서 의식을 회복했습니다.
그 직후 아들 일성전자 신대일 사장과 일성건설 신진일 사장 그리고 그룹 임원들이 차례로 병실을 찾았습니다. 신용운 회장은 신대일 사장과 신진일 사장에게 지진 현장에서 자신을 구해준 한국 유학생에 대해 언급했다고 합니다. 박재한 기자입니다."

한국 유학생?
얼핏 들린 뉴스는 분명 내 이야기다!
두 눈을 부릅뜨고 전시 유리창 안의 텔레비전으로 시선을 옮겼다.
마침 화면이 뉴스스테이션에서 닝보 시 항구로 넘어가고 있었다. 정장차림의 특파원이 나를 보며 말했다.

"신용운 회장을 구한 사람으로 추정되는 청년은 한국 유학생으로 나이도 이름도 알 수 없다 합니다. 조사 도중 신용운 회장 외에도 많은 생존자들을 구했다고 알려져 그 선행이 중국 대륙을 넘어 전 세계에 일파만파로 퍼지고 있습니다.
오늘 오후 두 시경. 신진일 사장이 중국 닝보 시로 떠났는데, 일성그룹에서는 신용운 회장을 구한 한국 유학생을 찾기 위해 사력을 다하고 있다고 공식 발표했습니다. 중국 닝보 시에서 MBC 뉴스 박재한 기자입니다."

 숨이 턱하고 막혔다. 입이 쩍하고 벌어졌는데도 숨이 들어차지가 않았다. 줄줄 관자놀이로 땀이 폭포수 같이 흘렀다.
 뉴스에 뜬 사진.
 텔레비전 속에는 누구라도 알아봄직한 내 얼굴이 가득 차 있었다.

『마검왕』 6권에서 계속
작가 홈페이지
http://www.naminchae.com

김정률 판타지 소설

FUSION FANTASY STORY & ADVENTURE

하프 블러드(Half Blood)의
블러디 스톰 레온,
블러디 나이트로 돌아왔다!

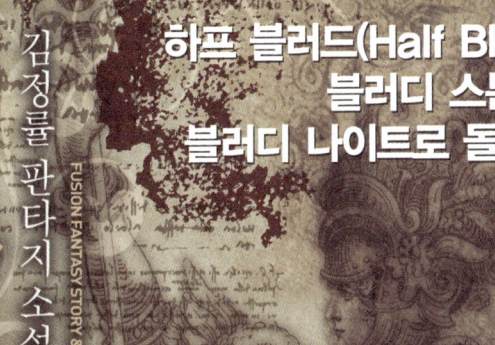

트루베니아 연대기

판타지의 신화를 창조해가는
최고의 작가 김정률!
『소드 엠페러』그 신화의 시작.

『다크메이지』, 『하프블러드』,
『데이몬』에 이은 또 하나의 대작!

dream books
드림북스

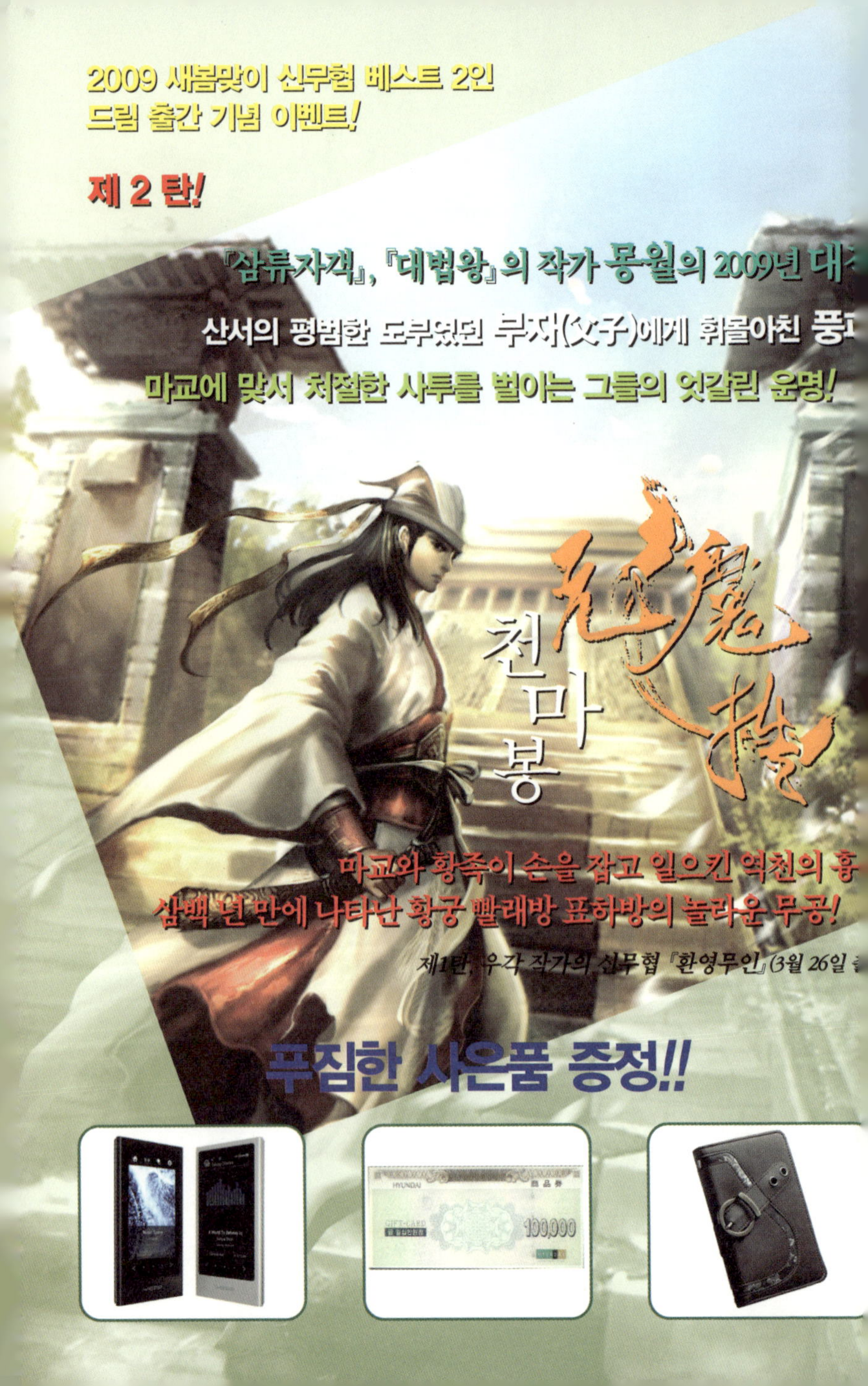

2009 새봄맞이 신무협 베스트 2인
드림 출간 기념 이벤트!

제 2 탄!

「삼류자객」, 「대법왕」의 작가 몽월의 2009년 대
산서의 평범한 도부였던 부자(父子)에게 휘몰아친 풍
마교에 맞서 처절한 사투를 벌이는 그들의 엇갈린 운명!

천마봉

마교와 황족이 손을 잡고 일으킨 역천의 흠
삼백 년 만에 나타난 황궁 빨래방 표하방의 놀라운 무공!

제1탄: 우각 작가의 신무협 『환영무인』 (3월 26일)

푸짐한 사은품 증정!!

EVENT ONE

이벤트를 진행하는 2종의 책을 '모두 구입하신 분들 중' 추첨을 통해 사은품을 드립니다.

[사은품]
1명 : <삼성 YEPP YP-P3C (8G)> + 2종의 3권(작가 친필사인)
('EVENT ONE에 참여하신 분들 중 20명'에게 작가 친필사인이 들어 있는 2종의 3권을 드립니다.)

[응모요령]
1,2권 띠지에 부착된 응모권 4개를 오려 드림북스로 보내주세요.

EVENT TWO

이벤트를 진행하는 2종의 책을 '개별적으로 구입하신 분들 중' 추첨을 통해 사은품을 드립니다.

[사은품]
2명 : <백화점 상품권(10만원)> + 구입한 도서의 3권(작가 친필사인)
(『환영무인』(1명), 『천마봉』(1명))

[응모요령]
1,2권 띠지에 부착된 응모권 2개를 오려 드림북스로 보내주세요.

EVENT THREE

책을 읽고 감상평을 올리시는 분들 중 11명을 추첨하여 사은품을 드립니다.

[사은품]
으뜸상(1명) : 외장하드 320GB SATA HDD + 서평을 쓴 도서의 3권(작가 친필사인)
우수상(10명) : 문화상품권(1만원) + 서평을 쓴 도서의 3권(작가 친필사인)

[응모요령]
1. 이벤트 진행 도서들 중 하나를 읽고 인터넷 서점(YES24)리뷰란에 감상평을 올려주세요.
2. 그 감상평을 복사하여 웹 게시판(개인 블로그 및 홈페이지)에 올려주신 후, 게시물의 URL을 '드림북스 편집부 이메일'로 보내주세요.

[보내주실 곳] (우)142-815 서울시 강북구 미아8동 322-10
(주)삼양출판사 2층 드림북스 이벤트 담당자 앞
드림북스 편집부 e-mail : sybooks@empal.com

[이벤트 기간] 2009년 3월 30일~2009년 5월 15일
[당첨자 발표] 2009년 5월 25일(당사 홈페이지 및 장르문학 전문 사이트에 발표합니다.)

드림북스 홈페이지 http://www.sydreambooks.com
드림북스 블로그 http://www.blog.naver.com/dream_books
문피아 사이트 http://www.munpia.com/출판사 소식/드림북스
조아라 사이트 http://www.joara.com/출판사 소식

※ 응모권을 보내주실 때는 '이름, 연락처, 주소'를 정확히 기입해 주세요.
※ 사은품은 이벤트 진행도서 2종의 3권의 책이 모두 출간된 직후 일괄 배송합니다.
※ 사은품은 상기 이미지와 다를 수 있습니다.

군림마도

건아성 신무협 장편소설

ORIENTAL FANTASYSTORY & ADVENTURE

감성무협의 신기원을 열었던 『은거기인』의 작가 건아성!
이번엔 배신과 음모가 판치는 비정한 사파인들의 이야기로
끊임없이 변화를 추구하는 작가주의의 진면목을 보여준다!

하북, 호혈관에서 시작된 강호 대파란.
이제 사파의 이름으로 천하 무림을 굽어보리라!

dream books
드림북스